W0319122

anagramma

216

Questo libro è un'opera di fantasia.
Nomi, personaggi, luoghi e avvenimenti sono frutto dell'immaginazione dell'autrice o sono usati in maniera fittizia.
Qualunque somiglianza con fatti, luoghi o persone, reali, viventi o defunte è del tutto casuale.

Prima edizione: gennaio 2014
© 2014 Newton Compton editori s.r.l.
Roma, Casella postale 6214

ISBN 978-88-541-5935-8

www.newtoncompton.com

Stampato nel gennaio 2014 presso Puntoweb s.r.l., Ariccia (Roma)
su carta prodotta con cellulose senza cloro gas provenienti
da foreste controllate, nel rispetto delle normative ambientali vigenti

Sara Tessa

L'uragano di un batter d'ali

Newton Compton Editori

A Thomas,
...sempre e comunque

...e a te papà qualcosa ho combinato...
e per fortuna non puoi leggerlo :-)

Ricominciare

Prossima stazione New York City, annunciò la voce metallica dell'altoparlante.

Chiusi il libro e lo infilai nella borsa. Le cinque e quaranta. Meno di un quarto d'ora e avrei rivisto mio fratello, dopo un anno. E già mi sentivo mortificata al solo pensiero di ritrovare il suo sorriso genuino e il suo «te lo avevo detto» stampato in fronte.

Come ogni fratello maggiore, aveva la capacità di sapere sempre cosa fosse meglio per me e aveva sempre avuto ragione, su tutte le mie scelte. Sbagliate, fin dai tempi dell'asilo. Per fortuna, nonostante la mia ostinata cocciutaggine, era ancora disposto ad aiutarmi. Anche quella volta, l'ennesima.

Si era offerto di ospitarmi presso la sua autorimessa e, per il gran ritorno, aveva sistemato la stanza adibita a magazzino nel retro del suo ufficio. Il patto era che terminassi l'università. Avevo accettato. Avere un obiettivo da perseguire mi sembrava un buon modo per ricominciare. Ancora.

Di comune accordo, avevamo deciso di non dire nulla a nostra madre riguardo al giaciglio precario. Se solo avesse saputo della sistemazione se ne sarebbe dispiaciuta. Mi ero limitata ad avvertirla del rientro a New York e che sarei stata ospite di una vecchia compagna di università. Né io né mio fratello avevamo preso assolutamente in considerazione un possibile ritorno a casa da lei. Sarebbe stata un'agonia per entrambe e le sfuriate all'ordine del giorno. Dal cellulare rilessi l'ultimo messaggio di Paul. "Vaffanculo", scritto a caratteri cubitali.

Semplice e diretto. La parola perfetta a conclusione dell'ennesima storia andata male.

Per lui avevo lasciato l'università a pochi esami dalla fine e mi ero trasferita in una sperduta cittadina di mille abitanti nel Nevada, dove l'arsura e l'aridità della terra avevano scavato la mia pelle e la mia anima. Avevo trascorso gli ultimi due anni nella fattoria della sua famiglia a mungere vacche, accudire maiali e soprattutto a sorbirmi la sua rozzezza e quella della sua razza. Lo avevo conosciuto a New York durante una cena a casa di amici. Da subito mi era sembrato un ragazzo semplice, direi un puro, senza grilli per la testa, a tratti introverso. Forse proprio perché avulso dalle abitudini cittadine, mi aveva conquistato. Me ne ero innamorata all'istante ma, come tutti gli uomini che avevo avuto, anche lui rientrava nella categoria "incantatori", capaci di stregarti con la dolcezza e la galanteria per poi trasformarsi in secondini ossessivi. Nell'ultimo anno non c'era stata una sola sera senza che le sue mani non avessero marchiato la mia pelle e l'alito alcolico non avesse infettato l'aria che respiravo. Il problema non era lui, ma io. Io che non mi adattavo, che non facevo mai le cose giuste, che non pulivo bene, che non rispondevo a dovere, io che lo snervavo.

Avevo preso la decisione di andarmene dopo l'ennesima sfuriata. Non gli avevo detto nulla, mi ero limitata a lasciare un biglietto sul letto con lo stesso messaggio appena ricevuto. E poi, insieme alla mia sacca della lavanderia e ai lividi, ero andata a prendere il treno in gran fretta. E ora ero lì, di nuovo, nella mia città natale.

Scesa dal treno, la frenesia della moltitudine di persone,

avvolta nella tipica indifferenza newyorchese, mi fece girare la testa. Dopo un viaggio di otto ore mi ero ritrovata catapultata nell'ombelico del mondo. Troppe persone. Non c'ero più abituata.

Tra la folla della Grand Central adocchiai Fred davanti al negozio di souvenir, un po' più grasso di come lo ricordavo. Appena mi vide mi venne incontro con il suo sorriso raggiante.

«Ciao Sophie», disse abbracciandomi tanto forte da sollevarmi da terra.

Soffocai a denti stretti il dolore alla schiena ancora segnata dalle ultime cinghiate di Paul.

«Ciao Fred».

«Fatto buon viaggio?», chiese prendendo la sacca dalla mia spalla.

«Sì, perfetto».

«Ho lasciato la macchina al parcheggio, andiamo».

Lo seguii taciturna fino al suo vecchio pick-up Nissan e lì, soli, nell'intimità dell'abitacolo, disse quello che avevo intuito dal suo sguardo appena mi aveva visto.

«Sei messa proprio male! Quanti chili hai perso?».

Scrollai le spalle. «Forse due».

«A occhio e croce direi almeno otto», mormorò avviando l'auto.

«Sarà», risposi laconica. «E tu li hai presi al posto mio».

Fred scosse la testa ingoiando il rospo e il suo "te l'avevo detto". E per questo lo ringraziai. Di mio fratello mi piaceva l'animo generoso e soprattutto il suo essere di poche parole ma buone e l'innata positività. L'opposto della sottoscritta.

Nel traffico caotico mi aggiornò sulla sua vita. Viveva insieme a Miranda da cinque mesi e da tre avevano preso un cane, un bovaro del bernese che ora pesava la bellezza di venti chili e mangiava più di loro due messi insieme. Era anche in procinto di allargarsi con gli affari. Aveva adocchiato una seconda autorimessa a un isolato dalla sua e il mio ritorno, a quanto pareva, capitava nel momento migliore. Durante la sua assenza, per seguire i lavori nel nuovo garage, io avrei vigilato il vecchio Lether Parking.

Mentre parlava, guardavo il fluire del traffico caotico, già angosciata. Quando vivi isolata per anni, in un luogo dove il tempo scorre a rilento, e dove il senso della vita sta nell'osservare la natura spoglia e secca, la città ti umilia all'istante. Soprattutto quella città, dove o sei, o non sei nessuno. Avevo l'impressione che tutti i passanti sapessero cosa fare e dove andare. Al contrario di me, che sopravvivevo senza sapere mai dove andare e cosa fare.

«Non vedo l'ora di presentarti a Miranda», disse Fred.

«Ormai da quanto state insieme?»

«Otto mesi», rispose soddisfatto, «e direi che è un buon traguardo».

«Stai pensando di risposarti?», chiesi sarcastica.

«Forse».

Era più forte di lui, credeva ancora nel matrimonio e nella famiglia, nonostante tutto. Nonostante due tentativi falliti, gli alimenti che lo dissanguavano e una sorella precaria fin dalla nascita.

«Mamma ci aspetta domani per pranzo, le ho detto che saresti rientrata domani mattina. Mi raccomando Sophie, tirati su, so già la faccia che farà appena ti vedrà».

Mi sforzai di ridere. Il pensiero di mia madre mi avviliva da giorni.

«Credo sia abituata ai miei ritorni da *drama*, avrà preparato un pranzo per un reggimento», mormorai.

«Di sicuro le solite lasagne di nonna».

«Già», bofonchiai. Mi aspettava l'indigestione.

Dopo quaranta minuti entrammo al Lether Parking. L'autorimessa era come la ricordavo, opprimente e permeata da odore di olio e grasso. Da qualche mese mio fratello aveva fatto installare un sistema automatico di accesso, che gli permetteva di avere più tempo libero e meno addetti. Con la crisi aveva preferito investire diecimila dollari e togliersi il peso del personale. Era rimasto solo Gustav, un portoricano alto un metro e trenta e largo altrettanto, ma con una conoscenza dei motori strabiliante. Con un pezzo di nastro adesivo era capace di riparare un motore dell'anteguerra. Lo chiamava "il MacGyver dei motori". Oltre a Gustav, due volte a settimana passava anche James, un ragazzo del quartiere un po' tontolone, ma bravo e puntiglioso nel pulire le auto.

Appena entrai nell'ufficio di Fred gli occhi di papà mi trafissero il cuore. Sulla parete spiccava una sua foto scattata da mio fratello davanti all'autorimessa qualche anno prima, quando ancora stava bene. Abbassai lo sguardo, sconsolata.

«Vieni, ti faccio vedere come ho sistemato il magazzino», disse mollando la sacca della lavanderia sullo schedario.

Lo seguii nel retro del suo ufficio sentendomi la solita nullità. La stanza-magazzino l'avevo vista due volte in vita mia. La prima quando aveva preso in gestione il garage al posto di papà, la seconda quando si era allagata, dunque sempre in pessime condizioni. Avevo vaghi ricordi dell'ampiezza, ma ricordavo bene l'enorme finestra a forma di oblò. Ero consapevole di andare a dormire in mezzo a detergenti, olio, tergicristalli, tappetini, spugne e quant'altro servisse alle autovetture, invece, quando aprì la porta, rimasi sbalordita. Era arredata in ogni particolare e non c'era alcuna traccia dell'armamentario da officina.

«Ho spostato tutto in garage», disse Fred invitandomi

a seguirlo, «ho preso degli scaffali, adesso è anche più comodo, così Gustav e James non sono più costretti a passare per l'ufficio».

Nessuno avrebbe potuto mai immaginare che, dietro quella porta, si celasse una camera da letto di tutto punto.

«Non dovevi», dissi osservando i dettagli.

Sopra il davanzale della finestra oblò era sistemato un piccolo vaso di ciclamini viola, la luce esterna lambiva i fiori, facendone risaltare le sfumature. I mobili, tipicamente di design svedese, conferivano all'ambiente un senso di elegante modernità.

«Ti piace?», chiese Fred, le mani sui fianchi. Oltremodo orgoglioso.

«Assolutamente», risposi.

Sulla mensola, sopra una piccola scrivania, ritrovai tutti i miei libri dell'università, e non solo. A uno a uno li sfiorai con le dita piombando con la mente a tempi migliori.

«Li ho recuperati dalla cantina di mamma, per il resto, mi ha aiutato Miranda, ha scelto tutto lei, se lo facevo io avresti trovato una branda e forse una sedia».

«È perfetto, Fred», e d'istinto mi buttai tra le sue braccia. «Scusami, sono una miserabile».

«Dài, smettila, fai solo dei percorsi complicati, sei fatta così».

«Già», mormorai, «fatta male».

Lentamente si scostò dall'abbraccio e mi fissò dritto negli occhi. «Non dire sciocchezze. Se siamo fratelli, in te da qualche parte c'è del buono».

"Sì, sotto i talloni", pensai.

«Vieni, ti faccio vedere il bagno», disse trascinandomi in corridoio.

Un nuovo specchio rotondo, un armadietto, anche

quello di betulla, una tenda per la doccia con pesci verdi e gialli, tappetino e asciugamani in tinta verde.

«Purtroppo dovrai dividerlo con Gustav e James», disse. «Ti consiglio di non andare in bagno dopo pranzo e soprattutto dopo che c'è passato MacGyver».

«Ne terrò conto», dissi rabbrividendo solo all'idea.

«Dài, prendi la tua roba, così ti sistemi».

Recuperai la sacca dal suo ufficio e tornai nella mia nuova camera dove Fred, seduto sul letto, si assicurava della durezza del materasso.

«Mi sembra buono, io l'avrei preso più morbido, ma Miranda ha pensato fosse meglio un semirigido».

Non sapevo davvero cosa dire, mi sentivo una poco di buono, perennemente incapace di provvedere a me stessa. Sorrisi appena. «Andrà bene», mormorai.

Fred intuì gli oscuri pensieri che mi attraversavano la mente e in un istante mi fu di fronte.

«Sophie, non è un problema», disse mettendomi le mani sulle spalle. «Hai capito? L'importante è venirne fuori al più presto, non devi sentirti in debito con me, non devi, mai».

Mugugnai un sì stentato, sorridendo schiva. Lo sapevo che era sincero, era nel suo DNA, ma la vergogna in me era lacerante.

«Dài, ti faccio vedere come funzionano le telecamere, poi ti lascio sistemare», disse spostandomi verso la consolle dei video.

«Ok».

I video di sorveglianza, di cui mi sarei occupata io durante la notte, erano sistemati sulla cassettiera di fronte al letto accanto al televisore a led. Entravano in funzione alle otto di sera e restavano accesi fino alle sette del mattino seguente, poi venivano spenti quando lui arrivava.

Il mio compito, in cambio della retta universitaria, era sorvegliare il garage la notte e qualche volta di giorno, quando Fred si fosse assentato per seguire i lavori nel nuovo. A sentir lui, non avrei dovuto fare molto e non era necessario che lavorassi tutta la notte. Durante la settimana, dopo mezzanotte, era raro che qualcuno uscisse e tanto meno rientrasse. Di solito un segnale acustico avvertiva dell'ingresso nella struttura e subito sul computer portatile, a cui era collegato il monitor di sorveglianza, appariva la scheda del cliente. Era il week-end, invece, che il viavai era continuo. Comunque, a suo dire, essendo l'autorimessa completamente automatizzata, non avrei dovuto fare nulla se non assistere qualcuno in casi speciali.

«Tipo?»

«Te lo spiego dopo, adesso datti una rinfrescata, io devo finire un paio di cose con Gustav. Raggiungimi quando ti sei sistemata».

Finalmente sola, nel mio nuovo e profumato rifugio, mi sdraiai sul letto. In effetti il materasso era un po' rigido, ma andava bene lo stesso, soprattutto per la mia schiena. Dal cellulare rilessi il messaggio di Paul e decisi di rispondere.

"Vaffanculo tu, ipocrita malato di mente".

Impostai la deviazione di chiamata e chiusi il capitolo "umiliazione".

Dopo essermi rinfrescata e aver sistemato i miei quattro stracci nei cassetti, raggiunsi Fred nel suo ufficio. Con lui c'era un cliente e dall'abito indossato si intuiva che fosse piuttosto benestante.

Bofonchiai un buonasera, sistemandomi sulla sedia nella saletta d'attesa a sfogliare una rivista di auto.

«Ecco, tenga», gli disse Fred, «ho fatto la fotocopia del

libretto e del tagliando di garanzia. Ho già passato tutto alla mia assicurazione, da adesso in poi è protetto in caso di infrazione o danni all'interno del Lether Parking».

«Perfetto. La tessera è sempre la stessa?», chiese l'uomo.

«Certo, ho solo aggiornato i dati nella nostra scheda interna, non cambia nulla. Tra l'altro il valore dell'Audi è più o meno quello della sua vecchia Mercedes, quindi nessun cambio di tariffa».

«Bene, sempre gentilissimo Fred, ci vediamo domani e buona serata».

«A lei, signor Scott».

Prima di uscire l'uomo mi lanciò un'occhiata perplessa, quasi diffidente. «Arrivederci, signorina», disse.

«Arrivederci», risposi guardandolo appena.

Mi stavano sulle palle i ricchi manager griffati, soprattutto quando avevano solo qualche anno più di me e mi si rivolgevano con quell'aria di superiorità.

Appena la porta si chiuse, Fred sistemò le scartoffie ficcandole nel fascicolo delle pratiche in sospeso, ereditato da papà, che richiuse nel solito cassetto etichettato "in corso". Spense il computer e poi chiamò Miranda per avvertirla del suo rientro.

Come promesso, prima di andarsene, mi indicò tutte le telecamere, il funzionamento del sistema antincendio e mi spiegò cosa fare se un cliente rimaneva bloccato tra le sbarre. Prima di tutto, accertarsi di chi fosse. Ogni tessera aveva un numero di identificazione. Con il tablet alla mano mi spiegò come accedere alla scheda del server per verificare l'identità.

Ipotizzò possibili grattacapi, mai accaduti per altro. Primo, che potesse smagnetizzarsi la tessera. In quel caso erano disponibili delle tessere provvisorie da fornire al cliente fino alla sostituzione con quella nominale e le avrei trovate nella cassaforte dietro la foto di papà. Il secondo grattacapo riguardava l'ingresso. Al garage, dopo le sette di sera, di sabato pomeriggio e per l'intera domenica, si accedeva in due modi: dalla saracinesca azionata con l'inserimento della tessera nell'apposito totem di lettura e dalla porta accanto, anche quella collegata al sistema automatico. Nel caso di malfunzionamento della saracinesca era disponibile un sistema manuale, una manovella che faticai a smuovere. Comunque mi assicurò che non ce ne sarebbe stato bisogno. Invece, nel caso di un black-out, l'unica possibilità per far funzionare entrambe le porte era data dal generatore di corrente alternativo. Una volta entrato in funzione, la corrente era garantita per circa un'ora. Nel caso il black-out superasse i sessanta minuti, e solo in quel caso, si poteva parcheggiare l'auto negli spazi autorizzati, in tutto cinque, segnalati dalle strisce poste davanti all'autorimessa. Ma quella era un'eventualità del tutto remota.

«Con la sfiga che ho, di sicuro capita stanotte», dissi ridendo.

Fred mi strinse il braccio intorno al collo, simulando un soffocamento. «Sempre ottimista», borbottò.

Rientrati in ufficio e chiusa a chiave la porta, srotolò le veneziane, mettendo a dormire le auto.

«Allora», disse allungandomi un mazzo di chiavi, «la rossa apre la porta sul garage, la verde quella sulla strada, mentre la blu è della tua stanza».

«Ok, rossa porta a vetri, verde strada, blu prigione».

«Esatto!», e scosse la testa divertito. «Spero che non ti annoierai. Ho fatto mettere la TV via cavo così puoi guardare qualche film».

«È perfetto, hai pensato a tutto».

«Mi raccomando, chiamami per qualsiasi ragione, anche solo se hai paura».

«Io non ho mai paura», risposi con disappunto.

«Lo so, era per dire», sorrise bonario. «A proposito, per mangiare mi sono messo d'accordo con Wu e la rosticceria qui accanto. Ti ho lasciato i numeri sulla scrivania, puoi farti portare quello che vuoi».

«Ok, grazie».

«Dài, ci vediamo domani mattina, ti sveglio io».

Una volta sola, chiamai il ristorante cinese all'angolo ordinando un piatto di spaghetti di soia alle verdure, una birra e un involtino primavera. E sola, seduta sul letto, presi a guardare la televisione. Ogni tanto buttavo un occhio ai video dell'autorimessa. Era abbastanza inquietante osservare un centinaio di auto linde, silenziose e inermi. Sperai solo che nessun allarme impazzisse.

Intorno alle nove e mezza si fece sentire il segnale acustico. Scrutai i video e spiai un uomo salire in auto e andarsene in completa autonomia. Mentre tutto questo accadeva, sul computer portatile era apparsa la scheda cliente.

Adam Scott – 97 Duane Street – New York
Tessera N. 754-267-221
Nato a Philadelphia il 16/11//1982
Autovettura: Audi Q7 – Targa 6DXA123
Patente guida N. 013 213 561 Classe D
Polizza assicurazione Nationwide N. 718-265472-10/15
Numero di previdenza sociale 725 88 5758F
Recapito telefonico 212-275-2667

Appena la saracinesca si chiuse la scheda cliente scomparve. "Tutto qui", pensai. Non dovevo davvero fare nulla. Annoiata, presi a navigare su Internet. Recuperai la password di Facebook. Da anni non accedevo al mio account. Paul aveva sfracellato il computer durante una delle sue sfuriate e in quel luogo senza tempo il social network era considerato come il diavolo tentatore. Teorie campagnole di cervelli ibernati dal credo del Dio a cui, per forza di cose, mi ero dovuta adeguare.

Curiosai nei profili dei vecchi amici, constatando che a qualcuno la vita aveva riservato dei cambiamenti.

Alcuni si erano spostati e altri replicati. Aggiornai il mio stato da fidanzata con Paul Rider in nulla. Incerta, spedii un'e-mail a quelli con cui mi ricordavo di essere più in amicizia. Su ottanta amici, ne contattai solo cinque.

"Ciao sono Sophie, sono tornata a New York. Come stai? Ho visto che ti sei sposata... Ho visto che hai un bambino... Come va la vita? Mi piacerebbe rivederti, magari possiamo organizzare un aperitivo...", e così via.

Ma non speravo di ricevere risposta.

A metà della quinta e-mail si ripresentò il pop-up della scheda cliente di Scott. Osservai i video e lo spiai mentre lasciava l'auto nella sua area e, in compagnia di una donna, se ne andava verso l'uscita. Dalla telecamera esterna lo vidi poi attraversare la strada e scomparire.

Per tutta la notte nessuna auto si mise in moto e quindi mi addormentai. L'indomani Fred mi svegliò alle sette spaccate.

«Buongiorno!».

«Buongiorno», avevo mugugnato sotto la coperta.

Mi preparai e lo raggiunsi in ufficio.

«Com'è andata stanotte?»

«Bene, nessun movimento sospetto, solo il signor Scott».

Mio fratello borbottò qualcosa che non colsi, né mi preoccupai di cogliere.

«Mamma ci aspetta prima dell'una».

Sospirai e addentai una delle ciambelle che aveva portato.

«Voglia zero», risposi.

«Idem», mormorò.

L'arrivo di un cliente mi obbligò a eclissarmi fuori dall'autorimessa. Passeggiai per il quartiere sbirciando le vetrine. I negozi erano sempre gli stessi, tranne quello del barbiere, sostituito da un emporio di fumetti gestito da un ragazzone dai capelli rosso fuoco. Passo dopo passo arrivai davanti al vecchio bar Lucas che ritrovai sempre uguale, così come Ben, dietro al bancone. Dopo i soliti convenevoli, mi raccontò un po' di novità su gente di cui conservavo qualche ricordo. Con mia grande sorpresa ritrovai Ester. Lavorava ancora lì, da due mesi aveva ottenuto la cittadinanza americana e da pochi giorni aveva avviato le pratiche per il ricongiungimento con il figlio e il marito ancora in Guatemala. Sperava di festeggiare il Natale con loro. Entrambi si guardarono bene dal chiedermi dettagli sul mio improvviso ritorno. Di sicuro mio fratello aveva già raccontato tutto, senza per altro conoscere il vero motivo della mia fuga da Paul.

Poco prima di pranzo, Fred passò a prendermi e ci dirigemmo da nostra madre.

«Sei pronta?», chiese Fred.

Feci un sospirone e lasciai che il piede si trascinasse dietro il corpo insicuro. Mia madre era sulla porta ad aspettarci. Appena mi piantò gli occhi addosso, abbassò lo sguardo sopraffatta dalla visione della figlia venticinquenne, deperita e depressa.

«Cosa ti avevo detto!?», sussurrò Fred spingendomi verso di lei.

«Mamma, ho solo perso qualche chilo», sbuffai tuffandomi nel suo abbraccio.

«Troppi, Sophie, sei uno scheletro, senti qua, tutte le costole di fuori».

Soffocai un gemito di dolore.

«Dài, mamma», intervenne mio fratello, «un piatto delle tue lasagne e la rimetti in sesto».

«Tre piatti abbondanti», disse.

Corse veloce verso la cucina. Avrei voluto restare stretta tra le sue braccia per sempre e inondarla di lacrime. Farmi accarezzare la testa come solo una madre è in grado di fare e ascoltare le sue parole di conforto. Ma non ci riuscivo. Le avevo già dato troppo dolore con la storia di Albert, il mio precedente fidanzato. Ci mancava solo quest'altra.

Dal forno tirò fuori una grande teglia ricolma di lasagne. Sistemata una fetta gigantesca nel mio piatto, mi ordinò di sedermi al solito posto. Solito segno della croce, qualche parola di ringraziamento al Dio che si ostinava a tenerci in vita e poi brindisi con il bicchiere del fantasma di mio padre.

Papà era morto da tre anni, un cancro allo stomaco l'aveva portato via in meno di sei mesi. Troppo pochi per dirgli addio e troppo lunghi per l'agonia delle cure a cui si era sottoposto. Da quando non c'era più, ogni volta che eravamo a tavola, mia madre serviva una porzione anche a lui. Era un modo per stare in famiglia, diceva. Io e mio fratello non avevamo mai avuto da ridire su quella fissazione, a me piaceva e credo anche a lui. Era consolante la nostalgia del suo ricordo, perché mi trasportava nelle memorie di bambina, fatte di momenti sereni. Quando c'era lui a preoccuparsi per me, ad accudirmi, sempre pronto a sollevarmi quando cadevo a terra e a soffiare sulle ferite.

Alla terza forchettata partì l'interrogatorio.

«Allora cosa è successo questa volta?», chiese.

«Niente, le cose andavano male da un po'… Incompatibilità…», risposi laconica.

«Ma vi siete lasciati di comune accordo?»

«Più o meno».
«Cosa vuol dire?»
«Vuol dire che ci siamo lasciati, mamma, è finita», dissi seccata.
«Io te lo avevo detto che sarebbe andata male, fin dal primo giorno che l'ho visto», si intromise mio fratello, gongolante. Finalmente aveva dato voce ai suoi pensieri.
«Già», mormorai e mi riempii la bocca di lasagne.
«Be', almeno questa volta non ne sei uscita a pezzi», disse mia madre aggiungendo una fetta nel piatto ancora colmo della prima. Alzai appena gli occhi per fucilarla.
«Non è che ce lo troviamo qui come l'altro?», chiese. Sgranai gli occhi, rabbrividendo al solo pensiero.
«No, spero proprio di no, mamma».
«Mamma, Sophie vuole terminare l'università», venne in mio soccorso Fred.
L'espressione di mia madre si illuminò all'istante. «Questa è una bella notizia, sono contenta, è quello che avrebbe voluto papà».
«Sì, infatti».
«Se non mi sbaglio, ti mancavano cinque esami?», chiese Fred.
«Sì, più o meno».
E, per fortuna, il discorso scivolò sull'università e l'argomento Paul fu accantonato. Sapevano tutti e due che da me non avrebbero cavato un ragno dal buco. Ero la migliore dissimulatrice dell'universo, sempre buon viso, più o meno, a cattivo gioco. Di rado parlavo di me e se lo facevo, allora c'era da preoccuparsi.
Restai da mia madre anche per la cena e poi me ne tornai all'autorimessa per iniziare la mia seconda notte di addetta alle emergenze.
Il fine settimana fu piuttosto movimentato, ma Fred mi

aveva avvisata. Fino alle sei del mattino fu un succedersi di segnali di avviso e di clienti in tiro che andavano e tornavano con le loro belle auto lucide. Riuscii ad addormentarmi definitivamente alle prime luci dell'alba e mi risvegliai alle due per lo squillo del telefono.

«Pronto?», brontolai a fatica.

«Stavi dormendo?»

«Sì Fred, dormivo», borbottai, «stanotte è stato un viavai assurdo».

«Immagino, comunque ti ho chiamata per dirti che stasera ti aspetto a cena, Miranda vuole conoscerti».

«Va bene, per che ora?»

«Le otto?»

«Uhm, va bene, ma come facciamo qui?», chiesi buttando un occhio ai video.

«Non ti preoccupare, dal mio computer qui a casa vedo tutto».

«Ah, ah», risposi interdetta.

«Vuoi che ti venga a prendere?»

«No, faccio una passeggiata, ci vediamo alle otto».

«Va bene, a stasera, ciao».

Riattaccai e ripiombai nel sonno fino a metà pomeriggio dopodiché me ne andai al bar a mangiare qualcosa.

Quella domenica Ben e Ester erano di riposo quindi mi sistemai a un tavolo a bere un caffè e a leggere un po' di cronaca di New York. Dopo qualche minuto due uomini si sedettero al tavolo accanto. Parlavano ad alta voce e anche senza volerlo mi trovai ad ascoltarli.

«Stai invecchiando, Seth, mai immaginavo di batterti così, quaranta minuti, non si è mai visto un tale distacco».

«Sta' zitto, è la paternità», disse il secondo uomo. «Jason non mi fa dormire la notte. Hai solo il vantaggio di essere un dannato single».

«Se per questo anche io la notte dormo poco». Ne seguì una risata tribale.

«Certo, certo, vedrai se la settimana prossima non mi rifaccio. Annabelle va dai suoi genitori per il week-end con il bambino e giuro, ti lascerò indietro come al solito».

Seguì un brindisi.

«Ma senti un po', Adam, poi com'è finita con la hostess della settimana scorsa?».

In quel momento alzai lo sguardo dal giornale e buttai un occhio disinteressato al tavolo accanto.

«Buongiorno», disse Adam Scott fulminandomi.

Tramortita tentennai un «Buongiorno» e immediatamente tornai al problema dell'asfalto sulla Broadway Road.

«Non l'ho chiamata», rispose.

«Come, non l'hai chiamata? Ti aveva dato il suo numero di telefono senza che tu facessi nulla. Se lo avesse dato a me non mi sarei fatto sfuggire un'occasione del genere, era una bella sventola».

«Non l'ho chiamata perché mi ha chiamato lei», lo sentii ridere, «è riuscita a recuperare il numero da una hostess di terra».

«Ah, ah!», rise l'amico. «Figurarsi se non te la facevi. A proposito, Denise, l'amica di Annabelle, quella con le tette da paura, chiede sempre di te».

Sentii Adam Scott ridere: «E tu lasciala chiedere».

"Sbruffone manager griffato", pensai. Nauseata dai discorsi arroganti decisi di andarmene. Richiusi il giornale, e mi alzai.

«Arrivederci», disse Scott mentre spostavo la sedia.

«Arrivederci», risposi svogliata.

Mentre mi allontanavo verso l'uscita sentii l'amico chiedere a Scott chi fossi.

«È del garage dove tengo la macchina», rispose.
"Fedifrago", pensai, e "stronzo lui".
Una volta in strada presi a camminare senza meta. Camminare era quello che sapevo fare meglio. Era un esercizio fisico che mi aiutava a liberare la mente. Avevo iniziato in Nevada, il giorno in cui Paul mi aveva picchiato per la prima volta. Avevo scarpinato per venti miglia sotto il sole cocente fino a raggiungere la città vicina, e poi mi ero fatta venire a prendere da lui, disperatamente in colpa. Da allora, si ripeteva sempre la stessa cosa. Lui mi picchiava e io andavo a camminare per ore, poi senza che gli dicessi nulla, mi recuperava al solito distributore e mi riportava a casa facendosi perdonare, tra pianti e regali e tutto tornava normale, almeno per qualche giorno.
Arrivai puntuale a casa di mio fratello. Ad accogliermi trovai un ammasso peloso di venti chili.
«Lui è Briciola», disse Fred trattenendolo per il collare.
«Briciola perché non lascia in giro una briciola?», chiesi sarcastica, stropicciando il cane super festoso che si lasciò andare a una pipì eccitata.
Miranda accorse sulla soglia con la carta assorbente. «Ciao, io sono Miranda», disse chinandosi sulla pozza.
«Sophie, la sorella disgraziata».
«Oddio che palle che sei!», gracchiò mio fratello. «Dài, vieni dentro scema».
La casa era completamente diversa da come la ricordavo, più in ordine e con un deciso tocco femminile.
Miranda era davvero una bella ragazza, con capelli lunghi e voluminosi color castano scuro. E due seni evidenti. Nonostante le forme pronunciate era longilinea e delicata.
Lei lavorava nella drogheria di famiglia e lui l'aveva conosciuta quando era entrato per comprare una bottiglia di vino italiano, chiedendole aiuto per la scelta. Lei gli

aveva consigliato un Chianti del 2008 e da quel giorno ogni sera, e per quindici di fila, mio fratello era passato a comprare una bottiglia sempre dello stesso vino. Finché non si era dichiarato. Sospirai. C'era qualcosa di follemente romantico in quel tipo di racconti. Avevo sempre l'impressione che le coppie, nel ricordare quei primi momenti, ribadissero il proprio amore l'uno per l'altra. Poi l'atmosfera serena si disintegrò, quando mio fratello fece la domanda del secolo.

«Sophie, ti ha messo le mani addosso?».

Lo guardai sbigottita. «Che dici Fred?»

«Sophie, non sei brava a nascondere i lividi», disse.

Mi morsi le labbra e abbassai lo sguardo sul piatto vuoto, il respiro fermo in gola.

«Per quanto tempo?», chiese.

Miranda si alzò e andò ad armeggiare con la macchina del caffè lasciandomi sola con Fred, il quale mi fissava con insistenza. Lo sapevo, anche se non osavo alzare lo sguardo su di lui.

«Da quanto tempo?», chiese più concitato.

«Un anno», dissi sommessamente.

«E perché diavolo non me l'hai detto?».

A fatica cercai i suoi occhi. «Secondo te, Fred?».

Fred strinse le mani in un pugno nervoso.

«Devi prendere appuntamento con il dottor Richardson! Devi tornare in terapia», sentenziò.

«No, Fred, non ne ho bisogno».

«Sì invece, ne hai bisogno, devi parlarne con qualcuno, non fare il solito sbaglio di tenerti dentro le cose».

Alzai lo sguardo al soffitto e inspirai profondamente.

«Dammi il tempo, adesso sono qui, sono tornata da due giorni e…». Mi sforzavo di parlare, mentre il magone cresceva togliendomi il respiro, e infine lo dissi: «Non vado bene Fred, non vado mai bene, io non lo so cos'è che non va in me. E poi ricaderci non era proprio quello che mi aspettavo, quindi puoi immaginare come mi sento».

Un attimo dopo ero un fiume in piena.

«Dài vieni sul divano». Premuroso, mi sollevò di peso.

«Scusa Miranda», singhiozzai.

«Non ti preoccupare Sophie», disse in un mix di sconcerto e imbarazzo.

«Sono sbagliata», mormorai tra un singhiozzo e l'altro, «perché non ne trovo uno normale?»

«Non sei sbagliata Sophie, sei solo una calamita per gli stronzi».

«Fred!», esclamò Miranda stizzita.

«Scusa Sophie, non lo so cosa c'è che non va». Mi prese il viso tra le mani. «Te lo assicuro, sei normale, la persona più dolce che conosca».

Tirai su con il naso e ricominciai a piangere.

«Stanotte, se vuoi, puoi dormire qui», disse Miranda, «ti preparo il divano».

«Sì», disse Fred perentorio, «dormi qui, e domani mattina per prima cosa chiamiamo il dottor Richardson».

Annuii e inspirai aria nei polmoni per cercare di placare l'emozione.

«Ti sei fatta vedere?», chiese Miranda.

Scossi la testa mesta, totalmente in preda alla vergogna e al disgusto per me stessa.

«Vuoi che chiami Mark?», chiese Fred. «Ti ricordi Mark Cameron, il nostro vicino di casa? Adesso lavora al Mount Sinai Hospital».

Scossi la testa di nuovo. «Andranno via Fred, ci vuole solo un po' di tempo».

«Ma ci metti qualcosa?», chiese Miranda. «Se vuoi ti aiuto, ho una pomata».

«Dài, fatti aiutare Sophie, per favore...», disse a denti stretti mio fratello.

Taciturna, seguii Miranda in bagno.

Mentre mi toglievo la maglietta, evitai di incrociare i suoi occhi. Non volevo vedere alcuna smorfia di disgusto. Una volta seduta sul bordo della vasca, delicata e silenziosa iniziò ad applicare la pomata.

Chiusi gli occhi e cercai il coraggio per parlare. «Miranda», mormorai mentre soffocavo il dolore, «digli solo che ho un paio di lividi».

«Certo», rispose sfiorandomi la guancia.

Quando tornai in soggiorno mio fratello era sul terrazzino al telefono e, da come si sbracciava, capii subito con chi stava parlando. Immobile lo ascoltai urlare ogni sorta di malaugurio, pieno di rabbia. Quando rientrò in soggiorno mi guardò appena. «Scusa Sophie, dovevo farlo», disse, poi sparì in camera.

Una volta sistemato il divano, Miranda prese a riordinare la cucina.

«Miranda faccio io, ti prego, vai da mio fratello per favore» chiesi disarmata, «cerca di calmarlo».

Rimasta sola, sparecchiai e caricai la lavastoviglie, dopodiché mi sistemai sotto le coperte. E Briciola venne a farmi compagnia, a coccolarmi, a consolarmi.

Dormii poco e male, ma bastò comunque a darmi la forza per reagire. Aver detto la verità mi aveva alleggerita dal peso del silenzio. Quindi, dopo essermi alzata, e dopo aver sistemato il divano, lasciai un biglietto avvisando mio fratello che sarei passata all'autorimessa a prendere i documenti per iscrivermi all'università. E così feci. Alle nove e mezza ero ufficialmente tornata una studentessa. Quando rientrai al garage, Fred mi consegnò un post-it con l'orario per andare a far visita al dottor Richardson.

Mi aspettava alle due e mezza. Non avevo per niente voglia di rivederlo, lui, la sua chaise-longue, la libreria colma di trattati e il quadro dietro la poltrona, né di sorbirmi la seduta di terapia, l'agonia del dover per forza parlare.

Con quei pensieri in testa mi addormentai come al solito, era la cosa che mi riusciva meglio. Chiudere gli occhi e non pensare.

Alle due mio fratello mi prelevò dal letto e mi scortò davanti allo studio di Richardson. Ero di nuovo lì. Come se nulla fosse cambiato.

Fred insistette per entrare a parlare con Richardson e io acconsentii. Forse, in quel momento, era più lui ad averne bisogno. Lo ascoltai elencare episodi della mia vita chiedendomi se avesse un taccuino segreto dove annotava le mie malefatte da quando ero nata. Una volta tolti i sassolini nelle scarpe, mi lasciò al mio caro e vecchio psicoterapeuta, non prima di chiedermi, premuroso, se volevo che mi aspettasse.

«No, se non ti dispiace tornerei al garage da sola», avevo risposto lanciando un'occhiata d'intesa a Richardson.

E così avevano avuto inizio le mie sedute silenziose, fatte di "uhm" e "be'" e "non lo so". E tra lezioni e sedute di terapia, piano piano rientrai nei parametri di una persona normale. Lesionata, ma tutto sommato normale.

Pre-ossessione

Dopo un mese mi ero nuovamente ambientata e il Nevada era un lontano ricordo, come i lividi. Avevo fissato il primo esame per l'inizio di dicembre. Sociologia. Per me la scienza dell'inutile.

Trovavo che studiare il fenomeno sociale fosse noioso, alla fine si catalogava generalizzando, invece avevo sempre pensato che ogni individuo fosse unico. Ognuno viveva secondo criteri diversi dettati dalle proprie esperienze personali.

Fred mi lasciò un po' più libera. Solo il mercoledì sera e solo per qualche ora, precisamente fino a mezzanotte e poi scattava l'ora X. Rientrare e dargli il cambio.

Nonostante avessi provato a suo tempo a ricontattare vecchie conoscenze in modo più diretto, ormai erano tutti troppo presi da obblighi lavorativi e familiari da non aver nemmeno il tempo per un drink. L'unico disponibile era stato Steven, un ragazzo gay, conosciuto tanti anni prima. Con lui era facile andare d'accordo, non giudicava mai, era espansivo e aperto. Uscire con lui, però, alla lunga diventò noioso. Mi portava sempre in locali gay dove venivo abbordata da lesbiche o al massimo da misteriosi uomini interessati a ménage.

Una sera lo pregai di andare in un locale etero e controvoglia mi portò in un bar lounge dove lavorava suo fratello Bob. Il tempo di sederci al bancone e Steven aveva già conosciuto un tizio, con il quale era sparito dopo il secondo cocktail. E così, mentre io sorseggiavo il terzo, gentilmente offerto, contemplai la fauna locale. Parlavano in modo concitato, ma gli occhi saltavano da una parte all'altra del locale chiaramente in cerca. Ma di cosa? Presumibilmente di una scopata o dell'incontro della vita. Ripensai alle parole con cui aveva concluso la seduta Richardson, quella stessa mattina: «Sophie, credo che tu debba fare uno sforzo per evitare relazioni, almeno finché non recupererai un equilibrio».

"Equilibrio...", pensai. "Assennatezza, senso della misura nelle scelte e nei comportamenti".

«Ti annoi?», chiese Bob mentre mixava liquidi in una coppa.

«No», risposi sorridendo, «riflettevo».

«Su cosa?»

«Sull'assennatezza», risposi.

«Ah, allora è tutto chiaro», sorrise. «Niente storie per un po'».

«Esatto».

Tra un cocktail e l'altro parlammo di musica, di cinema e di niente, finché me ne tornai al mio angolo di mondo, dove trovai Fred sdraiato a letto a guardare la televisione.

«Ti sei divertita?», chiese appena varcai la soglia del mio rifugio.

«Sì», risposi.

«Dalla faccia non mi sembra».

«E che faccia dovrei avere per essermi divertita?», chiesi curiosa.

«Non quella che hai».

Scrollai le spalle e sorrisi mostrando tutti i denti.

«Ecco, quella», disse.

I giorni a seguire furono il solito tran tran: università

di giorno, visite allo studio di Richardson, pennichella preserale e notte sui video di sorveglianza, alternate da letture o televisione. La regola era che alle dieci passassero Ben e Ester a salutarmi. Ci bevevamo una birra seduti sugli scalini del portone accanto, e aspettavamo insieme l'arrivo del loro autobus.

Avevo studiato tutto il giorno per l'esame dell'indomani e la loro visita serale era quello che ci voleva. Mentre discutevamo vidi Scott rientrare in auto e poi uscire dal garage accompagnato dall'immancabile bella donna sostenuta da tacchi vertiginosi. Mi chiesi se non fosse la hostess di cui avevo sentito parlare nel bar. Non lo vedevo di persona da allora, o meglio, non lo spiavo dalle telecamere. Nel richiudere la porta mi aveva salutato con un sorriso gentile. Non appena furono al di là della strada, Ben non riuscì a trattenersi.

«È sempre insieme a delle belle ragazze», disse.

«Sì, proprio», aveva risposto Ester, «meglio dire delle prostitute pazzesche».

«Prostitute?», chiesi sconcertata.

«Sophie, ma dove vivi? Non esistono donne come quelle nella vita reale, sono prostitute di alto bordo, altissimo direi, è troppo evidente, poi sempre una diversa dall'altra».

«Saranno anche prostitute, ma sono delle belle sventole», intervenne Ben brindando con la mia bottiglia.

Incuriosita e anche meravigliata da quella possibilità, osservai Scott entrare nel condominio di fronte. Non ci avevo mai pensato, anche perché, vedendo quelle donne dalle telecamere, coglievo ben poco dei loro tratti.

«Be' non è detto, con i soldi che ha di sicuro frequenta ambienti di un certo livello».

Ester scosse la testa decisa. «Te lo dico io, sono prostitute, poi è metodico, il lunedì, il mercoledì e il venerdì», disse ancora, «e le fa tornare a casa con il taxi».

«Anche io torno con il taxi!», commentai ironica, «e poi com'è che sai tutte queste cose? Ester, tra poco arriva tuo marito...».

«Ehm», tentennò, «con il mestiere che faccio osservo la gente e poi conosco il custode, me lo ha detto lui, sono prostitute», disse decisa.

«Dovresti darlo tu il mio esame domani», mormorai, divertita dalla sua perspicacia.

«Guarda, capisci subito un uomo dal caffè che prende, se lascia la mancia e soprattutto dalle mani».

«Dalle mani?», chiese Ben.

«Sì, esatto, dalle mani».

«Sono curiosa Ester, vai avanti», dissi divertita.

Ester si alzò in piedi di fronte a noi, seduti come studenti attenti.

«Primo: se gli anulari sono più lunghi degli indici significa che ha un alto livello di testosterone, quindi è maschio, aggressivo e portato a fare soldi. Secondo, capisci subito se è sposato, sempre che porti la fede, e comunque non è detto. Se poi la mano è bella grande e soprattutto dal modo in cui stringe la tua – per intenderci, se la stretta è bella energica – allora capisci come lo usa», disse ammiccante.

«Usa cosa?», chiese Ben.

«Ben, dài! Secondo te cosa?».

Con la coda dell'occhio lo vidi guardarsi la mano e subito dopo chiuderla in un pugno.

«Accidenti Ester», rise appena Ben, «cos'è, un trattato di psicologia?».

Tra me sorrisi. Il criterio di Ester per catalogare un uomo erano le mani, il mio la lingua. Non c'era molta differenza, pensai.

«E le mani di lui come sono?», chiesi curiosa.

«Pericolose, Sophie», disse decisa. «Ogni volta che prende in mano il caffè immagino che possa strozzare qualcuno».

«Dio, che esagerata!», commentò Ben. «Comunque domani cercherò di farci caso», disse lanciandomi un'occhiata divertita.

«Poi mi fai sapere».

«Vedrai se non ho ragione, ha *las manos del diablo*», senteziò Ester.

«Arriva l'autobus, andiamo», disse Ben acchiappando la borsa di Ester per trascinarla via. «Ci vediamo domani».

Seduta sui gradini, li guardai salire sull'autobus, poi alzai gli occhi verso il condominio di fronte e osservai le luci accese al dodicesimo piano, e mi chiesi cosa stesse facendo il signor Scott. Era abbastanza facile da immaginare.

E il giorno dopo, lo trovai nell'ufficio di mio fratello...

«Buongiorno», disse deciso, cogliendomi di sorpresa.

«Buongiorno», risposi e nell'imbarazzo gli chiesi se aspettasse mio fratello.

«Sì, sta aiutando un cliente a mettere in moto l'auto».

«Posso aiutarla io?»

«Non credo, devo rinnovare l'abbonamento, di solito è lui a occuparsene». Il tono composto e professionale non lasciava molto spazio a nessun tipo di chiacchiera.

«Sì, allora ha bisogno di lui, io servo a poco. Arrivederci».

«Arrivederci».

Mentre ci salutavamo entrò mio fratello.

«Mi scusi se l'ho fatta aspettare», disse Fred a Scott, poi si rivolse a me. «Sophie, stai andando al bar? Mi porteresti delle ciambelle?»

«Ehm», tentennai. «Ho un po' di fretta, oggi ho l'esame».

«Non importa, mando dopo Gustav, ci vediamo stasera», disse pulendosi le mani, dopodiché prese a picchiettare al computer. «Dunque, per questo mese sono quattrocentocinquanta dollari, ma per lei faccio quattrocento».

Indossai la giacca e raccolsi lo zaino da terra.

«La prego Fred non voglio approfittarne...», e su quell'ultima parola me ne andai.

Dopo dieci minuti di attesa alla fermata dell'autobus, iniziai a spazientirmi e insieme a me anche una signora dai capelli turchini, che prese a borbottare ingiurie contro la società dei trasporti. Infastidita, mi ero spostata di qualche metro. Odiavo chi si lamentava appellandosi a banali luoghi comuni. Era evidente che ci fosse qualche problema, un incidente, un guasto, la fine del mondo.

Finché...

«Sophie Lether?», sentii il mio nome correre nel vento e mi guardai attorno. Osservai un auto con il finestrino abbassato a due metri da me. Dentro l'abitacolo, Adam Scott mi sorrideva.

«Buongiorno», dissi avvicinandomi.

«Sta andando alla New York University?», mi chiese.

«Sì», risposi stupita.

«Ho appena sentito alla radio di un incidente sulla Broadway e di sicuro il traffico della linea M6 è rallentato. Posso darle un passaggio?». Mi grattai la fronte, irritata dalla lana del cappello, poi guardai l'orologio. «Ma è di strada?».

Scott annuì, sempre con un sorriso smagliante.

«Se preferisce può lasciarmi alla prima metropolitana».

«La prego, salga». Fece scattare la chiusura centralizzata e aprì lo sportello.

La cantilena rabbiosa dell'anziana dietro di me richiamò la mia attenzione. Mi guardava con espressione invidiosa e anche un po' rancorosa. Per allontanarmi da quell'energia negativa mentalmente ripetei: *specchio riflesso, specchio riflesso*, e incerta mi accomodai nell'abitacolo lindo e profumato.

«Davvero non vorrei darle disturbo, signor Scott».

«Nessun disturbo, allacci la cintura per favore», disse.

Dopo aver obbedito all'ordine perentorio, rientrammo nel traffico.

«È davvero di strada?», chiesi.

«Sì, non si preoccupi», rispose tranquillo.

In quell'abitacolo da *migliaia* di dollari e soprattutto seduta accanto a lui, vestito con un completo da qualche *migliaio* di dollari, mi sentii veramente orribile, nella mia tenuta da mercatino dell'usato. Mi sistemai la gonna coprendo la calzamaglia consumata sulle ginocchia.

Era strano sentirmi dare del lei, ma in fondo era pur sempre un cliente di mio fratello. Fermi al semaforo, Scott prese il bicchiere di caffè dal vano portabevande e ne bevve un sorso. In quel momento gli fissai la mano e il pensiero corse inevitabilmente alla teoria di Ester. A guardarle bene, a me non sembravano così pericolose. Erano affusolate, e l'anulare più lungo dell'indice, quindi "maschio", ma non sembravano afferrare il bicchiere per stritolarlo.

«Cosa frequenta?», chiese.

«Arti e Scienze», risposi.

«Non è un po' fuori corso?».

La domanda mi fece sentire una fallita, come al solito.

«Sì, ho ripreso gli studi interrotti due anni fa», risposi laconica.

Sistemò nel vano contenitore il caffè, prese il cellulare, digitò il codice di protezione, guardò con superficialità il display e poi lo lasciò cadere nel portaoggetti.

«Mi scusi la domanda, ma lei vive sopra l'autorimessa?», chiese guardandomi con una leggera nota di sconcerto.

Di male in peggio.

«Sì, momentaneamente», risposi un po' infastidita.

Era evidente: con lui non c'era partita, ero una specie inferiore, che magari lo incuriosiva pure, come gli esseri umani davanti alla gabbia di uno zoo, intenti a guardare un orso polare nel Bronx. Al che decisi di restituirgli la palla.

«Lei invece cosa fa?», chiesi stucchevole.

«Io», disse quasi sorpreso, «io dirigo una società finanziaria, mi occupo di fusioni e acquisizioni».

Per una decina di secondi rimasi in silenzio ricomponendo il quadro. Un trader, forse? Un broker?

«E vive di fronte all'autorimessa?», chiesi leggermente seccata.

Sembrò compiaciuto della domanda, perché abbozzò un sorriso intuitivo: «Sì, momentaneamente».

Ebbi l'impressione che mi stesse prendendo in giro e in parte lo apprezzai.

Dopo dieci minuti eravamo imbottigliati nel solito ingorgo. Anche in macchina sarei arrivata tardissimo. Ma in cinque minuti potevo raggiungere la metropolitana a piedi e arrivare appena in tempo per registrarmi all'esame.

«Senta, io la ringrazio, ma se non le dispiace io scenderei. Andando a piedi riesco a prendere la metropolitana a due isolati da qui. Oggi non posso proprio fare tardi, ho il primo esame».

Notai nella sua espressione un mix di sorpresa e di delusione e qualcos'altro che faticai a capire.

«Certo Sophie», disse enigmatico, «mi sembra una buona idea».

«Bene, allora ancora grazie». Scesi dall'auto e prima di richiudere lo sportello gli augurai buona giornata.

Scott sorrise piegando la testa, folgorandomi con un'occhiata decisamente provocante. «Arrivederci Sophie».

E il mio nome, pronunciato da quella voce vellutata, fu puro brivido. Mi allontanai frastornata.

Trafelata, riuscii ad arrivare appena in tempo per registrarmi all'esame. Nell'attesa del test, mi sistemai sulle scale a ripassare, ma ero troppo agitata, così mi incantai a osservare fuori dalla finestra lo sfilare degli studenti nel campus.

L'ambiente universitario in parte mi piaceva e in parte no. La promessa di un futuro brillante era tutta negli sguardi degli studenti, liberi e speranzosi. Era piacevole vederli confrontarsi e vivere nell'idea del "tutto è possibile, basta crederci". Da una parte faceva riaccendere in me la speranza che in un futuro prossimo avrei combinato qualcosa di buono. Dall'altra mi sconfortava, perché il mondo fuori dal campus era duro, ostile, e io era del tutto disincantata.

Le porte dell'aula si aprirono. Era arrivato il momento. A passi incerti mi incamminai. Avevo sempre odiato quel momento. Quando lo stomaco si attorciglia, il fiato si accorcia, i brividi ti accompagnano passo dopo passo e tutto quello che hai studiato si racchiude in tre parole. Quando aspetti il foglio del test e vorresti solo scappare via.

Mi sistemai ben eretta sulla sedia, piantai gli occhi sul questionario. E via. Come se il tempo fosse sospeso, spuntai risposte una dopo l'altra.

Nonostante due anni di assenza risposi a tutte le domande. Ero soddisfatta e sapevo con certezza di aver fatto un buon lavoro e soprattutto mantenuto la media. Tornata al garage trovai mio fratello con un mazzo di fiori tra le mani.

«Cos'è?», chiesi. «Che succede? Ti stai per risposare?»

«Scema, sono per te, com'è andato l'esame?»

«Bene, stamattina pensavo non avessi capito che dovevo farlo».

«Lo sapevo benissimo, ma non volevo agitarti, ho preferito non dirti nulla».

Era il fratello migliore della terra. «Grazie Fred», dissi abbracciandolo. Che altro potevo dire.

Per l'occasione mi lasciò la serata di sabato libera, per qualche ora. In quel mese, frequentando l'università, avevo fatto qualche amicizia, in particolare con una ragazza dell'Oregon, una certa Susan, e la sua compagna di stanza Silvy, di Beatty Nevada. Erano molto giovani e provinciali, ma la vita di New York le stava svegliando per bene, soprattutto grazie alle feste al campus. Spesso mi trattenevo in biblioteca e qualche volta pranzavamo insieme. Le portavo in giro per New York per far conoscere loro la città e le sue bellezze nascoste. Per festeggiare decidemmo di andare a un rave party in un locale dell'Upper West Side. Dopo anni mi trovai trasportata dalla musica incalzante. Chiusi gli occhi e mi lasciai travolgere dal ritmo. Quando li riaprii, mi accorsi di avere vicino un ragazzo. Aveva i capelli scompigliati. Lo spettinato da bello e dannato. Notai il suo sorriso gentile: angeli al primo appuntamento, diavoli per il resto della vita, avevo immediatamente pensato. Dopo qualche sguardo ammiccante e un contatto ravvicinato, ci eravamo spostati fuori dal locale a prendere un po' di aria. Il tempo di trovare un angolo protetto e la sua lingua era nella mia bocca. Il solo contatto delle sue labbra sulle mie aveva spalancato la porta del mio desiderio, chiusa da mesi. In passato non mi ero mai fatta troppi scrupoli. Di solito, se qualcuno ci provava, chiedevo sempre di essere baciata. Avevo imparato che se uno non sa baciarti come Dio comanda, allora anche il resto è aria fritta. Se invece uno sconosciuto riesce a baciarti in un locale affollato, sotto lo sguardo di estranei e amici, allora vai sul sicuro. Ma quello che mi interessava era il test della lingua. Se era molle o asciutta, c'era da lasciar perdere, se al contrario era vorticosa, un serpente duro, allora se ne poteva parlare. E la sua lingua prometteva bene. La foga di quei baci e della sue mani spasmodiche intorno alla vita mi reclamavano, e in un attimo mi incatenai a lui. Avevo mandato un messaggio a Silvy e Susan avvertendole della mia conquista e poi avevo seguito il mio sexy sconosciuto a casa sua. Si chiamava Ryan e faceva l'informatico. Nel tragitto in auto odiai ogni singola parola proferita dalla sua bocca. Avevo un chiodo fisso in testa e l'eccitazione insieme ai farmaci e ai cocktail erano un mix letale. A casa sua ci precipitammo sul suo letto coperto da lenzuola da single, briciole di patatine e macchie di dubbia provenienza. Ma una volta tolti i vestiti, tutta la mia eccitazione si spense di fronte al suo microscopico pene. "Noooooo!", urlai dentro di me, ma ormai ero lì. L'ultima speranza era la sua lingua, i baci fuori dal locale non mi avevano delusa. Dopo un po' di preliminari gli chiesi di leccarmela e per la prima volta la mia teoria venne smontata. Girava a vuoto, senza cognizione di cosa stesse facendo, nonostante muovessi i fianchi per orientare le sue pennellate in un punto preciso. Sventolava la lingua deciso, ma io non sentivo nulla. Ormai spenta e delusa preferii farmi prendere a cucchiaio, nella speranza che riuscisse a darmi un po' di piacere con la mano, ma fu inutile. Durò il tempo di un sorso d'acqua. Dopo un tè lo avevo salutato, ringraziando mio fratello di avermi affibbiato un impegno inderogabile. Il garage e la sua notte. Ero rientrata per dargli il cambio in preda a una sottile voglia. Non ero soddisfatta e non vedevo l'ora che se ne andasse per darmi da fare da sola e porre fine a quella smania. Appena la saracinesca si era chiusa ero corsa a farmi una doccia per levarmi di dosso la saliva di Ryan e darmi un po' di piacere, ma proprio sul più bello era andata via la luce. Imprecando, avevo recuperato a tentoni l'asciugamano, e nel buio ero tornata in camera a cercare qualsiasi cosa potesse fare luce. Staccai il portatile dalla presa e sfruttando il bagliore dello schermo andai nell'ufficio di mio fratello a recuperare una torcia. Mentre rovistavo in ogni cassetto e armadietto, qualcuno bussò al vetro dell'ufficio spaventandomi a morte.

«C'è qualcuno?». Era la voce di un uomo.

«Chi è?», chiesi presa alla sprovvista.

«Sono Adam Scott, tessera 754 267 221, sono rimasto bloccato, può farmi uscire?», chiese.

Alzai la veneziana della vetrata e mi ritrovai di fronte una luce accecante.

«Sophie, è lei?»

«Sì sono io, può abbassare la torcia per favore?», chiesi coprendomi gli occhi con il braccio.

«Sì certo, mi scusi».

Dopo essermi accertata che fosse proprio Scott, lo lasciai entrare e mi resi conto, da come mi scrutava, di essere avvolta in un asciugamano striminzito. Indietreggiai di qualche passo riparandomi dietro lo schedario.

«Mi scusi, ma stavo facendo la doccia». Risi imbarazzata per la situazione. «Se aspetta un attimo mi rivesto e prendo le chiavi, poi la faccio uscire dal portone principale e... senta... potrebbe prestarmi la sua torcia mentre io le lascio il computer?».

Nell'oscurità colsi un sorriso. Era sicuramente divertito dalla situazione bizzarra. «Certo, prenda pure», disse offrendomi la torcia.

Tornai in camera, velocemente mi infilai la tuta e tornai da Scott, che nel frattempo si era seduto alla scrivania con il computer sulle gambe.

«Mi scusi ancora. Prego, l'accompagno, mi segua», dissi scivolando verso il retro. Scott mi seguì.

«Ma non ha paura di stare qui da sola?», mi chiese a metà corridoio.

«No», risposi.

Armeggiai con la serratura, aiutata dalla torcia, e spalancai la porta sul buio del quartiere, avvolto in un silenzio surreale.

«Ecco, è libero», dissi in una risata stupida.

Scott ricambiò con un sorriso perplesso, poi poco prima di oltrepassare la soglia si portò di fronte a me, tanto che mi spostai di lato, sorpresa.

«Vuole che resti a farle compagnia finché non torna la luce?», chiese.

Stupita e confusa dalla gentile offerta faticai a respirare. «Ehm, no, va bene così».

«È sicura?», chiese con due occhi seducenti e diabolici. «Non penso ci vorrà molto. Credo sia un black-out solo di questa zona».

«No, davvero, è troppo gentile».

«Come vuole, allora a presto Sophie».

E di nuovo una scarica elettrica mi percorse la spina dorsale. Come pronunciava lui il mio nome, non lo faceva nessuno. Nel richiudere la porta mi resi conto di avere la sua torcia tra le mani.

«Signor Scott, la torcia», urlai.

Scott arrestò il passo a metà strada. «La tenga pure», rispose senza voltarsi.

«Ma a che piano abita?», gli chiesi.

«Scusi?», e in una lentezza impressionante si girò a guardarmi.

«Di sicuro l'ascensore non va e dovrà farsi le scale a piedi e al buio, abita molto in alto?»

«In effetti al dodicesimo», disse, «non ci avevo pensato».

Per curiosità e per un sottile, malsano desiderio nei suoi confronti, azzardai: «Senta, se vuole aspettare qui le offro una tazza di caffè».

Sorrise raggiante, tanto che ne rimasi quasi meravigliata. «Mi sembra una buona idea», disse tornando sui suoi passi.

Ci accomodammo alla scrivania di mio fratello, imbarazzati. Si capiva dal silenzio di entrambi. Per scongiurare l'attesa gli offrii come promesso un caffè con qualche biscotto sbriciolato.

«Come vanno gli studi? L'esame dell'altro giorno?», chiese dopo averne bevuto un bel sorso.

«Bene, è stato il primo esame dopo secoli ed è andato molto bene, ho mantenuto la media».

«Quanti gliene restano?»

«Quattro», risposi, «e, senta, signor Scott, può darmi del tu».

«Va bene, Sophie, a patto che tu mi chiami Adam e non signor Scott», sorrise.

Sorseggiò di nuovo il caffè e poi si inumidì le labbra. Anche nel lieve bagliore della torcia per un istante ebbi la sensazione che quel gesto, per certi versi involontario, celasse un desiderio. Scossi la testa. Forse più un mio desiderio, ormai guastato dall'incontro serale con Ryan e dal black-out.

«Allora, come vanno le cose? Ti sei abituata alla città?».

Scrollai le spalle. «Più o meno».
«Cosa fai di solito quando non sei qui?».
Scrollai di nuovo le spalle e addentai un biscotto. «Niente».
Adam Scott scosse la testa divertito. «Sei una di poche parole. Dài Sophie, raccontami qualcosa di te».
Già… non ero una chiacchierona e quelle domande mi facevano sentire come da Richardson, quando incalzandomi cercava di smuovere il mio silenzio.
«Non so mai cosa raccontare».
«Be', allora, se vuoi inizio io. Dunque, mi chiamo Adam Scott, cosa che sai già, ho trent'anni, vengo da Philadelphia, ho due sorelle più piccole, mio padre era dirigente della Carrier e mia madre una casalinga devota a noi tre creature. La sorella di mezzo è un chirurgo neonatale al The Children's Hospital di Philadelphia, mentre l'altra è insegnante alle elementari. Mi sono laureato…». Si interruppe corrugando la fronte. «È davvero banale parlare di sé». Per un istante uno sciame elettrico illuminò l'ambiente, per poi lasciarci di nuovo al buio. «Credo stiano lavorando per ripristinare la corrente, penso che tra poco riavremo la luce», disse.
«Sì, penso anche io», e sbadigliai.
«Senti Sophie, te lo chiedo di nuovo, non hai paura di stare qui?»
«No, perché dovrei?», risposi. «Sto nella mia stanza chiusa a chiave e osservo i clienti andare e venire».
Adam spalancò improvvisamente gli occhi, come se avessi detto un'oscenità. «Cioè, osservi dalle telecamere?», chiese.
«Sì, in realtà non guardo sempre, solo quando entra o esce qualche cliente. Da quando mio fratello ha automatizzato l'ingresso, tiene le telecamere per dare assistenza

nel caso ci fosse bisogno. Stasera, per esempio. Peccato che il generatore non sia partito». Abbozzai un sorriso divertito, ma lo soffocai davanti al suo sguardo incerto.

«Quindi vedi anche me entrare e uscire ogni volta?»

«Be' sì, butto un occhio, controllo solo che non ci siano problemi». Notai la sua espressione farsi più cupa. «Comunque il più delle volte – ma che rimanga tra noi – dormo o guardo la televisione».

Sorrise appena.

Puntai la torcia verso l'orologio sopra la cassettiera. Erano passati solo venti minuti. Interminabili.

«Quindi, oltre a frequentare l'università non fai nient'altro? Non vedi nessuno?», mi chiese di punto in bianco dopo un minuto buono di sguardi circospetti.

«In che senso?»

«Qualcuno in quel senso», rispose diretto.

Sospirai facendo spallucce. «No, al momento non cerco storie».

«Una storia finita male?»

«Direi di sì».

«Puoi sempre cercare storie meno serie», mi suggerì con uno sguardo seducente.

Aggrottai la fronte, certa di aver capito bene. Soffocai un sorriso divertito dall'affermazione fin troppo audace. E ripensando all'esperienza di qualche ora prima risposi: «Non cerco nessun tipo di storia».

Scosse la testa, imprimendo al suo viso un'espressione da pericoloso incantatore.

«Al momento ho altri piani», aggiunsi in risposta a quell'espressione da schiaffi.

«Per esempio?», chiese.

«Laurearmi», risposi.

«E poi?»

«Faccio un passo alla volta, adesso è laurearmi, poi penserò al dopo», dissi nella speranza che la smettesse con l'interrogatorio.

«Mi sembra giusto», rispose ammirato, «un passo alla volta». Dal suo modo di guardarmi ebbi la stessa impressione avuta in macchina. Ero l'orso polare nello zoo del Bronx, un animale da studiare, da analizzare e magari a cui lanciare pure un boccone.

«E tu, invece, frequenti qualcuno?», chiesi diretta.

Piegò la testa di lato in una smorfia stupita, quasi ostile. «Non guardi le telecamere?», chiese.

Abbassai lo sguardo, un po' colpevole. «Sì, insomma, ti vedo con un sacco di donne, quindi meglio chiederti se ti vedi con più di qualcuna».

Adam sembrò apprezzare la battuta, tanto da addolcire la sua espressione.

«Direi di sì, più di qualcuna, quindi la domanda qual è, Sophie?».

Ogni volta che pronunciava il mio nome mi sentivo svenire. Mi entrava nel cervello.

«Nessuna in particolare», dissi cercando di mascherare l'imbarazzo, e per farlo mangiai l'ennesimo biscotto. «Era per fare conversazione, mi hai chiesto di me, altrettanto ho fatto io».

Adam appoggiò la tazza sul tavolo, poi, intrecciate le mani, le portò sopra il ginocchio della gamba accavallata.

«Credo tu voglia sapere perché non ne frequento solo una e soprattutto perché mi accompagno con certe donne», disse. «Non è un mistero».

Tutta quella sincerità mi sembrò eccessiva. Stupidamente avevo voluto lanciargli una frecciatina e ora mi si ritorceva contro. E il discorso poteva prendere una piega pericolosa. Lui era un cliente di mio fratello.

Per fortuna la luce tornò improvvisamente, interrompendo la conversazione e la verità che di lì a poco mi sarebbe stata rivelata. Scattai in piedi facendo rovesciare a terra la sedia, sentendomi una stupida, goffa ragazzina.

«Allora vado, grazie per il caffè Sophie, mi ha fatto piacere parlare con te. Ringrazierò anche tuo fratello per la gentilezza».

Sconcertata dalla sua vicinanza, annuii timorosa.

Lo accompagnai alla porta sentendo la sua presenza alle spalle. Anche fasciata nella mia tuta, avevo l'impressione di essere nuda con lui dietro. Dopo esserci salutati con una stretta di mano vigorosa, richiusi la porta. Una cosa l'avevo imparata, in anni di relazioni fallimentari. Dovevo averlo di certo infastidito e aver scatenato qualche reazione in lui con il mio non troppo sottile rifiuto.

L'indomani mattina, mentre sedevo al tavolo del bar leggendo il giornale, Adam comparve al di là del vetro. Aveva richiamato la mia attenzione bussando e aveva chiesto a gesti di poter bere un caffè con me. Mentre avanzava nel locale, cercai di elaborare una frase appropriata per scusarmi della domanda fuori luogo della sera precedente e invece non riuscii a mettere insieme nemmeno una parola. Di solito vestiva di tutto punto, giacca e cravatta, con completi che al solo sfiorarli si rischiava una multa, mentre quel giorno l'abbigliamento casual lo rendeva normale e allo stesso tempo tremendamente sexy. Per una volta non mi sentii il solito fenomeno da baraccone. Appena arrivò al tavolo si sedette di fronte a me, con fare deciso ma incredibilmente elegante.

«Ciao Sophie», esordì sicuro. «Sarò sincero, speravo di trovarti per scusarmi… per come ho reagito ieri sera alla tua domanda…».

Disorientata, scrutavo il collo libero dal solito nodo della cravatta. Aveva un bel pomo di Adamo. Non so perché, ma quella leggera protuberanza aveva qualcosa di eccitante.

«Come avrai intuito ho...».

Interruppi quel momento di confessione alzando la mano. Di sapere i fatti suoi non avevo granché voglia, e poi, ero io a essere in torto.

«Ascolta, non ti devi scusare di nulla, ognuno di noi ha dei problemi con le relazioni, se poi ci metti il sesso di mezzo siamo a posto. Non mi devi alcuna spiegazione, sono io che voglio chiederti scusa per essere stata inopportuna. Volevo stuzzicarti, non so neppure perché l'ho fatto».

«Ah», mormorò, «stuzzicarmi?». Aggrottò la fronte divertito.

«Sì, più o meno, mi stavi facendo solo domande che mi mettevano in crisi e così ti ho ridato la palla».

«Scusa, non pensavo di averti messo in imbarazzo».

«Non proprio in imbarazzo, ma a disagio», sottolineai, «non amo parlare di me e tanto meno delle storie che voglio o non voglio avere».

«Capisco, allora ti chiedo scusa».

«Idem».

«Perfetto», mormorò compiaciuto.

Un attimo dopo comparve il fantasma di Ester. Aveva davvero qualcosa di spettrale e inquietante. «Prende qualcosa?», chiese in un inglese guatemalteco, per giunta stizzito.

«Sì, un caffè amaro, grazie», disse Adam, rivolgendole appena uno sguardo.

«Altro?», chiese Ester, puntandomi due occhi indemoniati. Facendole chiaramente capire di andarsene, le lasciai intendere che era tutto sotto controllo.

Una volta soli ci sorridemmo guardinghi. Non so lui, ma io non sapevo davvero cosa dire. Riuscivo a malapena a reggere il suo sguardo. Non mi era mai capitato di sentirmi disorientata davanti a un uomo, ma lui scatenava in me un senso di inadeguatezza assoluta. Non era per la poca stima di me stessa, era perché mi sentivo sciogliere.

«Cosa stavi leggendo?», chiese indicando il giornale.

«Questo». E lo spostai in mezzo al tavolo, mostrandogli l'articolo. «Una bella scoperta, sempre che sia fattibile», aggiunsi.

«Interessante», commentò Adam dopo aver letto qualche riga.

«Sì, se davvero si può ricavare carburante dall'acqua penso che il mondo avrà un futuro».

Lo squillo del suo cellulare interruppe la conversazione. Dopo la telefonata telegrafica, fatta di "sì, no, più tardi, dipende, perfetto, a stasera", riportò i suoi occhi su di me.

«Devo andare Sophie, ho un appuntamento», disse finendo di bere il suo caffè.

«Ok, allora ci vediamo», risposi.

«Sì, a presto», disse alzandosi dal tavolo.

«A presto». Sorrisi e tornai alla lettura dell'articolo.

Cinque righe dopo, Ester si materializzò con i suoi guanti in lattice, raccolse la tazza di Adam e borbottò qualcosa a proposito di Dio e di sterminio di virus. «Hai guardato le sue mani?», chiese sedendosi al tavolo.

«No, non ci ho fatto caso», risposi.

«Sophie... pericolose... pericolos...». Rimase di pietra quando vide Adam ricomparire al tavolo. Senza fiatare si era alzata riprendendo il giro dei caffè.

«Senti», disse Adam in una compostezza leggermente

rigida, «sto andando al MoMA per visionare l'allestimento di una mostra che la mia società sponsorizza. Ti va di accompagnarmi?».

Cosa potevo rispondere? Lui era un cliente di mio fratello, che abitava di fronte al garage e che tutto il quartiere conosceva come puttaniere. Mi aveva colto decisamente alla sprovvista.

«Ma forse hai degli impegni? Te l'ho proposto perché pensavo che una mostra fosse qualcosa di diverso dal solito *niente* di cui ti occupi», disse sarcastico.

Sorrisi per la battuta. «No, non ho nessun impegno, ma che mostra è?», chiesi restando sulle mie.

«Magritte», rispose.

Ci pensai un po' su, poi accettai. Mi piaceva Magritte.

«Ma sei sicuro che non disturbo?», chiesi richiudendo il giornale.

«Assolutamente», disse, «dài, andiamo».

Uscimmo insieme dal bar sotto lo sguardo allarmato di Ester e Ben. A gesti feci capire che ci saremmo sentiti per telefono più tardi.

Una volta in strada chiesi a Adam di andare a prendere la macchina da solo, per evitare che mio fratello si facesse strane idee. Che erano esattamente le idee che avevo in testa. Farmelo. E lui mi aveva fatto intendere la stessa cosa, al di là di ogni dubbio. Sì, perché, ammettiamolo, io ero ancora in astinenza dalla sera prima, e lui non so per quale motivo, *mi faceva sangue*, tanto sangue, troppo sangue.

Arrivati al MoMA, Adam venne accolto da uno schieramento di donne e uomini vestiti di tutto punto che presero a salutarlo con strette di mano vigorose. Io mi dileguai piano piano verso la reception a sfogliare cartoline e dépliant della mostra. Dopo qualche istante, con la coda dell'occhio, vidi Adam lasciare la comitiva nell'atrio per raggiungermi.

«Sophie, vieni anche tu, devo vedere la mostra», disse accomodante.

«Forse non è il caso... Non so, non mi sento molto a mio agio e poi non voglio proprio disturbare», dissi cercando i suoi occhi.

L'espressione di delicata indulgenza allontanò il disagio. «È solo una mostra, mica una serata di gala, dài vieni, il curatore ci illustrerà le opere».

Sospinta dalla sua mano sulla schiena, fuoco decisamente ardente, raggiunsi la comitiva. Adam mi presentò a tutti e a tutte, compreso il curatore spagnolo, come un'amica. E in gruppo proseguimmo nelle varie aree del complesso espositivo, attenti ad ascoltare il fraseggio armonico e poetico di Mr Xavier Lebox.

Dopo una ventina di minuti, infastidita dalla voce di Xavier, ma soprattutto dalla schiera riverente nei confronti di Adam, rimasi indietro ad ammirare le opere in solitudine.

Di Magritte avevo stampati nella mente tre dipinti. *Il castello dei Pirenei*, *L'impero delle luci*, ma soprattutto *Gli amanti*, e quando mi trovai a meno di un metro da quel quadro, non riuscii a non cadere in un vortice di pura estasi. Un bacio conturbante fra due amanti, che esprimeva appieno la morte e l'impossibilità di dialogo. La rappresentazione di un amore muto, ma pieno di passione, nonostante la mancanza di comunicazione. Privati dei sensi della vista e del tatto, dell'esperienza sensibile ma comunque coinvolti in quel sentimento totale che è l'amore. Ecco quello che cercavo, un amore che potesse superare le barriere della comunicazione, dei sensi e delle proprie maschere.

Lessi la didascalia nella targhetta accanto al dipinto:

C'è un interesse in ciò che è nascosto e ciò che il visibile non ci mostra. Questo interesse può assumere le forme di un sentimento decisamente intenso, una sorta di conflitto, direi, tra visibile nascosto e visibile apparente. Magritte.

«Ti piace?», chiese Adam, improvvisamente vicino a me.

«Molto», risposi.

«È molto intenso», aggiunse puntandomi addosso i suoi occhi.

«Sì», sospirai.

«Vuoi vedere la mostra da sola?»

«Se non ti dispiace, Xavier è un po' petulante per i miei gusti».

«Sì lo penso anche io», rise divertito. «Senti, io devo proseguire con loro, ho anche alcuni aspetti logistici da discutere. Se vuoi ci possiamo vedere al bar, il primo che arriva aspetta l'altro».

«Perfetto, ci vediamo dopo».

«Allora a dopo».

Lo guardai riunirsi alla comitiva di leccapiedi e io tornai al sospiro degli amanti. Finito il giro, ciondolai un po' al bookshop e poi me ne andai al bar. Così, sola, ascoltavo disinteressata un dibattito sull'imminente fine del mondo pronosticata dai Maya, quando il barista mormorò qualcosa tra sé.

«Ci credi?», gli chiesi.

«Non lo so, se ne dicono tante, non è nemmeno chiaro che giorno sarà, comunque spero solo di dormire. Se dovesse accadere, vorrei non accorgermi di nulla».

«Io invece penso che non accadrà nulla, saremo costretti ancora una volta a scontrarci con il disincanto della vita».

Il barista mi guardò incuriosito, poi sorrise. «Che cosa ci fai tu qui, bella esistenzialista?»

«Ho accompagnato un amico», risposi.
«Io sono Andrea, l'incerto».
«Sophie, la disincantata».
Frequentava la Scuola di arti visive, si era trasferito da due anni da un paese terremotato del centro Italia e per arrotondare aveva fatto domanda al MoMA. Aveva sperato in un lavoretto legato ai suoi studi, invece, proprio perché italiano, era stato messo al bar ristorante.
Parlammo un po' della sua tragica esperienza poi della mostra, che lui riteneva strepitosa. Dopo circa un'ora Adam mi raggiunse.
«Sophie, possiamo andare», disse facendo scivolare la mano sulla mia schiena.
Per fortuna ero seduta sullo sgabello. Se fossi stata in piedi sarei piombata a terra. Un gesto semplice e delicato che però aveva attivato tutti i miei ormoni.
«Quanto le devo?», chiese Adam al barista.
«Niente, per la bella Sophie offre la casa», rispose Andrea.
«Insisto», disse con disappunto Adam. «Quanto le devo?», ripeté.
Sia io che Andrea cogliemmo nel tono e nello sguardo di Adam una determinazione rabbiosa. Senza ribattere, Andrea digitò lo scontrino alla cassa. «Cinque dollari», disse.
«Tenga il resto», e lasciò una banconota da dieci dollari sul bancone. Poi afferrò il mio braccio, in modo delicato ma allo stesso tempo deciso. «Andiamo Sophie».
Salutai Andrea con una smorfia rammaricata, alla quale rispose strizzando un occhio, e in un silenzio surreale uscimmo dalla galleria. Una volta fuori Adam proseguì verso l'auto a passo sicuro, ma quando aprì lo sportello per farmi salire, mi arrestai.

«Senti, io torno con i mezzi».

Adam mi guardò incerto. «Perché?», chiese.

«Se ci sono problemi, posso tornare a casa da sola», dissi senza entrare nel merito dell'umore nero che lo aveva avvolto.

«*C'è* qualche problema?», chiese interdetto.

«Io non ho nessun problema», puntualizzai, «dico solo che se hai dei pensieri non ti preoccupare per me». E aggiunsi: «Se sei nervoso, ecco, ti lascio alle tue faccende».

Non mi piaceva essere coinvolta in questioni che non mi riguardavano. Ero stata un pungiball per troppo tempo e riconoscevo quando qualcuno mi scaricava addosso il proprio malumore, soprattutto se era scatenato da rivalità da testosterone. Adam, per tutta risposta, rilassò le spalle e fece una risata stupita.

«Non ho pensieri e a casa ti ci porto io Sophie, per favore, sali in macchina». Il suo tono era più gentile. Di nuovo la sua mano sulla schiena mi spinse verso l'abitacolo. Mi accomodai, incerta. Nel traffico immobile di un sabato mattina inoltrato fissavo il viavai della città dal finestrino, trattenendo la tristezza.

«Ti va di venire a pranzo con me?», mi chiese di punto in bianco.

"Sì, no, non lo so". Alzai gli occhi al cielo, poi decisi per il no. Nessuna relazione, finché il buonsenso e la misura non avessero contraddistinto le mie scelte e i miei comportamenti.

«No, grazie», risposi diretta.

«Hai impegni?»

«Devo vedere un'amica», mentii.

«Ah, allora vedi che fai qualcosa di più del solito niente», commentò con una ridicola ironia.

«Già», risposi senza guardarlo.

«Allora, va bene se ti porto a casa?»
«Sì, ma lasciami all'angolo», risposi monotona fissando la strada.
Con la coda dell'occhio lo vidi osservarmi per qualche secondo.
«Scusa, ho avuto delle grane con gli espositori, fingono sempre di non capire e...».
Annuii silenziosa e mi voltai a guardare fuori dal finestrino. Invece io non fingevo di non capire. Era fin troppo chiaro cosa lo avesse scosso. Non ero mica nata ieri e di uomini stronzi ne avevo già incontrati tanti. Primo fra tutti Albert, soprannominato "l'ossessivo". Dopo i primi mesi di idillio, la gelosia lo aveva reso folle. Mi seguiva dappertutto, con scenate plateali, schiaffi e tanto altro. E in Adam avevo riconosciuto il medesimo temperamento. Era decisamente meglio finirla lì. Non ero sua. Forse nella sua testa stava programmando di sedurmi, e io ero fortemente tentata di cedere, ma non ero sua. E dopo la scena con Andrea, tutto di me mi diceva di stargli lontana.
«Al semaforo va bene», gli dissi a un isolato dall'autorimessa.
«Certo».
Dopo cento metri accostò l'auto al marciapiede, afferrai la maniglia, mi voltai appena e lo salutai risoluta. «Grazie per la mostra». Senza aspettare alcuna risposta scesi sul marciapiede.
«Scusami Sophie», disse Adam piegato sul sedile del passeggero, con un'espressione incerta e confusa.
Mi sforzai di sorridere. «Ciao Adam». E richiuso lo sportello attraversai la strada, preparandomi alla solita camminata senza meta.
Una calamita. Ero pura calamita per gente del genere. Avevo già avuto storie con uomini che erano riusciti a far-

mi tanto male da non credere più in me stessa. Umiliata e nauseata da relazioni insane, schifata da uomini burattinai. Perché ero attratta sempre da quel tipo di uomini? E poi, dannazione, perché non trovavo mai una relazione alla pari? Una storia semplice? Calamita, ero una maledetta calamita.

Per non tornare subito al garage, trascorsi il pomeriggio in giro per mercatini dell'usato dove, dopo un'accesa contrattazione, riuscii a portarmi a casa un bel salvagente in poliestere, con corda rossa, per cinque dollari. Volevo appenderlo nella mia stanza, così da ricordarmi sempre che io *non* ero il salvagente di nessuno, non ero la crocerossina di nessuno e, se proprio dovevo salvare qualcuno, quel qualcuno doveva valere davvero la pena. Alle sette ero di nuovo di vedetta all'autorimessa. Dal ristorante del buon Wu mi portarono i soliti spaghetti di soia. Guardavo la televisione e osservavo distrattamente i clienti sfilare nei video. Intorno alle nove vidi anche Adam raggiungere il garage per prendere la macchina. Immaginai, guardandolo, che dopo meno di mezz'ora l'avrei rivisto tornare con qualche stanga delle sue.

Comunque preferii concentrarmi sul finale di stagione di *Grey's Anatomy*, che in quegli attimi si faceva più incalzante. Assistetti alla dichiarazione di Mark a una Lexie morente. Una scena che riuscì a scuotermi così tanto che presi a piangere senza controllo. Quella serie, ridicola per certi versi, era uno strazio, e i finali di stagione erano puntate al cardiopalmo. L'amore in punto di morte, straziante.

Afferrai il pacchetto dei fazzoletti nel cassetto e notai dai video di sorveglianza l'auto di Adam ancora al suo posto. Il pianto di Meredith mi riportò alle immagini della puntata. Provai fastidio. Dopo la scena di Lexie, tutto il dramma era scemato per colpa di quell'attricetta imbalsamata che simulava un pianto finto: una bambina avrebbe fatto di meglio. Un istante dopo suonò il campanello dell'ufficio. Nella telecamera esterna gli occhi di Adam mi fissavano. Per senso del dovere risposi alla richiesta, anche se ne avrei fatto a meno.

«Sophie, ho comprato delle birre, mi chiedevo se ti andava di berne una insieme», disse sorridendo.

Immediatamente nella testa iniziarono a frullare due parole: calamita e ossessione.

«Mi dispiace, ma non posso far salire nessuno».

«Se vuoi possiamo berla qui fuori», disse.

"Calamita e ossessione".

«Senti, sto andando a dormire, mi spiace... facciamo un'altra volta», risposi.

«Capisco», disse. «Allora buonanotte».

«Buonanotte», risposi e riappesi il ricevitore.

L'osservai andarsene e me ne tornai alla scena finale della serie. Non capendo come era finita e chi altro era morto, mi indispettii.

"Capisco", aveva detto. Lo speravo davvero.

Alle dieci il campanello fece i soliti tre richiami. Erano Ben e Ester. Seduti sui gradini, con le solite birre tra le mani, presero a incalzarmi con le domande.

«Sophie, spero che tu non abbia fatto sesso con quell'uomo!», esordì la mia amica riscaldandosi.

Scoppiai a ridere. «Ester, stai tranquilla, non è successo nulla, sono andata a vedere la mostra di Magritte e poi ho fatto un giro per mercatini».

«Ma che cosa vuole?», chiese Ben.

«Secondo te Ben?», chiesi. «Offrirmi un lavoro!».

«*O madre de Dios*, pensa alle malattie che deve avere addosso», disse Ester. «Mi fa sempre schifo quando devo portar via la tazza del suo caffè. Per fortuna uso sempre i guanti».

«Esagerata! Comunque te lo ripeto, stai tranquilla, non è successo nulla e non accadrà nulla». E nel dirlo alzai lo sguardo al dodicesimo piano, illuminato.

Teoria del caos

Per qualche giorno non lo vidi più. Quando arrivava il mio turno notavo l'auto parcheggiata e lì restava tutta la notte. Avevo letto sul giornale un articolo dedicato all'inaugurazione della mostra di Magritte. Era stata un successo, e i portavoce del museo auspicavano un buon afflusso di visitatori per i prossimi tre mesi. Al centro dell'articolo, una foto di lui insieme al curatore Xavier, sorridenti davanti al dipinto degli amanti.

Comunque non mi davo affatto pena per lui. Dovevo studiare per il prossimo esame, quindi trascorrevo la maggior parte del tempo in biblioteca. Come quel pomeriggio, quando all'improvviso me lo ero trovato accanto, come un fantasma. Non lo avevo percepito arrivare, in biblioteca non alzavo quasi mai gli occhi dai libri. Nella quiete tipica di quell'ambiente riuscivo sempre a estraniarmi. C'era un silenzio rassicurante. Mi sentivo a mio agio in mezzo a gente costretta a parlare sottovoce, a misurare i toni e i contenuti delle parole.

Adam aveva semplicemente appoggiato la mano sul tavolo e piegandosi con il busto si era avvicinato per salutarmi, sussurrandomi un «Ciao Sophie», all'orecchio, per farmi rabbrividire.

«Ciao», avevo risposto, assalita dal panico.

Nella mia mente si erano affollate le immagini di Albert che mi seguiva ovunque, e per reazione mi ero alzata di scatto. Avevo osservato Susan, seduta dietro a Adam, fissarmi curiosa, mentre si arricciava un ciuffo di capelli intorno al dito.

«Che ci fai qui?», chiesi nervosa soppesando il tono.

Adam corrugò la fronte, perplesso di fronte alla mia reazione.

«Devo incontrare il rettore per reclutare degli stagisti», aveva risposto.

Disturbata dal suo sorriso, avevo fatto un passo indietro inciampando nella sedia. Gli occhi di tutti i presenti arrivarono come stilettate, imbarazzandomi. Adam mi afferrò il braccio per sostenermi.

«Il rettore mi stava facendo fare un giro per la facoltà e ti ho vista», aggiunse.

«Ah, ah», risposi scrutando in fondo al tavolo il rettore con altre tre persone, rivolte verso di noi. Infastidita ritornai sui suoi occhi, senza sapere bene cosa dire. Per fortuna fu lui a togliermi dall'impaccio.

«Ti lascio studiare, volevo solo salutarti», disse gentile.

«Ok».

Appena si era allontanato avevo lasciato andare il respiro ed ero tornata a sedermi.

«Ma chi è?»

«Un cliente di mio fratello», sussurrai.

«Bel tipo», asserì Susan.

«Sì, parecchio», e ringraziai di essere in biblioteca, dove le chiacchiere non erano ammesse.

Ritornai a fatica alla lettura della teoria del caos. Quanto mai perfetta per come mi sentivo in quel momento. Sforzandomi di non seguirlo con lo sguardo, affondai gli occhi nella pagina. O almeno ci provai con tutta me stessa. Per le due ore seguenti continuai a leggere e a rileggere dieci righe senza capire nulla. Più tardi incontrammo

Silvy alla caffetteria e Susan decise di mettermi alle strette sull'incontro di poco prima.

«Ma è solo un cliente?», chiese di punto in bianco nel mezzo di una conversazione sul trattato di Lorenz.

«Di chi parli?», chiese Silvy.

«Di un fico che Sophie ha incontrato in biblioteca».

Silvy sgranò gli occhi tutta eccitata. «Ah!», esclamò, «ma allora hai in ballo qualcosa!».

Risi divertita. «No, è solo un cliente di mio fratello».

«Per il panico che ti ha preso direi che per te non è solo un cliente. Ti sei sciolta come ghiaccio nell'acqua», osservò Susan. «Dovevi esserci», aggiunse strizzando un occhio a Silvy.

«Allora?», chiese Silvy, «dài, racconta!».

Davanti alla loro ridicola e adolescenziale curiosità sbuffai pesantemente. «Ve l'ho detto, è solo un cliente, un bel cliente, ma non c'è niente, vive di fronte all'autorimessa di mio fratello e si scopa solo prostitute».

Susan e Silvy sbiancarono, non certe di aver capito bene. «Scusa, va con le puttane?», chiesero all'unisono.

«Sì, ogni lunedì, mercoledì e venerdì», risposi.

«Non lo avrei mai immaginato», mormorò Susan pensierosa.

«Già, comunque fondamentalmente è uno stronzo narcisista».

«Come tutti», osservò Silvy.

Susan, ancora pensierosa, riapprodò sul pianeta Terra. «Come fa ad andare con le prostitute uno così? Potrebbe avere tutte le donne che vuole con quel sorriso da urlo», disse sconcertata.

«Mi sembra abbastanza chiaro, preferisce quelle perché non vuole storie».

E all'improvviso mi fu tutto chiaro... Ricordai la sua

domanda durante il black-out: «Credo tu voglia sapere perché non ne frequento solo una e soprattutto perché mi accompagno con certe donne». Semplice, non voleva impegnarsi.

«Giusto», disse Silvy.

Comunque, ne avevo abbastanza di quel discorso. Le salutai e me ne andai alla fermata dell'autobus per tornare a casa. Ascoltavo la musica della mia playlist al cellulare senza pensare a nulla in particolare. Seduta sul muretto fissavo a terra, quando me lo trovai di nuovo davanti. Stava diventando una dannata abitudine e questo mi mise in allarme. Chiusi gli occhi e respirai profondamente.

«Vuoi un passaggio?», chiese gentile.

Sorpresa e preoccupata saltai giù dal muretto e risposi veloce: «Preferirei di no».

La sua espressione si fece amara e quasi sorpresa. Mi squadrò incerto qualche secondo. «Sophie, è solo un passaggio, non ho strane intenzioni e accetto le tue condizioni».

Scossi la testa perplessa. Io non avevo messo condizioni, ma solo un chiaro paletto. Mi era sembrato abbastanza evidente.

«Cosa c'è?», chiese.

«Non odiavi chi fingeva di non capire?».

Sorrise accattivante. «È solo un passaggio, non ti rapisco», disse ironico. Mi guardava con aria beffarda e stranamente provocante, come fossi una ragazzina capricciosa. E questo mi urtò ancora di più della sua presenza. Non poteva capire cosa significasse per me un certo tipo di attenzioni. Paura e ansia.

«Preferirei di no».

Si morse il labbro e sospirò. Stava per dire qualcosa per mettermi alle strette. Quindi decisi di essere più chiara.

«Senti, non ho niente contro di te, ma non è affatto rassicurante trovarti qui, e poi non credo alle coincidenze. Per favore, non prendertela, ma ho dei seri problemi con quelli che compaiono all'improvviso».

L'espressione di Adam si fece decisamente più triste. «Non mi è molto chiaro, mi stai dando dello stalker, Sophie?», chiese serio e quasi risentito.

Perché diamine continuava a ripetere il mio nome? Trattenni l'impeto di mandarlo al diavolo.

«No, ma davvero, torno da sola, non ti offendere», risposi cercando di restare calma. Intanto con la coda dell'occhio avvistai l'autobus. «Poi sta arrivando l'autobus». Lo indicai. «E mi piace essere trasportata per la città».

«Ci metti un'ora in autobus, in macchina molto meno, comunque come credi», disse spazientito. «Ci vediamo, Sophie».

«Sì, ci vediamo» e mi affrettai a salire sull'M6.

Mentre prendevo posto lo vidi entrare nella sua auto ferma in doppia fila.

Equilibrio... assennatezza... senso della misura nelle scelte e nei comportamenti... ripetei fino a casa.

Per fortuna, grazie alla partita degli Yankee, del traffico di New York non c'era traccia e quindi, anziché la paventata ora, impiegai solo quaranta minuti. Salutai mio fratello e mi rifugiai nel mio tugurio. Mangiai un hamburger vegetale e, dopo aver scaricato il nuovo album dei Sigur Rós, mi sdraiai ad ascoltare le loro melodie trascendentali fino alle dieci. Finché, come sempre, Ben e Ester non arrivarono a darmi la buonanotte. Parlottammo del più e del meno seduti alla fermata dell'autobus. Ester era tutta euforica per l'arrivo della famiglia, aveva trovato un nuovo appartamento con una camera in più per il ragazzino. Si era anche interessata per iscriverlo l'anno successivo a scuola, non prima che il piccolo avesse imparato bene l'inglese. Ben invece era in trattativa per aprire un locale nel Jersey. Insomma, tutti e due in qualche modo tracciavano percorsi, andavano avanti. E il paragone era d'obbligo. E io? Oltre a uscire dalla solita storia, cosa stavo facendo? Quale direzione stavo prendendo? Dopo averli salutati, restai ancorata alla panchina della fermata a riflettere sulla mia vita. Mi resi conto di quanto fossi sola e senza la benché minima aspettativa. Il rumore fragoroso di una ventina di Hogs mi riportò alla realtà. In attesa del semaforo verde, si divertivano a dare dei colpi all'acceleratore, irritando il circondario e me. Incrociai lo sguardo di un vecchio centauro con una barba bianca, lunga quasi fino alla vita. Mi sorrise ma io non accennai a mutare l'espressione irritata.

«Ehi!», disse l'uomo con tono provocatorio.

Lo fissai scontrosa. «Dici a me?», chiesi, già pronta a mandarlo al diavolo.

«Sì», rispose, «guarda lì». E puntò l'indice a terra. Curiosa seguii con lo sguardo la sua mano.

«Ti è caduto il sorriso», disse. E subito dopo fece rombare prepotente il motore, seguito da tutti gli altri. Scoppiai a ridere.

«Grazie», risposi. «Adesso l'ho raccolto».

«Brava», disse in una simpatica smorfia sdentata.

Me ne tornai a piedi verso l'autorimessa insieme al mio ritrovato buonumore, che si spense non appena misi a fuoco Adam, seduto sui gradini con un cesto di birre ai piedi.

«Possiamo bere una birra qui fuori? Vedo che lo fai tutte le sere», disse mostrando il cesto di birre. «Una birra, Sophie, solo una birra, qui in mezzo alla strada».

Ne sistemò una accanto a sé e con un sorriso disarmante mi fece segno di sedermi vicino a lui. «Non ti mangio».

«Ok». Speravo di togliermelo dai piedi una volta trangugiata la birra.

Brindammo e nel gelo di quel dieci dicembre mi chiese cosa facessi a Capodanno.

«Sarò qui».

«Tuo fratello non ti lascia mai libera?», chiese ironico.

«Solo il mercoledì», risposi senza rendermene conto.

«Perché? Devi essere tenuta a bada?», chiese ammiccante.

Mi irrigidii. Adam bevve un sorso di birra e rimase con lo sguardo fisso a terra per qualche secondo, pensieroso.

«Scusa», disse. «Comunque non mi sembri una che deve essere tenuta a bada, anzi, mi sembri una che sa quello che vuole. Conosci bene i limiti fino a cui puoi spingerti, non posso darti torto». Ancora un sorso di birra. «È bene conoscere il limite da non oltrepassare, è più facile gestirsi».

Perplessa, lo osservai, compiaciuta dell'acutezza dei suoi pensieri. Era intelligente. Ma a quel punto la domanda era fin troppo scontata. E i suoi limiti? Quali erano?

«Comunque, come va l'università?», chiese per cambiare discorso. Cosa che apprezzai.

«Bene».

Adam si spostò uno scalino sotto il mio e appoggiando le spalle alla balaustra allungò le gambe, accavallandole. «Cosa stavi studiando in biblioteca oggi?»

«La teoria del caos», risposi stringendo le braccia alle ginocchia.

«Sensibilità alle condizioni iniziali, imprevedibilità, ed evoluzione», disse.

«Esatto», affermai sorpresa, «ma non la capisco molto, anche se capisco che non esistono regole».

«In che contesto la stai studiando, psicologia?»

«Sì».

«Allora immagino conoscerai la teoria della farfalla di Lorenz?». Terminata la birra se ne aprì un'altra.

«Più o meno».

«Posso spiegartela, se vuoi».

Annuii.

«Dunque, la teoria sostiene che un battito d'ali di una farfalla in Brasile può scatenare un uragano nel Texas, il che significa che una variazione anche piccola può, nel corso del tempo, provocare grandi conseguenze. Applicato alla psicologia, per spiegare l'instabile equilibrio di una persona che soffre di disturbi psicologici, bisogna pensare come un'influenza esterna, un incidente da niente possa provocare conseguenze catastrofiche in quella persona. Un disturbo banale instaura un processo di reazioni a catena che può portare a gravi patologie. Un po' come il castello di carte: cade una carta e cadono tutte. Piccole cause, grandi effetti».

Mentre illustrava la teoria mi trovai ad ascoltarlo e guardarlo incantata. Il modo di parlare molto calmo mi metteva a mio agio. Sembrava un ragazzo qualsiasi. Mi chiesi se non fosse solo una maschera quella che indossava di giorno, nei suoi vestiti da migliaia di dollari. Ma era un particolare ad avermi colpita: il suo modo di tenere la birra tra le mani. Non lo avevo mai visto fare a nessuno. Teneva il collo della bottiglia tra l'indice e il medio bloccandolo nella parte superiore con il pollice. Trovavo quel gesto carico di sensualità. Non potei fare a meno di pensare alla teoria di Ester, e immediatamente dopo mi chiesi come fosse la sua lingua. Di sicuro le sue labbra erano invitanti.

«Ti ho illuminata?», chiese risvegliandomi da quella riflessione.

«Com'è che sai tutte queste cose?»

«Le applico nel mio lavoro».

Presi una seconda birra e la stappai. «Piccole cause, grandi effetti», borbottai riflettendoci sopra.

«Proprio così, se ci pensi ogni nostra azione, pur piccola che sia, può provocare dei danni enormi in altri».

«Già», mormorai.

«Come al MoMA», disse. Lo guardai perplessa. «Quando mi sono sentito offeso dal barista. Un'azione piccola, incosciente ha scatenato un putiferio». E immediatamente mi oscurai. Adam se ne accorse. «Ecco, esattamente come in questo istante. Senti, vorrei sapere davvero cosa pensi di me», mi chiese. Sorrisi mordendomi le labbra. «Sincera Sophie, sono tutto orecchie», aggiunse, «vorrei capire cosa c'è che non va. Non ti ho fatto nulla, ma per qualche ragione tu mi hai catalogato come persona da evitare».

Voleva davvero che gli rivelassi quello che pensavo sul suo conto? Perché a me era fin troppo chiaro. Mi stava sottovalutando. Comunque decisi di essere sincera una volta per tutte e mettere fine a quel continuo tentativo di seduzione. Mi alzai in piedi e Adam si sedette composto sul gradino, fissandomi serio e interessato.

«Penso che tu sia una persona ossessiva, dominatrice, manipolatrice, con problemi di relazione».

Spalancò gli occhi. Per reazione, rise sorpreso. «Molto schietta, grazie, altro?»

«Che vuoi venire a letto con me e di sicuro ci pensi in continuazione. E che io sono la tua nuova ossessione». E a quella frase scesi sul marciapiede.

«Sembro un mostro Sophie», disse perplesso. «Un pregio almeno lo hai visto?»

«Adam, voglio essere molto sincera. Ho già conosciuto uomini come te, capaci di dare tanto, ma allo stesso tempo togliere tutto, e io sono dannatamente fragile».

«Sophie», e si alzò in piedi.

«E fammi un favore, non ripetere in continuazione il mio nome», dissi fredda. Ogni volta mi sentivo morire, non ne potevo più.

Era decisamente sorpreso dalla mia reazione.

«Tu sai perché mi accompagno a un certo tipo di donne, Sophie?», e i suoi occhi scavarono le mie iridi. Che cosa diavolo c'entrava con il discorso che stavamo facendo?

«Non ti fanno sentire legato», risposi di impulso.

«Esatto», sibilò.

Quindi mi aveva chiesto di nuovo cosa pensassi di lui.

«La mia opinione conta poco e tu sei libero di fare quello che vuoi. Come hai detto tu, conoscere i propri limiti aiuta, e credo che tu li conosca, per questo scegli quel tipo di donne».

Annuì e finì la birra in un unico sorso. Con espressione decisa mi fissò qualche secondo. «Giusto», disse.

Quel discorso iniziava a preoccuparmi perché sapevo dove sarebbe andato a finire. E io ero ancora troppo debole. Bastava poco per farmi capitolare. Un apprezzamento, un gesto di galanteria, la sua mano che mi sfiorava la schiena.

«Senti, è tardi e ho bisogno di dormire».

«Certo, tolgo il disturbo, grazie per la sincerità e per aver bevuto una birra con me, sei stata gentile e per la cronaca hai visto giusto».

«Ok, allora ciao».

Adam mi tagliò in due con lo sguardo, come se gli avessi detto chissà cosa, tanto che ne rimasi ghiacciata.

«Ciao», mormorò e in pochi passi attraversò la strada per poi sparire.

Serrata la porta con tripla mandata, mi assicurai che quella sull'autorimessa fosse ben chiusa, dopodiché mi sigillai in camera. Anche con un black-out, non mi sarei mossa. Quell'uomo era il prototipo dell'incantatore, in tutto. Ogni volta che gli parlavo si insinuava in me come un serpente.

C'era qualcosa di lui che mi attirava e al tempo stesso mi incuteva un timore profondo. Per fortuna, dopo quella sera, non lo incontrai più, ma lo vidi sempre e solo dalle telecamere, in compagnia delle sue immancabili "donnine".

Intanto, come previsto non ci fu alcuna fine del mondo e così arrivarono anche Natale e tutte le altre ricorrenze. Per festeggiarlo si decise di cenare a casa della famiglia di Miranda. Fu un Natale rumoroso ma sereno, come non ricordavo da tanto. A mezzanotte scartammo i regali. Io ricevetti l'immancabile sciarpa e cappello da mia madre, da mio fratello cinquecento dollari, da Miranda un vestito. E un pacchetto da Adam Scott. Un libro, si intuiva dalla confezione.

«Me lo ha dato il signor Scott oggi pomeriggio, mi ha chiesto di fartelo avere».

«Che cos'è?», chiesi basita, nonostante immaginassi il contenuto.

«Aprilo, sono curioso da morire, a me ha regalato una bottiglia di champagne da paura!».

Scartai la confezione sotto gli occhi curiosi di tutti. Sorrisi davanti alla copertina. Era un libro sulla teoria del caos. Nella prima pagina una dedica.

Piccole cause, grandi effetti.
Adam Scott

«Che libro è?», chiese Fred.

«Un libro per il mio prossimo esame».

«È stato gentile, come faceva a saperlo?»

«Ne abbiamo parlato qualche giorno fa, l'ho incontrato una sera mentre rientravo al garage», dissi evitando i dettagli.

Tornata all'autorimessa, decisi di scrivergli un biglietto, da lasciargli sul parabrezza della sua auto.

Grazie per il pensiero, sei stato molto gentile.
Sophie Lether

Non andava, lo appallottolai.

Grazie per il pensiero, lo apprezzo molto.
Sophie Lether

Lo accartocciai di nuovo.

È stato un pensiero gentile, lo leggerò con molto interesse.
Sophie

Buttai via anche quel messaggio e alla fine, telegrafica, scrissi:

Grazie.
Sophie

I giorni che precedettero la fine dell'anno li trascorsi in totale solitudine. La maggior parte dei ricconi di quartiere era partita e nel garage c'erano poche auto da sorvegliare. Tra queste, quella di Adam, ma di lui nessuna traccia. Non ci eravamo più incrociati dopo la sera delle verità e io non pensavo a lui, anche se un'occhiata alle luci del suo appartamento la gettavo sempre, prima di andare a dormire.

Comunque, con il deserto notturno del garage, e l'università chiusa, la mia vita sociale già limitata si appiattì definitivamente. Non avevo neppure la compagnia di Steven, ormai *desaparecido*. Era molto probabile che avesse incontrato qualcuno. Lo faceva sempre. Non gliene facevo una colpa, io stessa mi ero spesso comportata in quel modo, ma non rispondere nemmeno ai messaggi lo trovavo esagerato.

Per combattere la noia trascorsi gli ultimi pomeriggi dell'anno al bar Lucas, dando ripetizioni di inglese al piccolo Esteban e al marito di Ester.

«Cosa fai a Capodanno?», mi chiese un giorno Ester sedendosi al tavolo per una breve pausa.

«Niente», risposi.

«Vuoi venire a cena da noi?», domandò.

«No», mormorai scuotendo la testa. «Penso di stare al garage, mi guarderò un bel film e poi andrò a dormire».

«Bel programma!», disse Ben in piedi avvicinatosi al tavolo. «Se vuoi venire con me, vado a un party giù nel Jersey insieme al mio socio».

Alzai gli occhi corrugando la fronte, inorridita per la proposta. «Bel programma! Meglio l'isolamento del Lether Parking».

«Lo so, lo so, ma devo farlo per forza, devo iniziare a stabilire qualche relazione con la fauna locale, tra un paio di mesi apriamo il nuovo bar e dobbiamo farci conoscere».

«In bocca al lupo, fatti un paio di tatuaggi e metti una bella canotta».

«Dài, vieni anche tu, ci divertiamo, magari incontri qualcuno», mi esortò Ben.

«Sì, come no... magari un tarchiato Romeo lampadato e con l'attrezzo piccolo», disse Ester.

Scoppiai a ridere. «No, l'attrezzo piccolo nooo!».

E arrivò Capodanno...

La serata la trascorsi nella mia stanza, tra pochi cicalini di entrate e uscite, televisione in sottofondo. Lessi per qualche ora un libro sui viaggi nel tempo. Non era male.

Guardando il salvagente mi chiesi cosa avrei cambiato della mia vita se fossi stata in grado di tornare indietro nel tempo. Non trovai risposta, o meglio, erano talmente tante le cose che non avrei fatto che era difficile scegliere. Forse non avrei fatto nulla. Se anche avessi cambiato un solo avvenimento nella mia vita, di certo, prima o poi, mi sarei ritrovata nelle stesse situazioni. Era inutile.

A cinque minuti dallo scoccare della mezzanotte decisi di recuperare tra le confezioni regalo dei clienti una bottiglia adatta al brindisi solitario. Scelsi un Dom Pérignon del 2003, regalo di un certo Richard Benson, e con la tazza del caffè me ne andai fuori sul marciapiede. Speravo di riuscire a vedere qualche fuoco. Dalle finestre arrivavano le urla festose, in trepida attesa del conto alla rovescia. Curiosa, alzai lo sguardo verso il palazzo di fronte, le luci al dodicesimo piano erano spente. Poi due fari mi abbagliarono. Quando riuscii di nuovo a mettere a fuoco, vidi Adam, vestito di tutto punto, scendere dall'auto con una bottiglia e due calici. E in quel momento maledissi la mia stupida idea di scendere a vedere i fuochi. Se me ne fossi rimasta ancorata al letto, non avrei dovuto affrontare il suo evidente e audace attacco.

«Un brindisi?», chiese mostrando la bottiglia.

Gli mostrai il mio Dom Pérignon e la tazza, e lui un sorriso da brivido, soprattutto per la notte di Capodanno.

«Non sei a festeggiare in qualche bel posto?», gli chiesi stringendomi nelle spalle.

«Mi stavo annoiando a morte e poi ti ho pensato, qui, sola e così mi sono detto, solo io, sola lei, soli insieme».

Un'eco di voci scandiva i secondi della fine, come quelle nella mia testa che mi dicevano di rientrare, di scappare, di non cedere, di coprirmi.

Sette. Sei. Cinque. Quattro. Tre. Due. Uno.

Adam stappò la bottiglia.

«Auguri Sophie, buon anno», disse facendo tintinnare il suo bicchiere contro il mio.

«Buon anno», dissi.

Ci baciammo sulla guancia e sorseggiammo lo champagne guardando i fuochi. Le urla gioiose della città correvano in un'unica onda sonora per la via. Adam mi riempì di nuovo il bicchiere.

«Propositi per l'anno nuovo?», chiese appoggiandosi alla sua auto.

Sospirai. «Ne basta uno», disse.

«Forse...», tentennai, «scoprire che nell'universo non siamo soli».

Corrugò la fronte fissandomi intensamente, poi abbassò lo sguardo.

Evitai di rivolgergli domande sui suoi propositi, che erano fin troppo evidenti. Sorseggiai lo champagne pensando a una ragionevole scusa per rientrare. Adam si riempì un altro calice poi mi rivolse un sorriso scaltro.

«Sei dura Sophie!».

Scoppiai a ridere per il complimento.

«Come la pietra», mormorai compiaciuta e mi appoggiai alla balaustra delle scale di fronte a lui. La battuta in qualche modo mi aveva rilassata. Ero stata chiara in merito a qualsiasi possibile relazione e lui ormai lo aveva capito.

«Direi più come un ovulo», disse rompendo le righe. «Difficile da penetrare, ma poi facile da fecondare».

Il mio sorriso si spense. «Penetrare?», chiesi basita. «Un ovulo?»

«Sophie», disse a un passo da me con un respiro avido di aria, e un corpo che emetteva un chiaro segnale. «Sophie, mi piaci davvero», disse avvicinandosi fin troppo.

«Adam, mi sembra di essere stata abbastanza chiara». Scivolando di lato mi allontanai dall'energia erotica che sprigionava il suo corpo.

«Sophie», disse ancora.

«Per favore», lo supplicai a testa bassa. «Non essere insistente».

«Non mi hai chiesto il mio proposito perché lo sai già. Sei tu, Sophie, lo sai». Non avevo il coraggio di alzare lo sguardo. Se lo avessi fatto avrei capitolato. A stento mi tenevo in piedi. Cosa ne sarebbe stato di me? Quanto tempo ci avrebbe messo per mostrarsi per quello che era? Adesso era il più seducente degli incantatori, ma poi? Nella testa un unico mantra: mi farà del male, mi farà del male, mi farà del male… E resterò delusa, come sempre. Avevo capito già, quando avevo visto la sua auto arrestarsi davanti all'autorimessa, come si sarebbe conclusa la notte. E anche se il novantanove per cento di me urlava di resistere, più forte era quell'unico un per cento. Era sempre stato così. Essere desiderati da un uomo è quanto di più letale esista al mondo. Non si può resistere, soprattutto se quell'uomo ti chiama a sé come mai ti è capitato prima. Mi appoggiai al muro per tenermi in piedi. Tremavo.

Adam non esitò. «Guardo le tue labbra e non desidero altro che assaporarle», la mano scivolò sul fianco. Lo trattenni dall'insinuarsi intorno alla vita.

«Adam, io non ce la faccio».

Veloce, portò la mia mano dietro la schiena, obbligandomi a legarmi a lui.

«Chiariscimi il motivo, non so cosa ti sia capitato, davvero non lo capisco», disse a un palmo dal mio viso, mentre venivo avvolta dal desiderio del calore delle sue labbra.

«Sophie, dài, lasciati andare», mormorò. La mano sfiorò la guancia. «Non ti farò del male», disse a un centimetro dalle mie labbra, «e poi è Capodanno», aggiunse ammiccante, mentre il suo sorriso mi proiettava in cielo. Fu allora che capitolai.

Mi ero trovata la sua lingua in bocca e le sue braccia salde intorno alla schiena un secondo dopo. Catapultata nel vortice mi ero aggrappata a lui, per istinto, per necessità, trascinata da un desiderio profondo. Di peso e come un fulmine mi aveva portata nella mia stanza, e mentre mi toglieva i vestiti, baciandomi ogni parte che scopriva, accendendomi di fuoco vivo, volevo solo che entrasse dentro di me. Gli slacciai i primi bottoni della camicia e lui se la tolse al volo in un attimo, poi tutto il resto. Mentre il suo fisico si svelava ai miei occhi e io agognavo che tornasse a toccarmi, sequenza dopo sequenza rividi nella testa le immagini di lui mentre rientrava con le varie prostitute. Mi irrigidii, per istinto mi ritrassi, fermando così lo stillicidio delle sue mani sulla pelle. Come se leggesse i miei pensieri, Adam si piegò su di me prendendo il mio viso tra le mani.

«Uso sempre precauzioni», disse. Tra le dita un preservativo. «Faccio regolarmente analisi e le donne che frequento sono selezionate, hanno tutte un regolare certificato medico».

Tutto ciò spense la passione e riportò a galla la razionalità.

«Forse è meglio...», mormorai agguantando la maglietta.

«No, no, no». Prese a baciarmi in modo delicato, accarezzandomi il viso, il collo, le spalle, le sue labbra saettavano sulla pelle. «Te lo giuro, sono pulito», disse premendo la fronte contro la mia, trattenendo a fatica il respiro. «Sophie, ti voglio troppo».

Non ero convinta, ma non appena aveva allungato la

mano sul mio sesso l'incertezza era sparita, al contatto di quelle dita sconosciute. Un attimo dopo, senza nemmeno che me ne accorgessi, mi ero trovata avvinghiata al suo corpo in balia di un'eccitazione crescente. Ero completamente persa nei suoi baci appassionati, da togliere il fiato. Volevo toccarlo, ma non riuscivo a muovere le braccia. Un neurone riprese il controllo del cervello annebbiato dalla scarica erotica e allora mi resi conto di avere le mani legate alla testiera del letto. In un primo momento mi ero spaventata a morte, sentendomi dannatamente vulnerabile. Strattonai la cinghia e Adam placò l'agitazione baciandomi con ardore, insinuando le dita nel mio sesso. E la sensazione di fragilità sparì. Sotto i suoi occhi infiammati, che veneravano ogni sussulto del mio corpo, mi sentii libera di abbandonarmi al piacere. Era quello che voleva vedere. Di solito ci mettevo un'eternità a raggiungere l'orgasmo se mi masturbavano, ma non con lui, con quegli occhi e quella carne che non potevo nemmeno sfiorare, ma che sentivo calda e morbida a contatto con la mia. E soprattutto, davanti a quella bocca socchiusa in un sorriso sensuale ed erotico. Ero un burattino e lui il mio burattinaio.

«Stai per venire Sophie?», chiese infilandomi la lingua in bocca. Allontanò la mano dal mio sesso placando la carica, risvegliandomi dalla trance. «Vuoi che ti faccia venire?», chiese spostando le labbra sul collo.

Inarcai la schiena e cercai di sciogliermi dalla stretta della cinghia. Certo che sì, anche se adesso volevo liberarmi, almeno per toccarlo.

«Vuoi la mano, la mia lingua o me?», chiese a un palmo dalle mie labbra. Cercai di avvicinarmi, ma lui si allontanò. «Dimmelo Sophie, dimmi cosa vuoi».

La mano si ripresentò sul sesso risvegliando tutto di me.

«Lo voglio sentire dalla tua voce», disse.

I baci sul seno amplificarono il desiderio di quelle labbra e di quella lingua che solleticava il capezzolo turgido e dolorante per l'eccitazione.

«Dimmelo».

«La tua bocca», sibilai sforzandomi di far venire fuori la voce.

Piano piano, lasciando un scia di baci e morsi, scese caricandomi di desiderio e appena sfiorò il clitoride sussultai. Bastò poco per scatenare il finimondo nella carne. L'orgasmo frenetico si propagò in scosse elettriche fino al cervello, soffocai i gemiti controllando il respiro, per non urlare. Nonostante l'orgasmo, Adam continuò a leccare e succhiare avidamente. Cercai di trattenerlo, gli strinsi la testa tra le cosce, ma lui proseguì travolgendomi di un piacere da sfinimento, fino a quando mi lasciai percuotere da un secondo orgasmo, che salì più lento, come un'onda tiepida, lasciandomi con i nervi sciolti.

La sua bocca tornò alla mia e assaporai me stessa sulle sue labbra, sulla sua lingua, pervasa da brividi oceanici. I capezzoli sembravano sul punto di disintegrarsi. Come la mia mente, completamente annientata dalla passione dei suoi modi. Sentivo il corpo avvolto da uno strano torpore, come se l'orgasmo non si fosse esaurito. Adam mi morse il labbro inferiore e poi sorrise, tenendo la fronte premuta contro la mia.

«Sei un fiume in piena, Sophie», disse compiaciuto.

Cercai di nuovo le sue labbra, ma lui si scostò divertito. Lo avrei riempito di baci se solo fossi stata in grado di muovermi, mi sarei messa cavalcioni su di lui pur di fermare quel sottile godimento da sottomessa. "Baciami, baciami, baciami", continuavo a pensare, ma nessuna corda vocale sembrava tradurre la mia volontà. Adam sfilò il preservativo dall'involucro e poi finalmente mi fece sua. Inebetita dal pluriorgasmo, lo accolsi dentro di me quasi inerme. L'irruenza con cui mi penetrò fu così primitiva da volermene dapprima allontanare. Con i piedi puntati sul materasso cercai di sollevare il bacino e spostarmi. Adam mi afferrò i fianchi, spingendosi dentro di me ancora con maggiore impeto e prese a muoversi, sempre più veloce, un ritmo spietato e irrefrenabile. Era un piacere mai provato, una profonda estasi. Era come se il corpo fosse in tilt. Adam mi baciò con violenza e il ritmo delle sue spinte aumentò. Quando avvertii il suo respiro sul collo e i suoi gemiti farsi più insistenti, alzai le ginocchia e inarcai la schiena con un unico desiderio: che lui venisse.

«Dio santo», disse roco.

E a quella voce sprofondai sotto il peso del suo corpo e un sorprendente, inaspettato e diverso appagamento. Lo sentii fremere e affondare deciso dentro di me, rallentare il ritmo, scivolare e rientrare, i suoi ansimi profondi e vellutati sul collo.

Alla fine mi aveva scopata senza che mi rendessi conto di nulla. In balia di lui, come una bambola. Mi aveva scopata, perché io non ero riuscita a fare molto se non a godere mentre si spingeva dentro di me. Quando lo avevo visto e sentito raggiungere l'orgasmo, avevo provato una sensazione di profonda gratitudine e allo stesso tempo di soddisfazione per avergli dato piacere.

Dopo avermi liberato le mani si era accasciato accanto a me, a occhi chiusi. Sdraiata e finalmente libera, potei solcare la sua pelle. Era calda e morbida come avevo avvertito. Presi a baciargli il collo, il petto, le mani, in una sorta di riconoscenza, poi scesi fino al suo sesso. Così tenero e semi dormiente. Lo baciai e accarezzai, poi tornai ai suoi occhi.

«Buon anno Sophie», disse stregandomi con il suo sorriso.

«Buon anno Adam», dissi a fatica.

E così restammo a coccolarci per un tempo infinito. Tra baci e carezze e nessuna parola. Solo i nostri respiri e il battito del suo cuore, che ascoltavo persa in un turbinio di sensazioni. Non avevo mai fatto sesso in quel modo, e nessuno, mai nessuno, era riuscito a regalarmi quel piacere così intenso. Tra quelle braccia ebbi la certezza che, per la prima volta in assoluto, avevo a che fare con l'unico. Proprio così. Prima di lui, nessuno. La vita era lì, in quel momento, il resto era una realtà parallela. Cullata dal ritmo del suo respiro, chiusi gli occhi beata. «Sei bello Adam», mormorai sovrappensiero. Avvertii il suo respiro interrompersi. Riaprii gli occhi e cercai i suoi, serrati e tremendamente seri.

«Che c'è?», chiesi.

«È ora che vada, domani devo alzarmi presto, faccio un'arrampicata con amici».

Mi scostai dal suo abbraccio incerta. Che cosa avevo detto? Un attimo dopo Adam era in piedi, intento a rivestirsi. Lo imitai, raccolsi la maglia insieme alla tuta e li infilai veloce. E seduta sul letto lo guardai sbigottita. Che cosa avevo detto? Solo che era bello, niente di eclatante, ma in qualche modo lo avevo messo sulla difensiva.

«Ho detto qualcosa che non va?», chiesi timorosa.

«No, tutto bene», mi schioccò un bacio sulle labbra e mi accarezzò la testa.

«E allora perché sembra che tu stia scappando?»

«Non scappo, è solo che fra tre ore mi devo alzare per un'arrampicata e devo essere in forma».

Lo fissai perplessa qualche secondo con il fiato corto. «E in tre ore pensi di recuperare la forma?», chiesi sarcastica.

Adam si piegò sulle ginocchia, si portò a un soffio dal mio viso e lo prese tra le mani.

«Sophie, davvero, devo andare, prometto, ti chiamo dopo».

Si rialzò e altrettanto feci io. Sconsolata lo accompagnai alla porta.

«Allora ti chiamo dopo», ripeté prima di uscire.

Sì, come non crederci... non aveva neppure il mio numero di telefono e si era guardato bene dal chiedermelo. Appoggiata al muro, annuii guardandolo appena.

«Torna a letto», disse sfiorandomi il braccio, «ci sentiamo dopo».

«Sì, ciao», dissi e "Stronzo", pensai.

«Ciao».

Richiusi la porta sbattendola sonoramente. Bastardo, si era insinuato come un serpente e io come una stupida c'ero cascata. Chissà cosa gli era passato per la testa quando avevo detto che era bello. Cosa aveva letto tra le righe? Che mi ero innamorata di lui? Perché diavolo lo avevo fatto? Soprattutto con uno come lui, restio alle relazioni, uno che non si legava e che preferiva le prostitute. Che stupida. Stanca, mi rimisi a letto, respirando il suo odore. Abbracciai il cuscino e mi addormentai esausta.

La verità è che non gli piaci abbastanza

Qualche ora dopo mi svegliò la suoneria del cellulare. Era mio fratello.

«Auguri Sophie», disse Fred. «Buon anno! Allora, ti sei annoiata?»

«Ehm, no», risposi confusa.

«Ma stavi dormendo?»

«Sì», risposi guardandomi intorno.

«Sophie sono le dieci!», esclamò. «Comunque, ti ho chiamata per avvisarti che passo tra venti minuti per andare da mamma».

«Ah, ah», mormorai, «va bene, ti aspetto».

«Sveglia Sophie!», urlò. «È il 2013, anno nuovo, vita nuova».

«Sì, sì, va bene, a dopo ciao». E chiusi la comunicazione.

Tra i peggiori risvegli della mia vita e non proprio l'inizio d'anno che avevo immaginato fino a dodici ore prima. Oltre ai dolori alle articolazioni per la ginnastica notturna, un chiodo fisso nella testa. Lui. Almeno mi aveva scopata, pensai lavandomi i denti, molto probabilmente la sua ossessione si era placata. In compenso aveva attivato la mia.

«Stupida crocerossina delle cause perse», borbottai a voce alta fissandomi allo specchio.

Al pranzo di inizio anno a casa di mia madre partecipò anche la famiglia di Miranda, ma in forma ridotta, per fortuna. Solo la madre e il fratello minore, che trascorse il pomeriggio sulla poltrona a smaltire i postumi della sbornia notturna.

Alle sette ero di nuovo operativa al garage. Passai la sera a guardare la macchina di Adam dai video di sorveglianza, immobile, come me del resto. Ferma, in attesa di un suo cenno. Come previsto non mi chiamò. Nei giorni successivi lo vidi andare al lavoro, tornare per poi uscire e ritornare con le solite donne. Evidentemente aveva raggiunto il suo obiettivo: sedurmi a Capodanno piegandomi al suo gioco. Forse per lui era stata solo una sfida. Un'ossessione da placare. Una bandierina da appuntare sulla mappa del mondo.

Io invece non facevo altro che pensare a lui. Ogni sera, quando il campanello suonava, speravo di aprire la porta e trovarmelo davanti, invece erano sempre Ben e Ester, ai quali non avevo raccontato nulla.

Dopo due settimane, un mercoledì sera verso le nove, mi sistemai sui gradini fuori dall'ufficio. Osservando i suoi andirivieni, avevo capito che era un metodico. Il lunedì, il mercoledì e il venerdì. Se avesse preso la macchina, sarebbe dovuto passare davanti a me. Io non avrei detto nulla. Volevo solo vedere se aveva il coraggio di salutarmi.

Alle nove e venticinque lo vidi uscire dal portone e raggiungere l'autorimessa.

Avevo il cuore in gola e faticavo a respirare. A metà strada Adam mi vide e subito distolse lo sguardo. Mi passò accanto e aprì la porta, senza nemmeno un saluto. Avrei voluto avere il coraggio di restare lì finché non fosse uscito, e aspettare finché non fosse tornato con una delle sue prostitute. Ma era troppo umiliante e quindi me ne andai in camera. Per orgoglio spensi i video di sorveglianza. Non volevo vederlo tornare e soprattutto non potevo restare tra quelle quattro mura, che non facevano altro che ricordamelo.

Agguantai la giacca e mi catapultai in strada. Senza meta presi a camminare con la musica sparata nelle orecchie.

Arrivai all'angolo e svoltai a destra sulla Broadway, poi presi la Bond Street. Pensavo solo a camminare. Sospesa nella musica post-rock vagavo per le strade di New York senza meta, seguendo l'onda verde dei semafori. Sulle note finali di *Hearing Damage* mi fermai e, con sorpresa, scoprii di essere davanti al locale dove lavorava il fratello di Steven. Lo interpretai come un segnale e senza indugiare troppo entrai a salutarlo. Mi sistemai sullo sgabello al bancone e poco dopo comparve un cocktail.

«Bob, scusa, sono uscita senza portafogli, mi dispiace, non sono venuta qui per scroccare, volevo solo salutarti», dissi.

«Non ti preoccupare, offro io», disse con espressione curiosa.

«È un po' che non vedo tuo fratello», dissi.

«Non lo sai? È andato a vivere insieme al tipo per il quale ti ha abbandonato qui quando siete venuti insieme, il mese scorso».

«Ma va?!», esclamai. «Gli ho lasciato milioni di messaggi in segreteria, non mi ha mai richiamata».

«Lo immagino... Da quando è tutto preso dalla nuova casa non chiama nessuno, nemmeno mia madre».

Come avevo immaginato. Zerbino per amore.

Sorseggiai il drink senza sapere cosa dire. Ero arrivata lì per scappare e non avevo granché voglia di fare conversazione.

«E tu, invece, cosa combini?», chiese Bob mentre miscelava liquori come un giocoliere.

«Niente». Succhiai dalla cannuccia un bel sorso di alcol.

Rise e versò un avanzo di mix alcolico nel mio bicchiere. «Tieni, rioffre la casa».

Alzai appena lo sguardo su di lui. «Grazie, ma non voglio approfittare, poi mi dici quanto ti devo».

«Niente Sophie, davvero, non ti preoccupare, resta quanto vuoi, almeno scambio due chiacchiere». Dopo aver servito una coppia tornò di nuovo a occuparsi di me. «Allora, mi ha detto Steven che sei stata in Nevada negli ultimi tempi».

Le spalle cedettero sotto il peso dei ricordi.

«Argomento da evitare?»

«Esatto».

«Allora raccontami quello che vuoi».

Di male in peggio.

«Ti piace il lavoro che fai?», chiesi.

«Abile nel restituire la palla!», osservò. «Comunque sì, mi piace».

«Bob», sbraitò nel mio orecchio la cameriera facendomi sussultare, «tavolo otto, due Manhattan, un Martini e due Cosmopolitan».

Veloce, riprese le acrobazie di bicchieri e bottiglie e in meno di due minuti preparò il vassoio.

«Allora? Come mai qui?».

Sospirai e sorseggiai il cocktail, meditabonda.

«Uhm... Ho capito, c'è qualcuno», disse.

«Più o meno».

«Vediamo se indovino... C'è un lui, a te piace, ma ha qualche problema a impegnarsi».

Sorrisi. «Esatto».

«È sempre così, e lascia che te lo dica un esperto: se ha problemi a impegnarsi, te lo dico subito, molla la presa. Di regola o ci sta o non ci sta».

«Regola? Cosa sei? La copia di Justin Long in *La verità è che non gli piaci abbastanza*?», chiesi alzando il sopracciglio destro.

«È la regola, Sophie, fidati. Un uomo, o ci sta subito, o niente gli farà cambiare idea. Da quanto va avanti?»

«Da mai», risposi.

«Peggio, non ci sono speranze».

«Già, credo di averlo capito anche io», risposi laconica, appoggiando il gomito sul bancone a sorreggere la mia faccia depressa.

«Ascolta, fattelo dire da uno che era allergico alle relazioni: basta il primo appuntamento per sapere se c'è storia. Quando ho incontrato Melanie, stop, è stato subito chiaro, e mi è bastato baciarla per capire che era lei».

«Da quanto state insieme?», chiesi incuriosita.

«Tre mesi».

Risi ironica. «Ma smettila, tre mesi e mi vieni a dire che sei impegnato per sempre...».

«Sono serio, le ho anche chiesto di sposarmi».

«Caspita, dopo solo tre mesi?»

«Esatto, è quella giusta», ammise orgoglioso.

"Quella giusta", pensai. Nelle mie relazioni avevo sempre pensato che fossero tutti giusti, per rendermi poi conto che mi ero sbagliata di grosso.

Alla fine aspettai la chiusura del locale raccontandogli le mie vicissitudini con il "tenebroso scopatore", così lo soprannominai. A parere suo, ma altrettanto mio, lo avevo fatto scappare dopo la mia uscita idiota post orgasmo e c'erano ben poche probabilità che si facesse rivedere. Ma considerata la tendenza ad avere rapporti con prostitute, tutto sommato era meglio così. Cortese, Bob mi diede un passaggio all'autorimessa.

Prima di salutarci fece una canna, che fumai titubante. La terapia antidepressiva non andava molto d'accordo con la marijuana. Ma nemmeno l'alcol, in fondo. Che male poteva farmi? Al massimo una caduta abissale della pressione, quanto bastava per farmi dormire senza agonia.

«E come hai conosciuto Melanie?», chiesi al terzo tiro.

Scoppiò a ridere. «Veniva tutti i mercoledì con un'amica per l'aperitivo, e ti confesso mi stava anche sulle palle, sempre metodica nella scelta del cocktail, tanto che ogni volta che la vedevo mi venivano certi pensieri...».

«Tipo?»

«Dài, lo sai... Farmela a sangue, farle perdere un po' della sua rigidità».

"Un altro", pensai. Feci ancora un tiro di canna, pensierosa. «E poi cosa è successo?»

«Una sera, l'amica ha rimorchiato e lei è rimasta da sola, così è venuta a sedersi al bancone. Abbiamo iniziato a parlare e, pensa un po', lei rideva alle mie battute e aveva un ottimo senso dell'umorismo». Prese la canna dalle mie dita e tirò indietro il sedile per stare più comodo. «Comunque, mentre parlavamo mi raccontò di aver fatto un viaggio in Kenya la stessa estate in cui c'ero stato io. Aveva alloggiato nel mio stesso resort».

«Ma va? E tu non ti ricordavi di lei?», chiesi riprendendomi la canna.

«No, ma lei sì. Durante una cena aveva sentito che lavoravo in quel locale e da quando era tornata dalle vacanze, ogni mercoledì si faceva accompagnare dalla sua amica nella speranza che io la riconoscessi».

«E tu invece non l'hai riconosciuta...».

«No, è vero, ma quella sera me ne sono ricordato e da allora stiamo insieme».

Soffiai una scia di fumo fuori dal finestrino poi mi schiarii la voce. «Be', allora la tua teoria del *un uomo o ci sta subito, o niente gli farà cambiare idea* non è più tanto valida».

«Come no, io ci sono stato subito».

«Non proprio, dato che nemmeno ti eri accorto di lei. In questo caso è il contrario, è lei che ha capito che eri quello giusto».

Ci rifletté un po' su. «Non ci avevo pensato, forse hai ragione, quindi tra le righe mi stai dicendo che forse hai speranze con il tenebroso?»

«Non penso, credo si sia tolto uno sfizio, preferisce le etere».

«*Etere*?», chiese interdetto. «Cos'è un'etera?»

«Nell'antica Grecia, l'etera era la prostituta "di alto bordo", più colta, più intelligente della plebea. Era l'accompagnatrice ideale nei banchetti tra uomini».

Bob sistemò lo specchietto retrovisore e si fece improvvisamente serio. «Sophie, senti, non voglio farti agitare, ma quando siamo usciti dal locale ho avuto l'impressione che qualcuno ci seguisse, e quando siamo arrivati qui, dopo poco, un'auto ha parcheggiato dietro di noi e non è sceso nessuno. Guarda dallo specchietto retrovisore, sai chi può essere?».

Piegai la testa e vidi il riflesso della macchina di Adam. Riacciuffai la canna dalle mani di Bob e feci tre tiri consecutivi, riempiendomi i polmoni. «Oh cazzo», mormorai.

«È lui?», chiese.

«Sì, è lui». Lo guardai presa dal panico.

«Vuoi che ti accompagni alla porta?».

Scossi la testa. «Bob, vado, grazie per il passaggio». Gli ripassai la canna e incerta scesi dall'auto in completo subbuglio. «Salutami tuo fratello e digli di chiamarmi almeno per l'inaugurazione».

«D'accordo», rispose. «Comunque, Sophie, resto finché non entri in casa».

«No Bob, se è qui vuole parlarmi». Poi scoppiai a ridere. «O forse farsi una scopata», sussurrai eccitata.

Bob, con espressione incredula, si piegò sul sedile del passeggero. «Dammi il cellulare Sophie». Lo guardai interdetta. «Dammi il cellulare! Ti segno il mio numero, voglio che mi mandi un messaggio appena sei in casa, se non ricevo nulla entro un'ora torno qui». Gli consegnai il mio cellulare e lui memorizzò il suo numero. Poi scosse la testa divertito dalla mia euforia e sorrise. «Ci vediamo, salutami il tuo tenebroso scopatore».

«Ciao».

Appena l'auto di Bob si allontanò mi voltai in cerca di Adam, che stava scendendo dall'auto. Dopo i quattro cocktail, la canna e l'emozione mi tenevo in piedi a stento. E non ero molto certa di resistere davanti alla sua presenza. Adagio mi spostai verso il portone e mi appoggiai alla balaustra delle scale cercando di sembrare a posto.

«Ciao Sophie, ti aspettavo».

"Io non ti aspettavo più", pensai. «Mi hai seguita?», chiesi guardandolo.

In piedi, con le mani nelle tasche della giacca, sembrava in difficoltà. Quindi parlai io, sempre brava a incasinare tutto. «L'ho capito che non vuoi legarti, ma io non te l'ho chiesto».

Annuì sempre fermo e a occhi bassi.

«Mi spiace se lo hai pensato, io per prima non voglio storie». "Ma tu invece mi hai incatenata", pensai.

«Chi era quello in macchina?»

«Un amico», risposi perplessa. Che cosa gliene importava?

«Un amico e basta, o…?».

Risi stranita. «O cosa? Che problemi hai?», chiesi. «Che cosa ti importa di lui?»

«Hai fumato Sophie?».

Non gli risposi, catapultata in un déjà-vu già sperimentato.

«Senti è tardi, devo rientrare», e mi fiondai verso la porta.

«Aspetta», disse.

Non feci in tempo a girarmi che mi trovai la sua bocca sulla mia e le sue braccia intorno alla schiena.

«Hai fumato!», sentenziò stringendomi le guance in una morsa virile.

Cercai di liberarmi dai suoi tentacoli. «Che cosa te ne frega?», dissi concitata.

Adam mi spinse contro il muro premendo il suo corpo contro il mio. «Scusami se non ti ho chiamato».

Cercai di spingerlo via facendo pressione sul petto. Adam arretrò di pochi millimetri tenendomi stretta a sé.

«E non solo... non mi hai nemmeno salutato», sbraitai, «io ho dei problemi, ma tu stai peggio di me».

Mi girava la testa e la sua vicinanza mi stordiva. Appoggiai la fronte sulla sua guancia calda, inebriandomi del suo profumo.

«Mi dici che cosa ti è preso? Per favore, rispondi almeno a questa domanda», chiesi spossata.

«Sensibilità alle condizioni iniziali, imprevedibilità, ed evoluzione», mormorò.

Cercai di afferrare il nesso. Cosa c'entrava la teoria del caos in quel momento?

Chiuse gli occhi e respirò a fondo, tanto a fondo che sembrava in procinto di inabissarsi in acque profonde. Si stava sforzando, visibilmente provato.

«Sono stato preso dal panico». Gli occhi si aprirono scavando nei miei. «Mi costringo a non volerti, ma è tremendamente difficile». Seguì un lungo silenzio.

«E allora?», chiesi dopo un po' che ci fissavamo. «Ti costringi e ora invece sei qui, quindi, devo dire qualcosa io?»

«No, non devi dire niente», e mi liberò dalla sua stretta. «Scusami Sophie se ti sei sentita usata, è così, vero?».

Sospirai e annuii. «Abbastanza».

«Posso fare qualcosa?», chiese sfiorandomi la guancia con le dita, che lente scesero sul mento e leggere sfiorarono il collo, fino alle spalle.

«Vuoi salire?», chiesi incerta delle conseguenze e fin troppo certa di volerle.

«Assolutamente sì», rispose.

Richiusa la porta dietro di noi, tenendomi la mano, mi trascinò in bagno. «Lavati i denti», disse in modo perentorio, poi aggiunse più gentile, «per favore. Hai fumato e non è piacevole il sapore».

Perplessa presi lo spazzolino insieme al dentifricio. Adam aprì il rubinetto della doccia e dallo specchio lo osservai togliersi il maglione e la maglietta insieme. Allora sciacquai rapidamente la bocca, e quando alzai gli occhi dal lavabo era completamente nudo, con un'erezione evidente e invitante. Appoggiata al lavandino lo squadrai da capo a piedi e il fiato si fece più corto mentre le mie labbra si schiudevano in un sorriso di puro desiderio. Adam tese la mano.

«Vieni», disse, e come un automa adagiai la mia nella sua, portandomi a un soffio da quel corpo caldo. Con la mano solcai i muscoli del suo petto, fino all'addome.

Premuroso mi tolse la giacca, il maglione, poi mi sfilò la maglietta e mi liberò dal reggiseno. Ogni volta che tentavo di avvicinarmi per baciarlo, si scostava.

Mi slacciò i jeans che fece scivolare fino ai polpacci insieme agli slip, mi tolse le scarpe e le calze e mi aiutò a sfilare i pantaloni.

Completamente nuda, potei finalmente sentire il calore del suo corpo premere contro il mio. Quel leggero contatto scatenò la mia eccitazione. A piccoli passi ci portammo verso la doccia. Una volta davanti alla tenda, Adam si spostò dietro di me, mi serrò le braccia, mi baciò il collo facendomi sciogliere all'istante e deciso mi spinse sotto il getto.

«Ah!...», urlai cercando di divincolarmi.

Ma la pressione energica di Adam e la sua stretta ferrea sulle braccia non mi davano modo di scappare.

«È freddaaaaa!», urlai dimenandomi. «Cazzo è fredda!».

Dopo tre minuti di tortura gelata, Adam mi lasciò libera di girarmi. Appena mi voltai mi affondò la lingua in bocca, con il corpo mi spinse contro le piastrelle gelide e affondò la mano sul mio sesso.

«Ti prego, ti prego», lo scongiurai abbracciandolo.

Mi prese in braccio e senza troppi scrupoli puntò il pene contro la mia vagina gelata e con una pressione disumana si fece largo in me. Più lo spingeva dentro più avvertivo uno strappo lacerante. Non vedevo l'ora che arrivasse fino in fondo. E finalmente, quando entrò tutto, avvampai di calore. Con una mano mi aggrappai al davanzale della finestrella sopra la doccia e con l'altra all'asta della tenda. Adam si spostò indietro di un passo, io inarcai la schiena e facendo pressione con le spalle sulle piastrelle lo accolsi tutto dentro di me. Ogni muscolo e nervo del suo corpo era concentrato in quel movimento perfetto. Spingersi dentro di me. Mi stava letteralmente sbattendo, e Dio se mi piaceva. E per la prima volta non agognai nessun tipo di orgasmo, mi bastava prenderlo ritmicamente in me. Mi aggrappai a lui, con tutta la forza che avevo.

«Fammi godere», ansimai al suo orecchio. Mi schiacciò

contro le piastrelle continuando a prendermi, era tutto così primordiale con lui. Affondai i denti nell'incavo del suo collo per resistere alla lussuria che vibrava in ogni mia cellula.

«Prendi la pillola?», disse roco.

Oddio, chi se ne fregava della pillola in quel momento.

«No, ma devono arrivarmi tra un paio di giorni», risposi, «vieni dentro, fammi tua».

«Sicura?»

«Sono un orologio».

Adam affondò la lingua nella mia bocca quasi a soffocarmi. Appena resuscitai da quel bacio focoso premetti la fronte sulla sua e attesi di vederlo venire. Ansimò, a scatti, e chiuse gli occhi lasciandosi andare all'orgasmo. Era così appagante assistere al suo piacere, il suo alito caldo era una brezza vellutata. Delicato, mi fece scendere a terra, girò la manopola dell'acqua calda e tenendomi stretta a lui ci spostammo sotto il getto bollente.

Raccolsi un po' di docciaschiuma per lavarlo, ma Adam si scostò, indecifrabile, buttò la faccia sotto il getto di acqua, si diede una sciacquata veloce e un attimo dopo era fuori dalla doccia. Impietrita da quel cambiamento di umore mi affrettai a uscire anche io.

«Lavati i capelli Sophie», disse tassativo, «io vado a casa».

A quella frase mi indemoniai. Ma vaffanculo! Mi era appena venuto dentro, la cosa più intima che potesse esserci tra un uomo e una donna, e ora se ne andava?

«Vaffanculo Adam!», urlai. Agguantai l'accappatoio e uscii dal bagno sconfortata.

«Cosa c'è?», chiese seguendomi.

Raggiunsi la porta d'uscita e la spalancai. «Prego, vai pure a casa». Decisa, gli feci segno di andare.

Adam richiuse la porta e mi spinse contro il muro, sulla faccia un'espressione divertita. «Vado a casa a prendere qualcosa da mangiare, Sophie. Ti ho aspettato tutta la sera e ho una fame da lupi, soprattutto dopo quella doccia afrodisiaca». Si piegò su di me e mi diede un bacio tenero. «Torno, non ti preoccupare».

Al che mi sentii un'idiota. «Pensavo che stessi fuggendo», mormorai.

«Dài, vai a lavarti i capelli, quando te li sarai asciugati sarò di ritorno».

Sorrisi e riaprii la porta. «Ci conto».

Tornai in bagno, da terra raccolsi un cellulare, presumibilmente di Adam, doveva essergli scivolato fuori dalla giacca, lo sistemai sulla mensola del lavabo e in quel momento mi ricordai di Bob. Recuperai il mio e gli mandai un messaggio.

Tutto bene, come previsto abbiamo scopato :-), in settimana passo a trovarti e ti racconto. Grazie mille per la serata. Baci Sophie.

Un secondo dopo mi arrivò la risposta.

Non ti devi far scopare, ma farti amare... parole di Melanie. A presto Bob. Ps: una sera vieni a cena da noi.

Mentre mi asciugavo i capelli, l'occhio cadde sul telefono di Adam. Lo presi tra le mani, era uno smartphone di ultima generazione. Titubante, mordendomi le labbra, digitai il codice che gli avevo visto comporre quando mi aveva dato il passaggio verso l'università. La sua data di nascita. Vista centinaia di volte sulla sua scheda cliente. E quindi iniziai a giocarci. Curiosai tra le varie applicazioni. Alcuni giochi, memo finanziari, abbonamenti a quotidiani e poi incuriosita cliccai sulla galleria di fotografie. Album di famiglia, album di arrampicata e Album Y, e naturalmente cliccai su quest'ultimo. Basita mi trovai a scorrere una sequenza di immagini con donne in inequivocabili situazioni erotiche, sadomaso. Davanti a quella successione mi fu chiaro di avere a che fare con un uomo che amava la perversione. In una sottocartella trovai dei video. Incerta e ancor più preoccupata cliccai e osservai Adam mentre aveva un rapporto sessuale con una donna appesa a una corda, imbavagliata. Incredula e sconcertata guardai tutto l'amplesso. Il citofono suonò. Spensi tutto, mi legai i capelli in una coda disordinata, infilai jeans e maglia e andai ad aprire. A ogni passo mi chiedevo se fossi davvero pronta a rivederlo. Avevo capito che aveva qualche problema con le relazioni e che gli piacesse dominare, ma non immaginavo fino a quel punto. Girai la maniglia e restai bloccata, non avevo la forza di tirare la porta verso l'interno, ma Adam da fuori fece pressione spalancandola.

«Scusa, ci ho messo un po', ho fatto scaldare della pasta», disse entrando, e mi schioccò un bacio sulle labbra. «Vieni, ho fame». Mi prese la mano trascinandomi con sé.

In camera sistemai il piumone a terra, ci sedemmo e Adam tirò fuori una bottiglia di Chianti rosso e una teglia di lasagne. "Ancora", pensai, "non ne posso più".

«Le compro al ristorante da Frank sulla 2nd Avenue, sono molto buone».

Afferrai il piatto e ne presi una porzione microscopica.

«Mangi solo quello?», chiese.

«Sì, non ho tanta fame, è l'una», mormorai.

«Io invece sono affamato, mi hai tolto un sacco di energie stasera...», ironizzò. Accennai appena un sorriso.

«Sei stanca?»

«No, sono perplessa».

Adam scosse la testa incerto. «Per cosa? Per me?», chiese.

In ginocchio mi avvicinai.
«Posso baciarti?», chiesi a un palmo da lui.
Sorrise, solcò le mie braccia con le mani e le chiuse intorno al collo.
«Ma tu non devi toccarmi, sono io a baciarti».
Mi guardò smarrito.
«Posso?», chiesi ancora.
«Certo».
«Allora chiudi gli occhi».
Si morse le labbra con espressione incuriosita. Di sicuro gli sembravo una ragazzina. Ma io avevo bisogno di capire. Capire se fosse in grado di dolcezza, se fosse in grado di ricevere amore, se fosse in grado di controllarsi. Adam chiuse gli occhi e portò le mani sulle ginocchia. Cauta mi avvicinai alle labbra e restai a un millimetro, per qualche secondo, poi gli diedi un leggero bacio. Adam si fece subito avanti per cercarmi.
«Devi restare fermo e non toccarmi».
Adam rilassò il collo e, appoggiata la testa al materasso, chiuse gli occhi. «Sono tutto tuo», disse rivolgendomi un sorriso provocante.
Mi avvicinai nuovamente, a un soffio dalle sue labbra, e per un po' restai lì. Gli diedi un nuovo bacio leggero, poi ancora un altro, la lingua gli inumidì il labbro inferiore, poi con una lieve pressione lentamente entrai nella sua bocca. Sfiorai la sua lingua e tornai indietro e sigillai le sue labbra con le mie, umide. Lo feci ancora. E ancora, e ancora. Gli succhiai il labbro superiore e tornai alla sua bocca. I nostri respiri si fecero più intensi come i baci, sempre più bramosi. Poi, il cicalino dei video di sorveglianza mi richiamò alla realtà. Mi voltai a guardare i monitor qualche secondo, e riportai lo sguardo su di lui, che mi fissava, con un'espressione strana, tra il rapito e il preoccupato.

Mi spostai e tornai seduta a gambe incrociate, raccolsi il piatto, mangiai un boccone e poi con la bocca piena gli feci una domanda, la cui risposta sanciva una promessa.

«Non mi farai del male, vero?»

«No», disse serio, poi mi tolse il piatto dalle mani. «Ma non mi puoi lasciare così, è rischioso». Mi fece scivolare sotto di lui. «Adesso ho fame di qualcosa che hai lì sotto».

Un secondo dopo mi aveva tolto i pantaloni e gli slip. Senza alcun preliminare si era precipitato sulle parti intime, che gonfie non aspettavano altro. Gli piaceva farmi ardere di desiderio e poi lasciarlo insoddisfatto. Ogni volta che la lingua solcava il mio sesso, avevo solo voglia che il piacere esplodesse. Invece lo sfiorava appena, poi si faceva più pressante, poi di nuovo rallentava, succhiava, per fermarsi, mentre io ero vulnerabile e scoperta, in preda a spasmi febbricitanti. Poi tutto ricominciava. Quando, deciso, mi infilò due dita nel sesso, e con il pollice spinse il clitoride in alto solleticandolo frenetico con la lingua, avvertii il mio gioiello esplodere in milioni di vibrazioni. Strinsi i denti e accettai di farmi travolgere dalla valanga. E dentro di me il fuoco fece tabula rasa di tutto. Quando l'orgasmo si placò, Adam raccolse la mia mano nella sua e seminò una scia di baci a partire dal ventre e a salire verso il petto, su per il collo; poi piano piano il suo pene scivolò dentro di me con una facilità strabiliante. Prese a muovere il bacino riempiendomi di sé. Abbassai lo sguardo sui suoi addominali e chiusi gli occhi davanti a quella visione di lui che mi penetrava in modo così virile. Gli misi una mano sulle natiche per accompagnare quella veemenza straordinariamente piacevole.

«Cazzo Sophie», disse roco Adam per poi crollare su di me. Fece scivolare le mani sotto le mie natiche sollevandole da terra affinché potesse affondare ancora di più.

«Ti vengo dentro», ansimò. Lo abbracciai più stretta che potevo, felice che lui godesse.

Restammo avvinghiati a terra per qualche minuto, scambiandoci baci pieni di passione, poi, delicato, uscì da me. Si alzò in piedi in tutto il suo splendore, mentre io, a terra, inerme e madida di sudore, riuscii appena a richiudere le gambe.

«Vado in bagno», disse, «e non ti muovere».

Osservai il suo sedere sodo uscire dalla stanza e lentamente mi rialzai. Avevo l'inguine dolente e anche le braccia. Infilata la maglietta e gli slip, cercai di fare ordine nel nostro picnic notturno, ormai sparso per terra.

«Ti avevo detto di non muoverti», disse Adam sulla soglia della stanza, sempre nudo, con il cellulare in mano.

«Volevo sistemare il casino», risposi.

Adam sorrise e venne ad aiutarmi a raccogliere i piatti.

«Hai ancora fame?», chiesi.

Si portò a un soffio dal mio viso e mi sfiorò le labbra con un bacio delicato. «Solo di una cosa», disse provocante. «Di te».

«Libero di mangiarmi quando ti pare», e gli baciai le mani spingendomi tra le sue braccia.

«Credo sia ora di dormire Sophie, sono le due e mezza».

Abbassai lo sguardo, sconsolata. Quando lo avrei rivisto?

«A che ora arriva tuo fratello?», chiese portandomi di peso sul letto.

«Alle sette».

«Allora resto fino alle sei».

Programmò la sveglia sul cellulare e poi ci coprimmo con la trapunta. Stretta al suo corpo così caldo e invitante, mi addormentai sotto le sue carezze e i suoi baci.

Insidia

Alle sette mio fratello piombò nella mia stanza, come al solito. D'istinto scattai sul letto.

«Sveglia! E buongiorno».

«Ciao», bofonchiai guardandomi attorno. Di Adam nessuna traccia, e nemmeno del nostro picnic.

«Caffè e ciambelle pronte», disse, poi sparì.

Mi alzai dal letto piena di dolori, ma dolci dolori. Sulla scrivania notai il mio cellulare lampeggiare, c'era un messaggio.

Non ho voluto svegliarti, ti chiamo nel pomeriggio. Adam

Chiusi gli occhi e mi portai il cellulare sul cuore. "Deve essersi registrato il mio numero prima di uscire", pensai. Sospesa nel vuoto entrai in bagno, mi feci una doccia, sempre gongolante al ricordo della sera prima, e poi raggiunsi mio fratello in ufficio.

Sprofondata nella sedia della sua scrivania con gli occhi semichiusi, afferrai la ciambella e me la portai alla bocca. Più o meno al terzo morso mio fratello esordì con: «Sta arrivando mamma, ha scoperto che stai qui».

«Cosa?», gracchiai allarmata.

«Ha incontrato la moglie di Gustav al mercato, se lo è lasciata sfuggire, si era dimenticata che mamma non sapeva».

«Oddio».

Le labbra si piegarono in un sorriso divertito. «Arriva tra cinque minuti, vuole vedere come ti sei sistemata».

Scattai in piedi, nel panico. «Allora meglio se riordino la stanza, cosa aspettavi a dirmelo?»

«Che ti riprendessi, sembra che tu non abbia dormito per niente!».

Corsi in camera a rifare il letto, svuotai il cestino, sistemai le maglie nel cassetto piegandole come mi aveva insegnato, misi in ordine la scrivania, spolverai, poi spalancai la finestra oblò e diedi da bere ai ciclamini appassiti. Quando tornai in ufficio mia madre era davanti alla foto di papà, con la busta del mercato tra le gambe.

«Mamma!».

«Sophie! Perché non sei voluta venire a stare da me? Ho saputo dalla moglie di Gustav che eri qui. Perché non me lo avete detto?», chiese astiosa rivolta a Fred.

«Mamma, è meglio che Sophie rimanga qui, si trova bene» rispose Fred concentrato al computer.

Mia madre scoppiò a piangere. «Che problema c'era se tornavi a casa? Non vuoi venire da me? Non sono un mostro».

Sospirai e l'abbracciai. «Mamma, scusa, è che avevo bisogno di riflettere e a casa è difficile, mi avresti riempito di cibo e ansia...».

«È solo perché mi preoccupo e voi due mi trattate sempre come una demente».

«Mamma, dài lo sai, l'ultima volta che sono stata da te abbiamo litigato praticamente ogni secondo. Sto bene qui, vieni a vedere come mi sono sistemata».

La presi per mano e l'accompagnai in camera. Appena entrò nella stanza un velo di serenità le illuminò il viso.

«È bello!», disse compiaciuta guardandosi attorno. «È tutto così in ordine. Poi sgranò gli occhi, non appena vide il ciclamino. «Oddio, devi dargli da bere Sophie, il tuo pollice verde è pessimo». Prese il vaso e iniziò a levare le foglie secche e a tastare la terra. «Scommetto che gli hai dato un po' d'acqua due minuti fa e solo perché venivo qui...».

«Scusa», mormorai.

«Cosa sono quei televisori?», chiese curiosa osservando la cassettiera.

«Sono i video della sorveglianza».

Le raccontai quale fosse il mio compito notturno riempiendola di dettagli tecnici così che non capisse nulla e non parlasse per qualche minuto.

«Ma tutta la notte?», mi chiese. «Devi stare a guardarli tutta la notte?»

«No, solo se entra o esce qualcuno, ma durante la settimana dopo le undici non succede nulla».

Mia madre fece un respiro profondo e mi sfiorò i capelli.

«Ti trovi bene? Sei sicura?», chiese dolce.

«Certo mamma, va benissimo, guarda, Fred mi ha fatto trovare anche i libri per l'università».

«Lo sai che hai un fratello d'oro?»

«Sì, lo so bene, e anche una mamma d'oro».

L'ispezione proseguì con la valutazione dell'ordine nei cassetti e nell'armadio. Passò la punta del dito sopra la mensola, sulla consolle della televisione e sulla scrivania.

«Brava, Sophie, l'ordine e la pulizia sono importanti».

Già, e ripensai quando fino a qualche ora prima ero per terra esattamente dove si trovava lei, perduta tra le braccia di Adam.

«Papà sarebbe orgoglioso di te e di tuo fratello».

«Più di Fred, forse...», mormorai.

«Di tutti e due», e mi tirò i capelli. «Sophie, sono sicura, anzi, più che sicura che prima o poi le cose andranno bene anche per te, mi sono fatta fare i tarocchi».

«Cosa? Vai ancora da quella strega?»

«Certo», rispose stizzita, «e per te ci sono grandi cose in arrivo».

«Sì, come non crederci, l'ultima volta che ti eri fatta fare le carte, dicevano che la fortuna era dalla mia, che addirittura sarei stata sommersa di soldi, invece mi hanno sommerso di merda!».

«Sophie, non parlare così».

«Mamma, devi smetterla di andare da quella fattucchiera, porta sfortuna e legge i tarocchi al contrario, non ha mai azzeccato una previsione, nemmeno su papà».

Indispettita, uscì dalla stanza, e io la seguii trattenendo a stento la voglia di strozzarla. Quando papà stava morendo, aveva speso una fortuna per farsi dire che sarebbe andato tutto bene, che bastava bere succo di aloe con la grappa per guarirlo.

«Fred, sei un tesoro a prenderti cura di Sophie. Stasera vi voglio tutti e due a cena, e porta anche Miranda».

«Mamma, Sophie deve lavorare per mantenersi agli studi», osservò Fred lanciandomi uno sguardo di intesa.

«Allora tu vieni domani a pranzo», disse puntandomi il dito.

«Ok, come desidera madame».

«Va bene ragazzi, vado a casa. Sapete che vi amo, vero?»

«Certo, mamma», rispondemmo all'unisono.

L'accompagnai alla fermata dell'autobus e poi me ne tornai nella mia stanza. Scostai il copriletto e affondai la faccia nel cuscino, inspirando l'odore di Adam. Nella mente ripercorsi tutte le sequenze della nostra notte selvaggia. I capezzoli mi si indurirono e un calore improvviso si sprigionò in mezzo alle gambe. Che effetto mi faceva quell'uomo?

Il telefono squillò. Era lui. La prima telefonata. Risposi con il cuore in gola.

«Buongiorno», lo sentii dire.
«Buongiorno», dissi, «ti stavo pensando».
«Ah sì?», rise. «Anche io, dove sei?»
«Sono nella mia stanza».
«Fallo accomodare», lo sentii dire. «Scusa Sophie, un cliente, volevo dirti che stasera passo a trovarti, preferisci cinese o giapponese?»
«Cinese».
«Bene, cosa ti porto?»
«Spaghetti di soia alle verdure e involtino primavera».
«Perfetto, sono da te alle otto e mezza».
«Ti aspetto».
«Non vedo l'ora», disse, «ora ti devo lasciare».
«Ciao».
Chiusa la telefonata mi buttai sul letto sentendomi stranamente felice, come ai tempi del college. Più tardi, preparai lo zaino con i libri e, trasportata sul tapis roulant dell'amore, me ne andai all'università. Seguii tutte le lezioni previste con incredibile attenzione. Susan ne rimase sorpresa, tanto che volle i miei appunti. Alle cinque me ne tornai al garage e aspettai fremendo che Fred si togliesse dai piedi. Non appena salì in auto mi catapultai sotto la doccia. Depilata, lavata, asciugata, cercai di indossare qualcosa di decente. Alla fine scelsi una maglia nera sopra dei leggings neri. Peggio di una becchina, ma erano davvero gli unici indumenti decenti che avessi. Alle otto iniziai a trepidare. Mi sdraiai sul letto con le mani sulla pancia. Alle otto e mezza il cicalino mi avvertì del suo arrivo. L'osservai scendere dalla macchina con il sacchetto del ristorante cinese.
«Fame?», chiese appena aprii la porta.
No, adesso che era lì lo stomaco si era chiuso.
«Sì», risposi.

Andammo nella mia stanza, presi il sacchetto dalle sue mani e sistemai i cartocci del cinese sulla scrivania. Adam si tolse il soprabito e la giacca, sfilò la camicia dai pantaloni, si sbottonò i polsini e avvolse la maniche.

Ci sedemmo alla scrivania, io in totale imbarazzo, lui tranquillo e rilassato.

«Ti dispiace se accendo la TV? Vorrei seguire gli andamenti della borsa di Tokyo».

«No, fai pure».

Sintonizzato sul canale finanziario, prese ad ascoltare discorsi su variazioni, spread, speculazione e a mangiare gli spaghetti senza attenzione. Stappai una bottiglia di birra e gliela porsi. Adam l'afferrò senza staccare gli occhi dalla TV. Ne aprii una per me e ne bevvi metà. Mi sentivo a disagio, decisamente fuori luogo con lui accanto.

Acciuffai con le bacchette un po' di spaghetti.

«Buoni?», chiese all'improvviso.

Senza aspettare una risposta i suoi occhi si spostarono rapidi verso la televisione.

Finiti gli spaghetti e la birra ne aprii un'altra. Adam me la rubò di mano, mi strizzò l'occhio, bevve un sorso e me la ripassò. Con i pugni sotto il mento e i gomiti piantati sul tavolo, presi a fissarlo. Osservai la piega degli occhi, le ciglia, il profilo del suo naso, l'onda carnosa delle sue labbra, trovando tutto perfettamente armonico in quel viso. Non poteva avere labbra diverse, un viso del genere, né occhi diversi. Adam mi lanciò un'occhiata furtiva e fece scivolare una mano sul mio ginocchio.

«Stai guadagnando qualcosa?», chiesi.

«Purtroppo sto perdendo», disse. «I rischi del mestiere».

Si allentò la cravatta e slacciò i primi bottoni della camicia senza mai staccare gli occhi dalle immagini.

Osservai il suo pomo d'Adamo spuntare da sotto il colletto. Quel piccolo pezzo del suo corpo scoperto era un richiamo troppo forte, allungai una mano e glielo sfiorai con la dita, poi adagio scivolai sulle sue gambe. Adam mi accolse, cingendomi la vita. Gli tolsi la cravatta, sbottonai la camicia e solcai il suo petto con le mani, poi gli baciai il collo.

«Buonasera», sussurrai, «mi degni della tua attenzione?».

Adam spinse le mani sotto la maglia, e quando alzai le braccia me la tolse.

«La prossima volta vieni ad aprirmi con l'asciugamano verde», mormorò baciandomi il collo.

Sorrisi al ricordo del nostro incontro durante il blackout. «Me lo ricorderò», dissi.

Abbandonò la televisione, gli spaghetti, e repentino mi sollevò trasportandomi sul letto.

«Odio i leggings, Sophie», disse sfilandomeli, «e soprattutto preferisco l'intimo coordinato!». Liberò i seni e prese a succhiarli avidamente.

«Anche io, ma a qualcuno piace disintegrarlo», mormorai, eccitata dalle sue labbra.

Adam rise e mi morse il collo. «Oh sì, mi piace molto».

Gli tolsi la camicia e solcai la sua pelle calda con le mani. Come faceva a essere sempre così profumato di buono? Un odore penetrante, un odore che sentivo di conoscere da sempre. Al suo cospetto mi sentivo veramente banale.

«Mi fai sentire una povera plebea», mormorai divertita.

Adam fermò i preliminari e mi guardò perplesso. «Mi piacciono le plebee», disse sorridendomi.

Il cellulare echeggiò nella stanza, Adam si alzò di scatto e rispose.

Lo ascoltai fare una telefonata di lavoro e commentare

l'andamento di Tokyo. Mi tolsi gli slip e glieli lanciai, li prese al volo per annusarli, si tolse le scarpe e slacciò i pantaloni facendoli scivolare a terra.

«Va bene, se scende del due vendi tutto. Devo andare Seth, ci vediamo domani mattina, ciao». Si tolse i boxer, le calze e un secondo dopo era sopra di me. Divaricò le mie gambe con le sue e senza troppi preliminari entrò dentro di me.

«Uhm, mi aspettavi!», esclamò mordendomi il mento. Si piegò sulle ginocchia e mi alzò le gambe portandosi le caviglie alle spalle e prese a entrare e a uscire.

«Allunga le braccia sopra la testa», disse.

Obbedii. Adam fece scivolare le gambe sui suoi fianchi, sollevò le anche e si spinse più sotto affinché aderissi completamente a lui. Puntò il pollice sul clitoride e con movimenti circolari iniziò a stimolarlo.

«Bagnati le labbra con la lingua», disse, «e poi toccati i capezzoli».

A ogni ordine eseguivo disciplinata, sotto l'impeto delle sue stoccate. Entrava e usciva deciso, lo avvertivo, pulsante e frenetico.

«Stringiti i capezzoli con le dita, e tirali».

Appena li tirai, Adam affondò sul clitoride deciso, io inarcai la schiena e come una scheggia esplosi in un orgasmo paralizzante per quanto intenso. Tutti i muscoli si tesero, tanto che dai polpacci avvertii i crampi bloccarmi. Cercai di allungare le gambe, e quando lui lo intuì, le sollevò, spingendole in alto, così da fare alzare le mie natiche. Adam affondò dentro di me con più impeto.

«Ti vengo dentro», disse e si lasciò andare a un sonoro orgasmo, i suoi ansimi sul mio collo mi provocarono brividi intensi sulla pelle. Lo abbracciai e lui mi strinse portandomi sopra di sé, in ginocchio.

Presi a baciargli il viso, la bocca, gli occhi, la fronte gli zigomi, il mento, senza sosta. Riconoscente per quanto era riuscito a darmi in meno di dieci minuti, che, per quanto intensi, mi erano sembrati ore.

«Mi fai bruciare», ansimai tra i suoi baci. «Sei un mago?».

Adam sorrise e mi riportò sotto di sé, poi si alzò in piedi.

Osservai il suo pisello ancora duro nonostante l'orgasmo e non resistetti, lo presi tra le mani e mi avvicinai con la bocca.

Gli leccai il glande caldo e umido di me. Lo affondai nella bocca. Lui avvolse le mani intorno alla mia testa accompagnando i miei movimenti. Gli succhiai la cappella agognando qualche goccia del suo nettare, le sue dita si strinsero nei capelli. Aprii la bocca e di nuovo me lo spinsi fino alla gola, accompagnando con la mano i miei sali e scendi. Poi all'improvviso una scarica calda e densa mi soffocò.

«Ingoia», mi ordinò.

Corsi in bagno. Odiavo lo sperma in bocca, era qualcosa di tremendamente nauseante. Quando mi rialzai dal lavandino Adam era dietro di me, sul viso un sorriso scaltro.

«Lo decido io se puoi venirmi in bocca», mi lamentai fissandolo nello specchio.

Adam mi abbracciò e riversò una serie di baci sul mio collo stringendomi a sé. Constatai che il suo pene era ancora duro e ne restai allibita.

«Ti voglio scopare tutta la notte», mormorò.

La mano scese sul mio sesso e io osservai le sue dita riflesse farsi largo tra le grandi labbra, mi divaricò le gambe e mi piegò sul lavandino. Il tempo di trovare una posizione comoda e il suo pene era di nuovo dentro di me. Con movimenti costanti e virili si spinse dentro e fuori, in modo spasmodico. Il rintocco delle sue anche sulle mie natiche risuonava per tutto il bagno. Non volevo essere da nessun'altra parte se non lì, con lui dentro di me. Mi sentivo il volto in fiamme, il corpo madido di sudore. Mi rialzai e mi aggrappai al suo collo e appoggiai la nuca alla sua spalla, completamente beata per il piacere.

Adam mi prese la mano e la portò sopra la sua che inesorabile continuava a stimolarmi.

«Voglio venire mentre tu ti masturbi», disse fissandomi nello specchio.

Sostituii le mie dita alle sue e presi a toccarmi.

Adam mi afferrò i seni e con le dita strinse i capezzoli, provocandomi dolore misto a piacere.

«Fammi venire», disse roco, «fammi venire con te».

Era facile con lui lasciarsi andare, aprirsi. Mi strizzò i capezzoli, mentre io continuavo a massaggiarmi il clitoride, con sempre più foga.

«Brava, brava».

La porta del piacere si spalancò. La carne sembrava scossa da convulsioni. La vagina si strinse sul pene di Adam, che esplose dentro di me.

Mi tirò i capelli e insieme la testa, e affondò la lingua nella mia bocca, poi mi lasciò cadere sul lavandino e scivolò fuori da me. Provai una sensazione di vuoto inaspettata e avvertii un giramento di testa. Adam se ne accorse, e con un asciugamano bagnato mi tamponò il viso, il collo, il petto.

«Vieni, andiamo a letto», disse prendendomi in braccio.

Si sistemò accanto a me, stringendomi in un abbraccio. Gli passai le dita sul petto, sui capezzoli, sullo sterno finché arrivai al suo pene.

«È normale?», chiesi.
Adam rise, si spostò di lato e premette la fronte contro la mia.
«Ti voglio tutta la notte, non posso resistere una settimana, devo fare il pieno», rispose stranamente esaltato.
Stupita, inarcai le sopracciglia.
«Mi hai detto che domani ti arrivano, quanto ti durano di solito?», chiese.
«Cinque giorni».
Si morse le labbra. «Che ne dici di prendere un anticoncezionale?», mi propose. «La pillola per esempio. Se vuoi posso farti avere la prescrizione dal mio medico».
«Non so, e poi mi fa venire la ritenzione idrica...», brontolai.
«Ma anche delle belle tette... e non ti verrà nessuna ritenzione idrica, sei troppo magra». Mi baciò il collo spostandosi sopra di me.
Perché chiedermi una cosa del genere? «Adam, che intenzioni hai? Mi stai dicendo che vuoi che ci frequentiamo?».
Si scostò da me. «Non credo ai rapporti, ai legami», rispose freddo.
«E allora cosa ci facciamo qui se non ci importa l'uno dell'altra?»
«È solo richiamo sessuale».
«Richiamo sessuale?», chiesi basita.
Alla mia domanda Adam si alzò in piedi indispettito. «Sophie, cosa devo dirti, mi piace scopare, mi piace possedere la donna e in questo momento mi piace scoparti. Ho un pensiero costante durante il giorno: averti, entrare dentro di te, vederti godere, e questo è quello che voglio ora e quanto ho da offrire, te l'ho già detto, non voglio storie».

«Quindi finché ci sarà questo richiamo», con l'indice e il medio tracciai le virgolette in aria, «ci vedremo?»

«Esatto».

«Ma solo per sesso».

Adam corrugò la fronte, incerto. «Esatto, ti sta bene?».

Voleva solo sesso, e per quello poteva avere qualsiasi donna, prostituta o meno, che esistesse sul pianeta. Invece era lì, davanti a me, nudo e da nessun'altra parte. Davvero non si rendeva conto che avere una relazione sessuale impegnava anche il più cinico degli esseri umani? Pensava veramente di trattarmi come se fossi solo un oggetto da cui trarre piacere? Pensava sul serio di riuscire a separare il sesso dal coinvolgimento emotivo? Un dubbio si insinuò in me. Forse ne era capace. Per quel che mi riguardava io invece non lo ero e ormai ero coinvolta in modo assoluto.

«Era solo per capire, Adam. A me va bene, come ti ho detto, non cerco storie. Se ne siamo consapevoli entrambi, non avremo aspettative che possano creare problemi».

Si sedette sul letto e mi sfiorò le gambe. «Perfetto».

Poi scesi con lo sguardo al suo pene. «Adam, è normale che stia così da ore?»

«Te l'ho detto, ti voglio tutta la notte, ho preso uno stimolante». E così mi addormentai alle quattro, sfinita.

Richiamo sessuale

La mattina seguente trovai un suo messaggio sul cellulare.

Buongiorno, fammi sapere quando potrò passare a trovarti. Adam.

Dopo aver aiutato Fred a sistemare lo schedario, me ne andai a pranzo da mia madre. Tra uno sbadiglio e l'altro mangiai il suo pollo, poi mi spinsi controvoglia fino allo studio di Richardson per la solita seduta. Ero tentata di raccontargli della relazione con il *viveur* del sesso, ma preferii non farlo. Parlammo, invece, delle mie aspettative dopo l'università. Tergiversai su ipotesi di lavori nel campo delle pubbliche relazioni, un settore piuttosto lontano dal mio modo di essere. Non ero brava a convincere nessuno, tanto meno me stessa, soprattutto per il disincanto cronico che si era aggrappato alla mia anima. Avevo concluso la seduta ipotizzando un futuro nel campo dell'arte, forse più vicino al mio carattere. Ci salutammo con la solita stretta di mano, ma appena prima di uscire Richardson pronunciò una frase piuttosto criptica che mi lasciò sulla porta interdetta.

«Sophie, nessuno ci obbliga a soffrire».

Che cosa voleva dire? Che mi piaceva crogiolarmi nella sofferenza? Ovviamente sì.

Quando rientrai all'autorimessa, una volta in bagno, constatai l'arrivo del ciclo. Ne fui sollevata. Mi era venuto dentro tante di quelle volte che per un istante avevo temuto.

Alla solita ora passarono Ben ed Ester, incuriositi per non avermi vista la sera prima. Mentii dicendo loro che mi ero addormenta. Ci bevemmo la solita birra, perdendoci nelle solite chiacchiere. Ester era particolarmente su di giri a causa di una cliente, tanto che alternava l'inglese a parole guatemalteche, che davano tutta l'impressione di essere delle imprecazioni, per come le sottolineava.

Infine, dopo una serie di maledizioni, sentenziò: «Quella stronza dovrebbe prenderlo più spesso, e so io dove dovrebbe prenderlo».

«Ma si può sapere con chi ce l'hai?», le chiesi.

«Una tizia che abita sopra il locale, una che lavora per un'agenzia turistica, mi pare», disse Ben. «È tutto il giorno che le gira male».

«Sophie, una stronza così io non l'ho mai incontrata».

«Ma cosa è successo?»

«Guarda, oggi ero tranquilla. Dopo aver sistemato i tavoli, stavo rientrando dietro al bancone quando quella si gira e si va a schiantare proprio contro il mio vassoio. Non ti dico che finimondo! Ha chiamato anche il direttore, un casino, lei e le sue cazzo di scarpe in raso. Ma dico, le scarpe in raso, maledetti stilisti».

Ben sospirò sfinito «Vabbè, te la faccio breve, Ester deve ripagarle le scarpe: 545 dollari».

Strabuzzai gli occhi. «Ma scusa, è stato un incidente».

«Appunto», urlò Ester. «Spiegalo a quella puttana!».

Nei minuti successivi non ci fu verso di calmarla. Solo l'arrivo dell'autobus salvò me, ma non il povero Ben, dalla sua ira. Li osservai salire e mi rattristai al pensiero di non vederli più. Ben era in procinto di aprire il nuovo locale e come avevo intuito Ester lo avrebbe seguito. Anche se ci eravamo promessi di vederci ogni domenica per una pizza, questo non toglieva il fatto che da lì a poco sarei rimasta sola. E così, senza nemmeno accorgermene, alzai lo sguardo al dodicesimo piano chiedendomi, come sempre, cosa stesse facendo. Chissà se mi pensava. Io costantemente. Scossi la testa rabbrividendo: "Sophie, ricorda il salvagente".

L'indomani, attanagliata dal mal di pancia, mi rannicchiai sulla sedia di mio fratello a bere il caffè in attesa che l'antidolorifico facesse effetto. Vidi Adam attraversare il garage, impassibile.

Un tuffo al cuore mi tolse il respiro. Dio, come sarei voluta corrergli incontro e abbracciarlo. Farmi sollevare dalle sue braccia e farmi trasportare dalla sua foga. Invece vidi una donna salutarlo e baciarlo sulle guance... E Adam sorridere come mai lo avevo visto fare. Si fermarono a parlare accanto a una Mercedes rossa coupé. La donna indossava un tailleur nero e portava tacchi vertiginosi. Capelli biondo cenere raccolti in modo ordinato. Gli sorrideva provocante, tenendo la borsa davanti alle ginocchia con il busto leggermente inclinato indietro. C'era una certa intimità tra loro. Era la prima volta che la vedevo.

«Chi è quella?», chiesi a Fred.

Alzò lo sguardo dal computer per un secondo.

«Si chiama Alice Truman, è una cliente».

«Non l'ho mai vista».

«È una che viaggia molto, segue una catena di resort in giro per il mondo, due mesi qui, due mesi là, non c'è quasi mai. È rientrata ieri».

Mi chiesi se non fosse lei la famosa "stronza" con cui aveva avuto a che fare il giorno prima Ester. E la risposta arrivò un attimo dopo. Se non era lei, comunque una "stronza" lo sarebbe diventata per me. La vidi far scivolare la mano sulla manica della giacca di Adam e lasciarsi andare a una risata ammiccante. Adam le sfiorò la spalla e le passò un dito sul collo. Davanti a quella scena non potei fare a meno di pensare a quante donne avesse avuto, oltre alle prostitute. Li vidi consultare il loro cellulari. Era fin troppo chiaro che stessero fissando un appuntamento. E un moto di gelosia mi travolse.

«Chissà se se la scopa ancora», mormorò mio fratello.

«Cosa?», chiesi gelata.

«Scott e la Truman».

Scossi la testa. «Che vuoi dire?»

«Sì, scopano come ricci. Quando ho fatto installare le telecamere e stavo ancora testando i video, una sera li ho beccati che scopavano sul cofano della Mercedes di lei, se l'è scopata di brutto».

"O mio Dio", pensai

«E tu hai guardato?», chiesi inorridita.

«Ehm… Sì…», tentennò imbarazzato. «Cioè, che cazzo potevo fare? Ero a casa, stavo testando i video e mi sono trovato davanti la scena», disse. «E non ero solo, con me c'era anche Miranda», aggiunse.

Tornai a guardarli. Si sorridevano in modo seducente. E quella scena uccise la mia illusione di poter essere speciale. Ingenuamente avevo pensato che nel trasporto sessuale nei miei confronti e in quell'interesse morboso ci fosse qualcos'altro. Invece, come mi aveva chiaramente detto, a lui piaceva scopare, possedere, fottere sotto il famoso *richiamo sessuale*.

Con la gola secca tornai nella mia stanza. Raccattai le lenzuola, la trapunta e ficcai tutto nella sacca della lavanderia. Dovevo eliminare il suo odore. Raccolsi i vestiti del giorno prima e tutto ciò che avevo indossato quando ero stata con lui e uscii in fretta.

Sul marciapiede, osservai l'auto di Adam uscire dall'autorimessa. Ci scambiammo uno sguardo veloce e con il labiale scandii: «Vaffanculo».

A metà strada il telefono squillò. Non risposi. Dovevo farmela passare. Se avessi risposto gli avrei scaricato addosso tutta la mia rabbia. E cosa avrei ottenuto? Niente. Tutto ciò che aveva da offrire era il suo pisello, era stato chiarissimo e io avevo accettato. Che stupida. Che stupida. Davanti alla lavanderia mi arrivò un suo messaggio.

Ciao e buongiorno, ti ho vista di sfuggita e mi sei sembrata nervosa. Ci sono problemi?

Tu sei il problema, avrei volevo rispondere, ma decisi per la diplomazia.

Problemi di donne, saprai che in quei giorni la tensione nervosa è alle stelle. Buongiorno a te e buon tutto.

"Buon tutto?", mi scrisse.

Presa nel moto continuo della lavatrice ripensai alle parole di Richardson. Nessuno ci obbliga a soffrire. E quella storia lo stava facendo. Dovevo troncarla. Mentre passavo gli indumenti e le lenzuola nell'asciugatrice, arrivò un nuovo messaggio.

Non mi hai risposto. Buon tutto vuole essere un messaggio? Adam.

Nell'attesa che finisse il ciclo di asciugatura uscii in strada e decisi di chiamarlo. Glielo avrei detto a chiare note.

Al terzo squillo rispose.

«Ciao Sophie, sono contento di sentirti».

«Disturbo?»

«No, per niente. Come stai?»

«Bene», risposi. «Senti ti ho chiamato per dirti che...».

«Aspetta», disse. Lo ascoltai parlare presumibilmente con l'assistente a proposito di un appuntamento. «Eccomi, scusa ma tra poco ho una riunione», disse. «Allora quando ci vediamo?»

«Ehm», sibilai.

«Passo stasera? Pensavo che potevamo vederci un film».

«Sono da mia madre, mi spiace», mentii.

Poi seguì un lungo silenzio.

«A che ora torni?».

Mai avrei voluto rispondere.

«Non lo so e domani ho una lezione importante, dovrò alzarmi presto e...».

«Mi sono perso qualcosa?», chiese.

"Che sei uno stronzo biblico", pensai.

«Niente, e poi di prestazioni non se ne parla».

«Be', esistono altri modi», disse in tono compiaciuto, «posso sempre esplorare altre vie».

Restai zitta e imbarazzata da quella frase audace.

«Sophie?»

«Sì».

«Non faccio altro che pensare a te, mentre...».

«Mi scopavi?», chiesi perentoria.

«Esatto, il solo pensiero mi eccita. Sophie, voglio vederti stasera».

«Be', se ti ecciti tanto puoi sempre scopare la Truman sul cofano della sua Mercedes, penso che non ti manchino le donne e vaffanculo», sbraitai, poi chiusi la comunicazione.

Subito dopo mi sentii una ragazzina. Perché mi ero lasciata prendere dalla gelosia? Il telefono squillò di nuovo. Mi detestavo per quella stupida reazione. Era come avergli gridato: sono gelosa, sei una mia esclusiva, voglio essere l'unica, voglio un legame!

Impostai il cellulare in modalità silenziosa e rientrai nella lavanderia. Raccolsi gli indumenti asciutti e me ne tornai al garage. Preparai lo zaino e andai a prendere l'autobus con la musica sparata nelle orecchie. Mi sedetti e chiusi gli occhi, ripiombando nei ricordi dell'ultima sera. I capezzoli si indurirono di colpo. Quell'uomo era pericoloso. Ero troppo fragile per una storia del genere. Entrai in aula con addosso un senso di inquietudine.

Quando scivolai dietro al banco e spensi la musica, solo allora mi accorsi delle dieci chiamate, i quattro messaggi in segreteria e i due SMS.

Con la cuffia ascoltai i quattro messaggi.

Sophie, è caduta la linea e non credo di aver capito bene il messaggio, quindi ti prego di rispondere.

Non so cosa ti sia preso, né cosa c'entri Alice Truman, ma voglio davvero vederti.

Sophie, per favore, rispondi al telefono, sai che non amo chi finge di non capire, quindi rispondi al telefono o richiamami, subito.

E vaffanculo non me l'ha detto mai nessuno, comunque, messaggio afferrato.

Dopodiché lessi i due SMS.

Se per caso stamani hai visto me e la Truman parlare in garage, e il tuo vaffanculo è dettato da questo, ti capisco, ma devi darmi modo di spiegarti. Per favore richiamami.

Sensibilità alle condizioni iniziali, imprevedibilità ed evoluzione.

Per l'ora seguente non ascoltai una sola parola della lezione di fisiognomica. Mi ero limitata a guardare la lavagna e a tracciare delle X sul foglio bianco, mentre dentro di me si rafforzava l'idea che quella con Adam era una storia seria, troppo seria per me. Aveva citato la teoria del caos nel secondo messaggio alludendo al fatto che per lui io fossi tale? Stavo scombinando i suoi piani? Lo spingevo a superare i suoi limiti? Altrettanto stava facendo lui con me. Ma eravamo due personalità complesse, insieme era più facile cadere che sollevarci.

Dopo la lezione me ne andai in biblioteca a tentare di ragionare ancora sulla questione. Cosa avevo capito di lui?

Che era un dominatore, gli piaceva il sesso, praticava il sadomaso e per questo preferiva donne di un certo tipo, che non lo limitavano. Una come me, con il mio passato, lo avrebbe messo in crisi.

«Ciao», disse Adam sedendosi accanto a me, «sono venuto a cercarti dato che non mi rispondevi». Il tono era gentile e contenuto.

Una parte di me sembrò alzarsi in volo per la felicità, un'altra sprofondò nell'abisso.

«Scusami», dissi a bassa voce.

«Spiegami», disse, «spiegami cosa ti è preso».

«Ti ricordi quando mi avevi chiesto cosa pensassi di te?».

Lui annuì.

«Ecco, mi fai paura, mi sconvolgi».

«Che cosa vuoi dire?»

«Mi fai paura nel vero senso della parola, tu pratichi un certo tipo di sesso che per me è...».

L'espressione di Adam si fece cupa e perplessa. Non mi aveva detto nulla delle sue pratiche segrete e di sicuro si stava chiedendo come lo sapessi.

«È inaccettabile per te?»

«No, non inaccettabile, ma è in conflitto con le mie esperienze. Siamo incompatibili, Adam, io non posso darti quello che vuoi e tu non puoi darmi quello che voglio».

Adam scosse la testa, incerto.

«Che cosa vuoi? Basta che me lo chiedi».

«Devo risponderti? Non ti è chiaro?».

Adam inspirò a fondo e appoggiò le mani sulle ginocchia.

«Non cerco storie Sophie, ne abbiamo già parlato».

«Lo so, ma io devo essere sincera. Oggi, quando ti ho visto con la Truman, mi sono resa conto di essere solo una delle tante, e questo mi ha come ridestata. Io in fondo cerco l'esatto opposto, Adam».

Scosse la testa.

«Non ti piace stare con me? Faccio qualcosa che non ti piace?»

«No, mi piace», abbassai gli occhi sulle sue mani.

«E allora qual è il problema?»

«Davvero non lo capisci?»

«No, non capisco. Due persone consenzienti condividono il proprio corpo in piena libertà traendone il maggior beneficio possibile, perché rovinare tutto con la mente? La mente non deve esistere, non devi permetterle di intromettersi».

«Quindi per te è qualcosa di fisiologico?»

«Esatto».

«Anche con Alice Truman?».

Adam socchiuse la bocca, scrutandomi perplesso.

«Avete una storia?».

Vidi i suoi occhi illuminarsi, poi sorrise sconcertato.

«Credo di aver capito e no, non ho una storia con lei, me la scopo ogni tanto».

«E questo come dovrebbe farmi sentire?».

Adam strinse i denti e chiuse i pugni sul tavolo. «Come dovrebbe farti sentire?», bisbigliò fra sé. «Me la scopo, tutto qui».

«Tutto qui, ma ti ascolti?», gracchiai trattenendo la voce. «Quindi, se io oggi mi scopo uno a te va bene».

«Sì», rispose.

Raggelai. «Scusami, siamo su due lunghezze d'onda differenti e credo sia bene finirla qui, davvero, a me piacciono i rapporti esclusivi».

«Senti Sophie, mi piaci e cosa devo dirti? Non credo alla monogamia, non la tollero».

Era un alieno.

«Be', se la metti così, allora vediamoci tra qualche giorno, dopo che mi sarò fatta qualche altro bel maschione». Mi alzai, ma Adam mi afferrò un braccio costringendomi a sedermi.

«Sophie, il discorso lo abbiamo già fatto, mi interessi, ma non cerco storie».

Sbuffai. «È assurdo, mi vuoi far passare per una bigotta. Senti, io l'ho capito che non cerchi storie, ma anche se non vuoi ammetterlo è quello che cerchi da me». A quel punto lo imitai: «*Sono stato preso dal panico Sophie... Mi costringo a non volerti, ma è tremendamente difficile!* Ma vaffanculo Adam, sii sincero con te stesso».

«Cosa vuoi da me Sophie?», chiese quasi scontroso. «L'altra notte, se non mi sbaglio, mi hai detto che non vuoi avere storie nemmeno tu. Allora inizia a essere sincera».

«Ho sbagliato, e tu mi fai diventare pazza, sto cercando di avvicinarmi in tutti i modi, e sono gelosa», dissi. «E oggi, invece, ho capito di essere niente per te».

«Te l'ho già detto, io ho un desiderio fortissimo di te».

«Bene, per me invece è anche altro, anche io sento un intenso trasporto fisico nei tuoi confronti, ma voglio anche altro».

«Capisco», rispose, e si alzò in piedi. «Grazie per aver chiarito le cose. Hai ragione, siamo incompatibili, ci vediamo».

Sbigottita, l'osservai andarsene. Non aveva fatto una piega.

Quella sera lo vidi uscire alle nove e mezzo e più tardi rientrare con una prostituta. Era tutto così triste, poteva avere me e preferiva una bambola consenziente.

Tutto riprese secondo il solito tran tran. Università, studio, terapia, pensieri e noia. Fino alla sera del compleanno di mio fratello. Per l'occasione dopo aver cenato al ristorante di Frank e dopo aver messo sul taxi nostra madre ci eravamo spostati in discoteca. Fred mi concesse eccezionalmente una serata e una notte di libertà.

All'una mio fratello se ne andò con Miranda, lasciandomi sotto la protezione di Gustav e sua moglie. Tra cocktail e balli mi divertii fino a sfinirmi e tornai a casa alle tre passate. Completamente sbronza, mentre con un occhio chiuso e uno aperto cercavo di infilare la chiave nella toppa, mi trovai accanto Adam.

«Dove sei stata?», chiese con un tono che mi spaventò a morte.

Era il tono di un uomo pieno di collera. E lo conoscevo fin troppo bene. Fortunatamente riuscii a infilare la chiave, a far scattare la serratura e a socchiudere la porta. Dovevo entrare e richiuderla il più in fretta possibile. Non lo vedevo da settimane, e la sua presenza alle spalle era pressante. Mi buttai dentro l'atrio ma Adam, brutale, mi scaraventò a terra. Richiuse la porta e si avventò contro di me.

«Dove sei stata, Sophie? Ti sei fatta qualcuno?»

«No!», urlai dimenandomi per liberarmi.

«Non ci credo, hai la faccia di quando ti scopo», sbraitò.

Gli sferrai un calcio negli stinchi. «Perché sono ubriaca», urlai, «stupido idiota».

Adam sollevò il vestito e strappò gli slip.

«Fammi sentire».

Un istante dopo avvertii il suo respiro sul mio sesso. Non opposi resistenza. Una delle poche cose che avevo capito nella mia vita, da vittima di abusi, era che se un uomo dava di matto era meglio lasciarlo fare, almeno la sopravvivenza era assicurata.

Quando fu a un palmo dal mio viso, con voce spezzata disse: «Dimmi chi ti sei fatta, dimmelo».

«Nessuno Adam». Gli presi il viso tra le mani. «Guardami, nessuno», dissi, «non ho fatto nulla, ho solo festeggiato il compleanno di mio fratello, c'era anche lui, chiediglielo». Lasciai cadere la testa indietro e lo spinsi via. Adam si rialzò con una lentezza sconcertante. Gli occhi, che fino a un istante prima erano colmi di rabbia e animosità, si riempirono di una tristezza cupa e profonda.

Raccolsi il vestito ridotto in brandelli e mi coprii come meglio potei. E a quel punto capii di avere davanti solo due possibilità. Cacciarlo, mettendo fine alla storia, o concedermi e assecondarlo. Scelsi la seconda.

«Vuoi essere solo tu a scoparmi?», chiesi.

Adam non rispose.

Lasciai cadere il vestito a terra e mi avvicinai. Gli slacciai i pantaloni, lo sfiorai con le dita e presi a succhiarglielo avidamente. Sentirlo gemere di piacere placò la mia preoccupazione. Me lo spinsi fino in gola, quasi a soffocarmi. Volevo fargli capire che lo volevo... E che ero sua. Ero malata... Quanto lui. C'eravamo trovati.

Quando tutto fu finito ci sdraiammo sul letto, uno accanto all'altra. Non dissi una sola parola. Mi limitai ad accarezzarlo mentre lui fissava il soffitto. Quando finalmente chiuse gli occhi, mi addormentai tra le sue braccia, stremata.

Ingenuità

Quando sentii la voce di mio fratello sulla soglia della camera scattai fuori dal letto in preda al panico.

«Che cazzo ti prende?», chiese Fred sbigottito, con la scatola delle ciambelle tra le mani.

Mi guardai intorno. Di Adam nemmeno l'ombra.

«Niente, stavo facendo un sogno e mi hai spaventata».

«Ah», disse guardandomi come fossi matta. «L'ho visto. Ti aspetto di là».

Sarei voluta restare sotto le coperte per sempre. Ripensando alla sera prima, provavo solo una profonda vergogna. Glielo avevo succhiato come una schiava. Una miserabile schiava.

Guardai il salvagente appeso al muro… E per la prima volta compresi. Ero io ad averne bisogno per salvarmi. Salvarmi da me stessa.

Con quella verità nell'animo mi alzai per affrontare la giornata e a occhi ancora chiusi mi trascinai alla scrivania. Trovai ad attendermi due calici di champagne

«E quelli?», chiesi guardando incerta.

«Sophie, io e Miranda aspettiamo un bambino», disse Fred a gran voce.

La gioia per mio fratello non riuscì a scuotermi più di tanto.

«Ah… congratulazioni», mormorai appena.

«Accidenti, ci hai dato giù pesante ieri sera, lo sai che non devi bere con i farmaci che prendi».

Mi avvicinai, mi sedetti sulle sue gambe e lo abbracciai forte.

«Fred sono felice, davvero tanto felice», presi il bicchiere e aspettai che facesse altrettanto.

«Cin fratellone! Congratulazioni e speriamo sia femmina», dissi ridendo, «e soprattutto speriamo che non erediti troppi geni della nostra famiglia».

Sorrise di una strana e mai vista felicità. «Cretina», disse e scolò il flûte, mentre io a fatica mi bagnai le labbra.

«Quindi divento zia?», mormorai.

«Esatto, e vedi di essere una brava zia, hai sei mesi di tempo per laurearti e trovare un lavoro come si deve».

«A me piace stare qui», brontolai.

«A me no, voglio che ti laurei e che te ne vada lontano da qui», disse gelandomi con lo sguardo.

«Te lo prometto Fred. Comunque sei pronto a dirlo a mamma? Sai che inizierà a preparare il corredo di cappellini, babbucce e maglioncini arcobaleno?»

«Oddio che orrore, non mi ci far pensare».

Quando tornai in camera, per prima cosa guardai se c'erano SMS di Adam. Non trovandone, decisi di mandargliene uno io.

Buongiorno, spero di vederti presto. Sophie

E nessuna risposta arrivò.

Passai l'intera giornata in biblioteca a studiare. La sottile ramanzina di mio fratello aveva fatto il suo effetto. Dovevo assolutamente terminare gli esami e andarmene. E soprattutto volevo che tutto ciò che mi riguardava diventasse improvvisamente normale, compreso l'assurdo rapporto con Adam.

Purtroppo il mio desiderio si infranse quella stessa sera, quando lo vidi prendere la macchina alle nove e mezzo precise e capii subito dove stesse andando. Non ci pensai un secondo di più: lo raggiunsi in garage e lo aspettai alla torretta delle tessere.

«Dove vai?», gli chiesi appena il finestrino si abbassò.

«Esco», rispose indecifrabile.

«Non vuoi salire?», chiesi sentendomi una nullità. «Avevi detto che saresti passato».

Ero lì a elemosinare il suo tempo come una fiammiferaia davanti alla sua Audi lucida, che avrei voluto invece prendere a calci.

«Stasera no», disse laconico.

«Se torni con una di quelle con me hai chiuso», dissi decisa.

«Ne ho bisogno»

«Di cosa? Di sesso? Hai fatto tutto tu, io non volevo che entrassi nella mia vita», e scoppiai a piangere per quanto mi sentivo umiliata. «Perché ti comporti così?».

Indecifrabile, immobile, mi fissò. Sostenni il suo sguardo per almeno un minuto, poi mi spazientii.

«Ho capito, per me è finita, non venirmi a cercare mai più. Quello che ti serve lo trovi ovunque. E non ti permettere mai più di mettermi anche un solo dito addosso».

Non se lo fece ripetere due volte, strisciò la tessera nel lettore e uscì dall'autorimessa.

Me ne tornai a grandi passi nella stanza e dopo aver preso a calci il cestino dei rifiuti e scaraventato i libri dalla mensola a terra, mi sistemai al computer. Era ora di darsi degli obiettivi, come suggerivano tutti i manuali motivazionali del mondo.

Cominciai a stilare la mia lista.

Trovare un lavoro part time che mi dia qualche soldo.
Trovare un appartamento da condividere il più lontano possibile da qui.

Finire l'università.

Cercare un lavoro gratificante che mi dia un certo benessere, e solo allora riaprire il capitolo relazioni.

Prima di darla via, aspettare il quinto appuntamento e solo dopo aver avuto: una cena, un mazzo di fiori, una gita fuori porta, una passeggiata a Central Park e, perché no, pure un gioiello.

Sposarmi, avere figli*.

Invecchiare, andare in pensione, comprare una casa davanti al mare e poi finalmente morire.

*al momento della stesura non sono molto propensa a farlo, l'idea di riprodurre in un bambino i miei geni difettosi non risveglia alcun senso materno. Comunque, disponibile a rivederlo in relazione all'uomo che sposerò, se portatore di geni sani.

Tempo previsto: sei mesi per i primi quattro punti, il resto a seguire, non c'è fretta.

Stampai cinque fogli. Uno lo sistemai sulla parete accanto al letto, uno vicino al video di sorveglianza, uno accanto al televisore, uno sulla porta della mia stanza e l'ultimo lo piegai e lo infilai nella tasca della giacca. Così me ne sarei sempre ricordata. La soddisfazione per il piano della vita durò circa cinque minuti. Non ce l'avrei fatta. Forse i primi quattro, ma il resto? Conoscendomi, era davvero improbabile.

Il campanello suonò tre volte. Scesi ad aprire, convinta di trovare Ester e Ben invece, con grande sorpresa, mi trovai davanti Adam. Avrei voluto sbattergli la porta in faccia, ma la speranza che in qualche modo fosse tornato per dirmi quello che avrei voluto sentire mi trattenne.

«Posso parlarti?»

«Era ora», risposi.

«Possiamo andare nella tua stanza?»

«Facciamo qui, terreno neutrale», dissi. «Anzi, andiamo nell'ufficio di mio fratello».

«Ti seguo».

Mi accomodai al posto di mio fratello e lui sulla sedia dei clienti, quella dove tutte le mattine mangiavo la ciambella.

«Non potresti sederti accanto a me?».

Mi alzai visibilmente spazientita. «Allora?», chiesi una volta seduta.

Sorrise e abbassò lo sguardo. Fece un respiro profondo e finalmente parlò. «Ho dei gusti particolari, questo lo hai intuito».

Annuii.

«Mi piace dominare e so che, sotto certi aspetti, può sembrare violento. A me piace la donna su cui possa…», deglutì e sospirò di nuovo. Aveva il fiato corto e faceva davvero fatica a parlare. «Su cui possa, come dire, sfogare i miei istinti», disse.

Non mi stava dicendo nulla di nuovo, l'avevo capito da tempo.

«Quindi non mi lego a nessuna perché i sentimenti mi limitano in questo piacere», disse. «Capisci?»

«Sì», risposi.

Piegò la testa di lato e alzò il sopracciglio. «Cosa hai capito, Sophie?»

«Ho capito che se stai con una donna e per caso ci sono dei sentimenti in ballo non ti senti libero come invece desideri».

Sorrise. «Esatto».

«E quindi?»

«In biblioteca mi hai detto che ti faccio paura e ti sconvolgo, e questo vale anche per me. Tu mi entri dentro come mai nessuna, ma io ho bisogno di provare il piacere di sentirmi libero, capisci? Non riesco a precludermelo».

«Non esiste una via di mezzo?», chiesi.

«Fino a oggi non sono stato così fortunato», sospirò.

«Sophie, la linea di confine è sottile, basta un niente, una frase apostrofata male, una mia richiesta sessuale un po' spinta, e fine di tutto, la teoria del caos per certi versi, capisci?»

«E quindi?», chiesi ancora.

«E quindi Sophie», disse in tono spazientito, «se mi coinvolgi ti chiederò tanto, ma come mi hai chiaramente fatto capire, tu hai dei limiti che io ancora non conosco».

Il mio sguardo si fece cupo. Non ne avevo parlato perché io non parlavo mai, con lui, per il timore che scappasse a gambe levate.

«Sei fragile, Sophie, e non sei la persona...».

«A me va bene», gli dissi.

Adam si passò la mano sulla fronte e poi sul viso. Era decisamente stremato da quella conversazione.

«Sophie, anche a me andrebbe bene, non sai nemmeno quanto, ma tu rispondi senza cognizione di causa, non hai la minima idea delle cose che posso fare e provo una morbosità nei tuoi confronti che mi spaventa». Abbassò lo sguardo a terra.

«Se mi stai dicendo queste cose è perché vuoi che scelga, quindi a me sta bene, ma voglio essere l'unica».

Adam si piegò sulla sedia verso di me e raccolse le mie mani.

«Se me lo permetti, prima che tu decida vorrei portarti in un posto, voglio solo farti vedere cosa intendo quando dico che mi piace dominare», disse scandendo bene ogni parola.

«Va bene», risposi.

«Allora ti chiedo di vestirti, possibilmente con un abito da sera e dei tacchi».

«Ehm, i tacchi li ho, ma il vestito è andato...».

Adam si alzò in piedi. «Te ne porto uno io».

«Ok», risposi confusa, «ma andiamo subito?»

«Sì». Mi prese la mano e me la baciò. «Se lo vuoi».

«D'accordo», tentennai. Appena tornai sulle mie gambe mi trovai stretta tra le sue braccia. Adam mi diede un bacio che divenne in un attimo incalzante. Avvertii il suo respiro accelerare come il mio. Durò un attimo, quel bacio, ma sapevo che era il sigillo di uno strano patto.

Un istante dopo era fuori dalla porta e io in preda allo sgomento, alla paura, all'eccitazione. Mi spostai nella mia stanza e planai sul letto. Rilessi la lista che solo qualche minuto prima avevo stilato. Nessuno dei sette punti combaciava con quanto stavo per fare. Affidarmi a un uomo come Adam Scott. Mi mancava l'aria. Dove voleva portarmi? Perché non riuscivo mai a dirgli di no? O a far funzionare il cervello?

Una decina di minuti dopo Adam si presentò con tre vestiti, tutti sigillati in portabiti di marca.

«Non sapevo che colore scegliere», disse come un bambino con i regali di Natale tra le mani. «Non so, li ho presi scuri», e lì adagiò sul letto.

Non osai chiedergli da dove diavolo arrivassero. Adam aprì la zip del primo ed estrasse un abito nero con uno scollo a V ornato di pizzo e paillettes nere. «La taglia dovrebbe essere quella giusta».

Ancora una volta non domandai. Meglio non sapere.

«Lo provo».

«Ti faccio vedere gli altri», disse scartando il secondo.

«Va bene questo, non importa, un vestito vale l'altro», e scombussolata mi voltai per andare in bagno. Adam mi fermò prendendomi la mano.

«Non sei obbligata», disse avvicinandomi a sé.

«Lo so».

«Possiamo restare qui, non importa Sophie».

Lo guardai negli occhi. Per lui essere lì era una prova indiscutibile del suo interesse per me. E non potevo tirarmi indietro. Anche io dovevo dimostrargli che tenevo a lui.

«Voglio venire, ma spiegami perché è così importante per te».

Adam sorrise appena. «Perché tu sappia con chi hai a che fare e poi scegliere. Non accadrà nulla di male, ma vedrai cosa potrei fare e se non sarai pronta, te lo giuro Sophie, non lo farò mai».

«Ma per te è necessario», mormorai.

«Solo respirare, mangiare e bere è necessario».

Sorrisi senza gioia. «Sono tutti bisogni fisiologici, lo hai detto tu».

«Farne a meno non penso mi farà morire».

Scivolò sul letto trasportandomi con sé. Mi rannicchiai infilando la testa nell'incavo del suo collo. Silenziosa, con le dita solcai il suo viso. Adam chiuse gli occhi e avvicinò le labbra alle mie.

«Va bene anche così», disse e mi baciò dolce, la mano scivolò sul collo avvicinandomi a lui. Premette la fronte contro la mia scrutandomi dritto negli occhi: «Va bene anche così Sophie», sussurrò.

«Mi provo il vestito», dissi decisa.

In bagno indossai l'abito, che calzava a pennello, forse era solo leggermente largo sui fianchi, infilai le scarpe e tornai in camera.

«Sei bellissima», disse, lasciandomi stupita.

Mi fece indossare un cappotto, anche quello di provenienza ignota, e uscimmo.

Appena salii in macchina l'agitazione si impossessò di me tanto da togliermi il respiro. Non sapere dove fossimo diretti e soprattutto a fianco di un "Mister perversione" era angosciante.

Prima di mettere in moto Adam mi baciò appassionato tanto da riuscire a sciogliermi un po'.

«Non morirò vero?», chiesi in un sussurro.

«Certo che no», rispose, «semmai scapperai».

Durante il tragitto pensai a un milione di cose, annullando lo spazio e il tempo intorno a noi. Sarei potuta essere in macchina con lui da ore senza rendermene conto, trovarmi in un'altra città o anche su un altro pianeta. Cercai qualcosa che mi riportasse alla realtà. Guardai l'orologio dal display del cruscotto. Erano le dieci e un quarto. Di sicuro tra due ore avrei fatto il viaggio nella direzione contraria. Mai avere paura del futuro quando sai che diverrà a breve il passato. Mai avere paura dell'ignoto. E mi rilassai. Alle dieci e trentacinque ci infilammo nel parcheggio sotterraneo di un palazzo. Scesi dall'auto, Adam mi baciò di nuovo poi, prendendomi per mano, mi condusse davanti a tre ascensori e con una chiave azionò l'apertura della porta centrale.

Durante la salita osservai le luci del display segnalare i piani. Ci arrestammo al tredicesimo. Era inquietante. Sempre con la chiave Adam azionò l'apertura della porta scorrevole, che si aprì su un lungo corridoio. Percorremmo la corsia illuminata da una luce rossa soffusa fino all'unica porta presente.

«Sophie, ora entreremo in una piccola hall, dove non troveremo nessuno. Lasceremo i cappotti negli armadietti e indosseremo delle maschere, dopodiché ci sposteremo in una stanza centrale, dove potrai osservare alcune pratiche. Portano tutti delle maschere, quindi non dovrai sentirti a disagio. Noi osserveremo in stanze private, io e te, nessun altro».

Pendevo letteralmente dalle sue labbra. In che mondo mi stava introducendo?

«E ricordati Sophie, quando vorrai andartene, in qualsiasi momento, basterà dirmelo e in un attimo saremo fuori di qui, ok?»

«Ok», sussurrai.

Strisciò la tessera magnetica nel lettore posto accanto alla porta e la serratura scattò. Trattenni il respiro e lo seguii. Come mi aveva detto, era una piccola hall asettica. C'erano un divanetto rosso, diversi armadietti e un ATM per i pagamenti. Dall'ATM Adam selezionò due armadietti che si aprirono automaticamente.

«Dammi il cappotto», disse.

Me lo tolsi avvertendo subito freddo sulle braccia scoperte. La pelle si accapponò. Non so se fosse davvero il freddo o la paura folle a farmi quell'effetto.

«Dovevo portarti un abito diverso», disse sistemando il cappotto sulla gruccia con una nota di disappunto.

Incrociai le mani al petto e cercai di scaldarmi le gambe accavallandole.

«Vieni qui», disse abbracciandomi. Restammo stretti per un po', inspirai il suo profumo e in un attimo la mia agitazione si placò. Quando mi sentii più calda mi sganciai dalle sue braccia.

«E ora la maschera», sorrise. «Non ti spaventare».

Era una maschera veneziana raffigurante un volto femminile di un vivace colore rosa e oro. Il bordo degli occhi era ricoperto da pietre di bigiotteria e da piccoli disegni solcati da finiture di brillantini. L'intero bordo era ornato di pizzo nero. Mi tornò alla mente un famoso film. E il freddo della paura mi penetrò nella carne. Che ci fossero dei vecchi massoni impegnati in qualche rito satanico?

Prima di farmi indossare il travestimento, Adam mi sciolse i capelli e mi baciò di nuovo, con più dolcezza.

Come poteva, uno che baciava in quel modo, essere un mostro?

«Sophie, ricorda, quando vuoi ce ne andiamo», disse stringendomi il viso tra le mani. Sorrise e mi sistemò la maschera. «Riesci a respirare?», mi chiese.

«Sì».

Adam indossò la sua. Se me lo fossi trovato di fronte senza sapere chi era non l'avrei mai riconosciuto. La maschera era un collage di foglie color oro che formavano un volto maschile. Era piuttosto inquietante.

Mi prese la mano e ci spostammo davanti alla porta rossa, con la tessera fece scattare la serratura. E finalmente entrammo in quel mondo...

L'ambiente era caldo, fin troppo. Cominciai a essere scossa da agitazione e paura in un sali e scendi continuo. Caldo, freddo, gelo, fuoco. Dopo qualche passo ci trovammo in un'enorme sala circolare. Al centro, su una sorta di palco, ma dalla fattura morbida come un materasso, si svolgeva un'orgia. Ai margini della sala erano disposti alcuni divanetti dove alcuni uomini e anche donne osservavano la scena sorseggiando calici di vino o champagne. Adam prese il mio braccio portandolo sotto il suo. Mentre guardavo quella massa umana contorcersi, una donna completamente nuda e con un fisico mozzafiato si avvicinò a noi, su dei tacchi vertiginosi. Adam le sussurrò delle parole all'orecchio e la donna, dopo aver annuito in modo composto, sparì dietro una spessa tenda. Tornai a osservare la sala e i suoi frequentatori. Per fortuna la musica in filodiffusione alterava in parte i gemiti dei partecipanti al maxi amplesso, anche se l'unione degli ansimi somigliava più a un lamento. La donna dal fisico statuario tornò dopo pochi secondi, parlò di nuovo con Adam e ci condusse verso la tenda nera.

Appena prima di oltrepassarla, notai sopra il drappeggio l'incisione «Domain». "Ecco, ci siamo", pensai. Adam mi invitò a entrare, ma invece di una carneficina, mi trovai di nuovo in un piccolo atrio alle cui estremità si diramavano due corridoi più bui. Prendemmo quello di destra e passammo davanti ad alcune porte con al centro un led rosso acceso. Alla porta 7 trovammo il led verde e Adam la aprì con la tessera, invitandomi a entrare. Mi ritrovai in un piccolo ambiente simile a quello delle gallerie a teatro. C'erano due poltrone in velluto rosso, un tavolino al centro e, di fronte alla porta, una linda vetrata. Non ci volle molto per capire che al di là del vetro, a breve, avrei assistito all'*evento*.

«Puoi togliere la maschera», disse, e baciandomi sul collo mi cinse la vita. Mi abbandonai tra le sue braccia.

Sciolse il nastro liberandomi dalla maschera e fece lo stesso con la sua, poi riprese a baciarmi, ma con più impeto, spostandomi contro il muro.

«Non sai quanto mi rendi felice», sussurrò. Poi ci sedemmo.

«Quando vuoi ce ne andiamo, ma devi rimetterti la maschera per uscire, è obbligatorio per la privacy».

«Va bene», risposi stranita. "Privacy", pensai. Come si poteva parlare di privacy quando al di là del muro si stavano incaprettando senza pietà?

«Vuoi da bere?», chiese.

«Direi del vino, rosso», risposi tesa. Quel preambolo mi stava angosciando.

Adam digitò al tablet l'ordine e dopo meno di un minuto, da un'apertura al centro della porta, apparve una bottiglia di vino con due calici.

Trangugiai due bicchieri, uno dietro l'altro, e ne chiesi un terzo. Adam mi squadrò perplesso.

«Questo lo tengo pronto», dissi.
«Quando vuoi ce ne andiamo», ripeté Adam.
«Ok, va bene, possiamo cominciare», dissi decisa.
E la luce si spense...
Adam digitò sul tablet un codice e immediatamente dal vetro, prima nero, apparve un'altra sala circolare, più piccola e intima rispetto a quella centrale. Anche lì le luci soffuse attutivano il bianco delle pareti. Non c'era alcun letto, ma solo un immenso pavimento soffice. Alla mia sinistra, su un tavolo in mogano rossastro, erano sistemati diversi accessori. Vibratori, manette, fasce, corde, catene, lucchetti, travi, moschettoni, pinze, spilli. Appesi a una bacheca, una variegata proposta di fruste, bacchette, scudisci e altri oggetti di cui non capivo l'utilizzo. Una donna fece il suo ingresso accompagnata da un giovane uomo dal fisico scultoreo. Completamente nudi. Si sistemarono al centro della stanza. Iniziarono a baciarsi e ad accarezzarsi in modo dolce, e a lui si drizzò in un baleno. Prendendola per i capelli la fece inginocchiare davanti a sé. Lei iniziò a succhiarglielo, prima delicata poi con più insistenza. Adam accavallò una gamba. E io decisi di bere un bel sorso di vino. Molto probabilmente si stava eccitando. "Che situazione assurda", pensai. Spesso, davanti a circostanze surreali iniziavo a ridere. Doveva essere un modo per allentare la tensione. Trattenni la risata facendo leva sulla mia tecnica di evasione. La chiamavo "telecamera cerebrale". A volte immaginavo una telecamera che dalla mia testa si innalzava, e saliva sempre di più. Cosa avrebbe visto in quel momento? Noi due, seduti in uno stanzino di due metri quadrati, circondati da altre persone in altrettanti stanzini, magari intenti a masturbarsi. Poi, salendo ancora, l'immagine si sarebbe aperta sull'orgia che si stava svolgendo a qualche metro da noi, poi

sollevandosi avrebbe ripreso la hall con un tizio che stava indossando la maschera, poi ancora più su l'ingresso, la strada, un uomo che portava a spasso il cane, una signora davanti a un negozio di scarpe mentre contava i giorni che la separavano dallo stipendio, poi ancora più in alto due amanti che si baciavano e tutto il mondo in movimento. Non era niente quello a cui assistevo in quei due metri quadrati, la vita era anche tanto altro, e pensarlo, immaginarlo, aiutava a uscire dall'ansia.

Intanto il giovane adone la incitava a succhiarglielo più forte, accompagnando la testa della donna affinché andasse più a fondo. Di sicuro le sarebbe toccato ingoiare, pensai. All'improvviso, di scatto, era arretrato e aveva iniziato a schiaffeggiare il viso della donna con il suo pene. Sorseggiai ancora del vino per smorzare la risata che sentivo salire. Mi faceva ridere quella scena, anzi mi aveva sempre fatto ridere anche quando l'avevo vissuta in prima persona. La trovavo una pratica poco eccitante, quasi comica. Dopo altri quattro schiaffi sul bel viso di lei, l'uomo la fece alzare in piedi, la baciò con ardore e le alzò le braccia.

Adam mi riempì il bicchiere. Gli sorrisi appena senza guardarlo. Ero davvero imbarazzata.

Intanto l'uomo si era spostato al tavolo per scegliere un nuovo strumento. Nell'attesa osservai meglio la ragazza. Era piacevole e doveva avere poco più di vent'anni.

«Sono attori?», chiesi per non essere offensiva.

«No», rispose, «sono una coppia consenziente».

Sorseggiai ancora del vino per non lasciar trapelare il mio disappunto.

L'uomo, tornato dalla donna, le mise un bavaglio alla bocca con una sfera rossa al centro. Le accarezzò il corpo e il sesso per qualche minuto, eccitandola, poi la fece mettere carponi. Lui prese posizione dietro di lei, in piedi, e iniziò a massaggiarle il sedere e a darle delle pacche sonore sulle natiche, alternando la sequenza, e a solleticarla con il suo membro sempre eretto.

Pensai che fin lì avrei potuto tollerare tutto, se fosse stato Adam a farmelo. Viste dalla mia comoda poltrona, quelle manate non mi sembravano davvero così cattive. Avevo ricevuto di peggio in vita mia e quelle pacche erano piuma a confronto.

Dopo una ventina di sculacciate, l'aveva penetrata deciso, montandola con impeto. Le premeva le mani sui fianchi, stringendo tra le dita la carne poi, nel momento del massimo piacere – almeno così credevo osservandoli – era di nuovo uscito e aveva tamburellato le natiche con il suo membro. Dopodiché le aveva stretto le mani in una cinghia di cuoio che aveva legato a una catena calata misteriosamente dal soffitto, e poi le aveva applicato da caviglia a caviglia una trave, di cui ora capivo il funzionamento. Serviva per tenere divaricate le gambe.

Le sistemò ai capezzoli dei morsetti legati a una catenella e due alle labbra del suo sesso. Cercai di mantenermi impassibile di fronte a quella scena che mi provocava un profondo fastidio. L'uomo prese a stuzzicare i morsetti tirando la catenella in modo secco a piccoli scatti. Dovevano essere spiacevoli, e comunque fare male. Me lo confermarono l'espressione di lei e soprattutto i sussulti del suo corpo. Non contento, l'uomo prese a colpirla a ritmo cadenzato con una bacchetta di cuoio, prima sulla schiena e poi sulle natiche e infine sul sesso. A quel punto fui io ad accavallare le gambe, pensando a quanto potesse essere doloroso. Adam mi riempì di nuovo il bicchiere e ordinò una seconda bottiglia dal tablet.

Dopo le stoccate, la catena piano piano si allentò, lui

la liberò e la fece mettere carponi e a quel punto, dopo averle sputato un paio di volte sull'ano, la penetrò.

Con le mani aveva preso la cinghia del bavaglio, che a quel punto utilizzava come redini per accompagnare le mandate selvagge e violente con cui affondava dentro di lei. Come stesse cavalcando. Era un'agonia guardarla. Sembrava sofferente, ma allo stesso tempo nel pieno del piacere. La porticina si riaprì e una nuova bottiglia comparve. Iniziavo ad avere caldo. Non riuscivo a distogliere lo sguardo da lei. Era consenziente ed era con il suo uomo. Che cos'è una sottomessa in fondo? Una donna che prova la meravigliosa sensazione di abbandono, percependo la volontà del suo uomo e che si annulla nei suoi desideri pur di dargli piacere. Poi i miei occhi si spostarono sul volto di lui. Come un animale che cavalcava, si mordeva le labbra e guardava il suo membro entrare e uscire. Soddisfatto che fosse così potente e duro. Mi eccitai. Lei piegò la schiena in avanti affinché le natiche si aprissero ancora di più: il segnale per dirgli che era sua, che lo voleva. E lui affondò ancora di più, poi raggiunse l'orgasmo, almeno credo. Una volta uscito, notai il pene ancora duro. Di sicuro, aveva fatto uso di uno stimolante, pensai. Sorseggiò un po' d'acqua, che poi riversò su di lei. Le diede altre tre bacchettate, poi la fece girare. Agganciò la trave delle caviglie alla catena e le posizionò all'altezza del clitoride un vibratore dalla testa rotonda. Come un pesce all'amo, la donna prese a divincolarsi di piacere. L'uomo la fustigò sul seno. Nell'appoggiare il bicchiere al tavolino mi voltai a guardare Adam.

«Vuoi andare via?».

Sorrisi per rassicurarlo. «No».

«Basta così», disse, e un istante dopo il vetro si oscurò. «Mettiti la maschera, ce ne andiamo», e si alzò nervoso.

«Adam, sto bene». Gli presi la mano e lo invitai a sedersi. «Non è un film horror, forse è un po' grottesco...», e non riuscii a trattenere una risata. Mi sistemai cavalcioni sulle sue gambe e lui mi abbracciò.

«È diverso guardare dal praticarlo», bisbigliò.

«Tu provi piacere nel farlo o nel guardarlo?», chiesi.

«Nel farlo», sussurrò.

"Non poteva essere così orribile", pensai.

«Non voglio i morsetti ai capezzoli, né da nessun'altra parte, piuttosto i tuoi denti».

Le sue mani si fecero insistenti come i suoi baci. Gli slacciai i pantaloni e un attimo dopo mi aveva strappato i collant insieme agli slip ed era entrato dentro di me. Chi se ne fregava di un paio di bacchettate se potevo averlo, se potevo essere sua. Mi abbandonai a lui.

«Sophie, fermati», disse ansimando.

Non ci pensavo proprio.

«Prendi la pillola vero?», chiese.

«No», risposi.

«Cazzo, perché no?», e mi sollevò con forza.

«Scusa», mormorai.

Digitò un ennesimo codice sul tablet. Mi fece sedere sulle sue gambe riprendendo a baciarmi più focoso che mai.

«Ho chiesto dei preservativi», disse prendendomi il viso tra le mani e premendo la sua fronte sulla mia.

Sentivo il suo pene ancora duro a contatto con il mio sesso. Nell'attesa presi a muovermi strusciandomi al suo membro.

«Sophie, così mi fai venire», disse cercando di arrestare il mio impeto. Era quello che volevo, mi ribellai al freno delle sue mani insistendo nei movimenti. Adam non oppose resistenza, cingendomi la vita accompagnò il mio movimento e poi in un gemito profondo raggiunse l'orgasmo, disperdendo il suo liquido denso sulle grandi labbra. Mentre lo tempestavo di baci fino allo sfinimento, felice di averlo appagato, la porticina si aprì e magicamente una scatola di preservativi fece la sua comparsa. "Troppo tardi", pensai.

Indossate di nuovo le maschere tornammo nella sala centrale dove l'orgia andava avanti. Chissà cosa si provava a essere in quell'ammasso di carne, mi chiesi osservandoli.

«Tu lo hai mai fatto?»

«No, preferisco i rapporti a tre».

«Ah», esclamai sconcertata. «Cosa significano le altre scritte sopra le tende?», domandai.

«*Mulieres* significa donne, *homines* vuol dire uomini, *heterosexual* rapporti eterosessuali».

«E quello?», chiesi indicando la scritta *privatus*.

«Sono stanze per gli incontri».

«Ci sei stato?»

«A volte».

«Si possono vedere?»

«Sì, ma sei sicura di volerlo fare?».

Annuii stringendomi al suo braccio.

Superato il divisorio ci trovammo di nuovo in un corridoio ed entrammo nella quinta stanza libera.

La camera era quadrata e anche lì le luci soffuse creavano un ambiente accogliente e particolarmente intimo. Le pareti erano completamente rivestite da specchi, mentre al centro c'era un letto rotondo con lenzuola rosse di seta e due soffici cuscini.

Mi tolsi la maschera e mi sistemai.

«Hai portato tante donne qui?», chiesi scrutandolo. Allungai la mano invitandolo ad avvicinarsi.

«Sophie, non voglio parlarne ora», disse facendo scivolare la mano sulla guancia. Mi abbracciò e mi fece sdraiare. Delicato, prese a baciarmi il collo spargendo carezze dolci sulle braccia e sui fianchi.

«E cosa hai fatto con loro? Le hai frustate? Hai divaricato le loro gambe con la trave?».

Si bloccò e mi fissò negli occhi per qualche secondo, accigliato. «Non mi piace parlarne così», disse serio.

«Voglio solo capire, cosa ti piace, cosa mi faresti». Infilai la mano sotto la camicia e gli baciai il collo.

«Tutto, ti farei di tutto».

"Tutto", pensai. Anche io del resto gli avrei fatto di tutto.

«Ti prenderei in ogni modo possibile», sussurrò alzando il vestito e solcando le mie natiche con le sue mani calde.

A quelle parole raggelai, per come mi guardava, per come la scintilla del dominatore si accendeva in lui. Dovevo capire fino a dove poteva spingersi.

«Fammi vedere», dissi. Mi sistemai cavalcioni su di lui, mi sfilai il vestito e tolsi il reggiseno. «Fammi provare», dissi, «tutto quello che vuoi, tranne i morsetti». Scivolai sopra di lui e lo baciai. Adam veloce mi rovesciò sotto di sé, avvolgendomi in un abbraccio.

«Sophie, chiudi gli occhi».

Lo feci.

«Sophie, ti devi concedere, voglio farti oltrepassare i tuoi limiti. Ma devi affidarti a me. Il tuo compito è provare piacere, non dovrai fare nulla, sarò io a guidarti, devi solo concederti». Le mani scivolarono sui fianchi. «Tutto ciò che ti farò ha un solo fine, il piacere, solo quello, e per raggiungerlo devi abbandonare ogni tua resistenza. Metti a tacere la tua mente, non devi pensare a nulla se non a ricevere».

Riaprii gli occhi. Le mani calde solcarono i seni producendo onde di brividi che si riversarono sui capezzoli.

«Vuoi affidarti a me?», chiese con una voce vellutata.

Oh sì, pensai.

«Se ti affidi sarai mia, senza alcun limite. Quello che voglio è appagarti in modo totale, quindi Sophie, rispondimi, dimmi di sì, te ne prego. Non sai quanto ti voglio».

Ormai ero schiava della sua voce, delle sue labbra, delle sue mani che mi reclamavano e della sua erezione che premeva sul ventre.

«Mi affido a te», sibilai.

Vidi l'espressione di Adam cambiare. Da seducente, si fece ambigua.

«Allora mettiti carponi».

E di nuovo obbedii.

Con le gambe divaricò le mie e infilò un dito nel mio sesso spingendo forte. Ne rimasi quasi paralizzata.

«Sei sicura?», chiese baciandomi la schiena.

«Sì», mugugnai in preda all'eccitazione per le sue dita così irruente.

«Allora, ora sollevati, ma resta in ginocchio», disse.

Obbedii.

Adam si tolse i vestiti, poi si spostò verso uno specchio, e con una leggera pressione della mano fece scattare l'apertura di un'anta, dietro la quale intravidi un armamentario di oggetti. Ne prese alcuni.

«Adam?»

«Non parlare».

Tornato da me mi mise un bavaglio con una sfera alla bocca, proprio come la ragazza vista poco prima, poi mi bendò gli occhi e mi fece sdraiare sul letto a pancia in giù.

«Ora ti legherò le mani alle caviglie», disse.

Prese il braccio sinistro e sistemò al polso una cinghia di

pelle, poi piegò la gamba destra sulla schiena e legò i due arti insieme. Fece lo stesso per gli arti rimasti liberi. Sollevandomi i fianchi mi fece scivolare sulle lenzuola setose fino al margine del materasso. Era una posizione faticosa, artefatta, ma poi sentii le sue mani solcare la schiena, le natiche, il mio sesso accaldato e bagnato. Se Adam aveva una dote era tutta in quelle mani e, naturalmente, nel sacro organo che madre natura gli aveva concesso. All'improvviso il preliminare delicato ed eccitante venne cancellato da una sculacciata violenta sulla natica che mi fece sussultare per la sorpresa e il dolore.

Poi colpì anche l'altra. Sussultai nuovamente.

E proseguì a lungo. Mentre con una mano esplorava il mio sesso, con l'altra continuava ad accarezzare il corpo in lungo e in largo, finché all'improvviso un altro colpo secco piombò sulle mie natiche.

«Devi concederti Sophie, devi concedermi il tuo corpo».

Inarcai la schiena sotto lo spasmo dell'eccitazione. Era un miscuglio strano. Il dolore veniva spazzato via dal piacere creando una miscela di sensazioni nuove. E piano piano mi abbandonai a quelle percezioni.

«Brava, così», disse Adam.

Ero già sul punto di venire. Era un maestro, ormai conosceva il mio corpo meglio di me. Lo conosceva tanto che sapeva bene anche quando arrestarsi. Sempre sul più bello. Mi portava sul precipizio e poi mi ritrascinava indietro. In quell'altalena, le terminazioni nervose del mio corpo erano in completo tilt, come il mio cervello.

Appena avvertii la punta del suo pene all'ingresso della vagina, alzai le natiche affinché quella punta tanto agognata mi riempisse.

E questa volta una bacchettata piena, sempre sulla natica, mi lacerò la mente cancellando l'eccitazione. Ma subito dopo Adam riprese a solcare il mio sesso con le dita e ripiombai nell'estasi, finché la bacchetta tornò a colpire il sedere.

Faceva male, molto male. Ricordai l'espressione della donna nello stanzino. Godeva e soffriva. Ora mi era tutto più chiaro. Le due sensazioni si amalgamavano creando una percezione tutta nuova, stimolando le terminazioni nervose.

La bacchettata affondò di nuovo sulla natica, sempre la stessa, sempre nello stesso punto. Non ce la facevo più a stare in quella posizione. Erano dolore e delizia, magistralmente orchestrati. Aggrappata alla sua mano e in preda alle convulsioni scaricai la mia eccitazione in un orgasmo travolgente. A quel punto Adam mi aprì le natiche quasi a spaccarle. Lo sentii sputare e poi passare le dita sull'ano per lubrificarlo. Mi paralizzai. Non ne avevamo parlato, o meglio, non avevamo parlato di nulla. Affidarmi a lui in tutto, aveva detto, nessun contratto, nessun limite. Solo il mio corpo e il suo. Calma, dovevo solo restare calma. Tanto calma che trattenni il respiro per qualche secondo. Mi sentivo scollegata, il cervello era nel panico mentre il corpo era completamente preda del piacere. Non mi ero mai fatta problemi a fare sesso, ma il mio ano era diventato un tabù, dopo che Albert lo aveva deflorato. Era stata l'esperienza più imbarazzante della mia vita. Per colpa di uno spasmo allo sfintere, il suo pene era rimasto incastrato nel mio ano. Solo l'intervento degli infermieri ci aveva "liberato" e naturalmente eravamo stati oggetto di derisione non proprio sottile. Da allora per me era impensabile il solo pensiero. Ma in quel momento non sapevo cosa fare. Volevo, non volevo? Non capivo se fossi spaventata o solo eccitata. Non potevo parlare, non potevo muovermi, se non con movimenti convulsi. Un dito penetrò l'ano e io mi abbandonai a quella sensazione. Poi ne affondò due. Infine, con una pressione inimmaginabile Adam si fece largo dentro quel passaggio troppo stretto per il suo membro. Respiravo spasmodicamente cercando di calmare la paura e lo sconcerto.

Spingeva piano, e quell'avanzata estranea sembrava non finire mai. Era tutto diverso. Una sensazione mai provata. Non capivo se fosse tormento o goduria.

Quando lo spinse fino in fondo, mi allargò ulteriormente le gambe e poi iniziò l'altalena dell'avanti e indietro. Prima piano, poi sempre più energico. I rintocchi delle sue anche sulle natiche risvegliavano ogni volta il bruciore delle bacchettate.

«Sei stretta, come piace a me», disse.

Raccolse i capelli tra le dita, mi rovesciò la testa all'indietro e mi tolse la benda dagli occhi.

«Guardami allo specchio, Sophie».

Alzai lo sguardo allo specchio e non vidi nulla, solo bianco. Soffocata dalla palla, cercai di respirare con il naso, cosa difficile con il mio setto nasale deviato.

Quando i contorni delle cose intorno a me furono più distinti, vidi Adam alzare lo scudiscio. Per reazione richiusi gli occhi. Soffrivo, ma al tempo stesso provavo un piacere che mi stravolgeva. Adam lasciò andare i capelli.

Mi allargò ancora le natiche e con tutto il peso del suo corpo fece maggiore pressione per spingerlo dentro, fino in fondo.

«Te lo voglio riempire questo bel culo».

A quel punto e a quella frase, l'immagine del mio sfintere messo sotto sforzo e la possibilità di essere portati via da quel club incastrati sotto gli sguardi divertiti di estranei, ebbe la meglio sul mio eccitamento.

Mi estraniai, in lontananza percepii Adam raggiungere l'orgasmo e quell'ansimare mi provocò un profondo fastidio. Si accasciò accanto a me e per un istante vidi i suoi occhi, ma preferii chiudere i miei. Dopo qualche secondo, mi liberò polsi e caviglie e mi tolse la benda dalla bocca.

Non avevo il coraggio di aprire gli occhi, perché sarei scoppiata a piangere e non volevo. Mi sentivo vuota.

Adam mi strinse a sé in un abbraccio tenero, spostandomi al centro del letto. Mi baciava il viso e mi accarezzava, ma io ero solo una bambola. E quando si rese conto della mia insensibilità, le sue mani divennero di ghiaccio.

«Sophie, cos'hai?», disse con voce spezzata.

Quando ritrovai la forza per muovermi e incontrai i suoi occhi, riuscii soltanto a dire: «Voglio andare a casa Adam». Mi aiutò ad alzarmi, e per una forma di pudicizia agguantai il vestito infilandolo in fretta, per nascondermi.

«Vuoi andare in bagno?», chiese.

Avevo scosso la testa dirigendomi verso l'uscita, disorientata.

«Sophie, aspetta, devi mettere la maschera».

Ah già, la maschera. Appena aderì al volto, mi sentii meglio. Nessuno mi vedeva, lui non mi vedeva.

Tornammo nella sala delle orge. A guardarli ora mi sembravano una mandria di pecore belanti. Una volta tornati nella hall Adam mi aiutò a indossare il cappotto. Appena mi tolse la maschera la bocca si riempì della sua lingua, vorticosa. Tra le sue braccia ero veramente niente.

Catatonica, mentre ricevevo tutte quelle attenzioni, le sue parole erano quasi incomprensibili. Mi teneva il viso tra le mani e i suoi occhi non erano mai stati tanto vicini ai miei. Sembrava turbato. Ma non me ne importava niente. In quel momento volevo solo andare a casa e chiudermi nel mio tugurio. In quell'amplesso c'era stato solo lui, io ero stata un corpo, non molto differente da una bambola gonfiabile.

«Voglio andare a casa», dissi ancora, sforzandomi per riuscire a parlare.

Parcheggiata l'auto, ero scesa come un automa dirigendomi verso l'ufficio di mio fratello. Veloce, avevo spalancato la porta, poi mi ero girata e avevo trovato Adam fermo, a un paio di metri da me. La sua espressione era smarrita, forse triste. Ma non me ne importava nulla.

«Allora buonanotte», disse.

E buonanotte avevo risposto io, prima di sparire dietro la porta e infilarmi sotto le mie coperte in un pianto sommesso. Per fortuna il sonno non si fece attendere.

Obiettivi

Il giorno dopo sarei soffocata se fossi rimasta nella mia stanza. Allora uscii e decisi che era arrivato il momento di darsi da fare.

Obiettivo numero uno: trovare un lavoro part time.

Mi sedetti all'unica postazione libera del bar, a setacciare, nei vari siti Internet, annunci adatti alle mie ridotte competenze. Assorta nello scroll, ogni tanto sentivo Ben chiedere ai clienti cosa desiderassero.

Poi, dopo l'ennesimo «il solito?», una voce che conoscevo bene era giunta alle mie orecchie.

«Sì, grazie».

Sperai non mi avesse vista, o almeno, che avesse la compiacenza di non rivolgermi la parola, e invece accadde il contrario.

«Ciao Sophie».

Sollevai appena la testa, in segno di saluto.

«Cerchi lavoro?», chiese.

«Sì», risposi senza guardarlo.

«In che settore?»

«Qualsiasi», risposi sbuffando.

Per fortuna Ben arrivò a salvarmi.

«Ecco il caffè, sono tre dollari».

«Grazie, tenga il resto».

«A proposito Sophie, il negozio di fumetti cerca un commesso, forse puoi chiedere lì per un lavoro», disse

Ben con la serenità di uno che non sa nulla né tantomeno immagina.

«Preferirei in una zona diversa», mormorai.

«Ah, come vuoi», e ritornò a servire altri clienti.

«Possiamo parlare? Puoi venire fuori?», mi chiese Adam.

E finalmente lo guardai, o meglio, fissai il colletto inamidato della sua camicia da duecento dollari.

«Adam, ho visto, ho provato e ho capito. Non fa per me, ti chiedo scusa se ti ho fatto perdere tempo».

Vidi il petto riempirsi di aria e svuotarsi lentamente.

«Va bene», disse. E *puff*, svanì.

Dopo un minuto di sconforto, lessi l'annuncio in cui cercavano un'addetta al reparto spedizioni e confezionamento regali della libreria Barnes & Noble nel cuore della city. Chiamai subito.

L'operatrice mi disse che il lavoro andava dalle tre alle otto del pomeriggio, la paga era di mille dollari. Fissai subito il colloquio per le dieci e ci andai di corsa. In metropolitana pensavo a quei mille dollari. Erano tutto ciò che volevo in quel momento. D'un tratto il mio cellulare prese a squillare. Era Adam. Preferii abbassare la suoneria.

Al colloquio conobbi quella che poi sarebbe diventata la mia migliore amica, Sabrina, una ragazza alta e formosa dai capelli corti e piena di piercing all'orecchio. Gliene contai almeno dodici. Dopo una breve conversazione aveva deciso di prendermi quando alla domanda: «Aspettative per il futuro?», avevo risposto: «Sopravvivere».

Si era fatta una risata e grazie al mio umorismo un po' fatalista ero stata scelta tra altre tre persone. L'indomani avrei iniziato il periodo di prova.

Quando ero tornata da Fred, euforica, per raccontargli del nuovo lavoro, lo avevo trovato nel suo ufficio a guardare un dépliant di un ristorante per ricevimenti, che nascose appena mi sedetti. Non gli chiesi nulla, ma sapevo che a breve si sarebbe buttato in un terzo matrimonio, soprattutto in vista dell'arrivo della bambina.

«Come mai sei così... felice?», chiese sospettoso.

«Ho trovato un lavoro», dissi diretta.

«In che senso?»

«Nel senso che ho trovato lavoro presso la libreria Barnes & Noble!».

«E l'università?», chiese.

«Per quella non c'è problema, il lavoro va dalle tre alle otto, quindi la mattina è libera per frequentare e studiare».

«Sono contento, Sophie, per le telecamere la notte, lascia perdere», disse.

«Fred, a proposito di telecamere... Avrei pensato di tornare da mamma».

«Scusa?», chiese sbigottito.

«Sì, torno da mamma, di sicuro stare da lei mi spingerà a cercarmi un posto mio».

«Capisco che non ti piaccia stare qui, ma da mamma, Sophie, resisterai una settimana».

«Anche meno», scoppiai a ridere. «Ma è meglio così, vedrai».

«Puoi cercare un'altra sistemazione restando qui».

«No, voglio cambiare aria».

Fred si alzò in piedi piacevolmente sorpreso. «Non sai da quanto aspettavo questo momento, sono contento Sophie e spero vada tutto bene, comunque sappi che puoi sempre tornare».

Mi fiondai tra le sue braccia. «Fred, mi hai aiutato fin troppo. Adesso occupati del tuo prossimo matrimonio».

Fred rise e si portò la mano alla testa. «Hai visto il dépliant?»

«Sì».

«Be', ci sto pensando da qualche giorno, ieri sono andato a vedere un anello. Per il momento l'ho solo fermato, ma non lo so, secondo te faccio una cazzata?»

«Ma scherzi Fred? Miranda è dolcissima e ti sta facendo il regalo più bello della tua vita. Puoi solo sposarla!».

«Sì, io me la sposo Miranda, l'ho sempre saputo che l'avrei sposata, fin dal primo momento».

Sospirai tra me. Inevitabilmente mi tornò alla mente la teoria di Bob... Un uomo o ci sta da subito o niente gli farà cambiare idea.

Lasciai Fred al telefono con il ristorante e me ne andai in camera. Sul cellulare vidi dieci chiamate da parte di Adam e un messaggio.

Non mi rispondi. Ti chiedo profondamente scusa per tutto. Se vorrai mai parlarne, sai dove trovarmi. Adam.

Sulla sedia osservai i vestiti fashion, inermi, come mi sentivo io al pensiero di lui. Non aveva colpa, o forse sì. Il fatto è che mi ero sentita talmente sconnessa e in preda al panico che in un attimo ero caduta in un ginepraio di emozioni contrastanti. Mi ero concessa, avevo accettato quello strano gioco, nonostante sapessi nel profondo che il sesso estremo significava fare i conti con episodi del mio passato. Raccolsi i vestiti in un sacchetto che portai alla lavanderia a due isolati dal garage, chiedendo al proprietario di lavarli e di farli consegnare a Adam, appena fossero pronti. Poi buttai alcuni vestiti nella mia sacca e me ne andai da mia madre quella sera stessa. Nel letto singolo della mia cameretta da adolescente depennai dalla lista il punto numero uno e mi sentii più quieta.

L'indomani ero pronta per il mio primo giorno di lavoro. Fu divertente. Sabrina mi spiegò alcuni trucchi del mestiere. Quale carta scegliere a seconda della quantità di libri, il sacchetto con il fiocco per velocizzare le cose. Per il nastro, usare sempre quello argentato che andava bene su tutto, mai farlo scegliere al cliente. E così, alla fine della prima settimana, venne ufficializzata l'assunzione. Per l'occasione Sabrina mi invitò a mangiare a casa sua.

Conobbi la sua ragazza, Stephanie. Stavano insieme da due anni. Vivevano in un appartamento nell'East Side, o meglio, in un monolocale striminzito di venti metri quadrati.

Si erano conosciute al banco delle confezioni regalo in libreria. Stephanie aveva comprato un libro su come sopravvivere agli amori e quando lo aveva portato a impacchettare, dato che si vergognava a comprarlo per se stessa, Sabrina le aveva rivolto una battuta delle sue che aveva fatto capitolare Stephanie all'istante. Era tornata altre tre volte a comprare libri a caso e ogni volta chiedeva un parere a Sabrina, avida lettrice di ogni genere letterario. Quando avevano scoperto che frequentavano gli stessi locali, avevano cominciato a uscire insieme e tutto era iniziato.

Alla domanda: «E tu?», mi era caduta la faccia nel piatto.

E io? Avevo bofonchiato qualcosa riguardo l'università, restando sul vago.

«Uomini?», aveva chiesto Stephanie.

E allora ero ammutolita.

«Cazzo Sophie, ti è morto il gatto?».

Avevo riso. «In parte è così. Nessun uomo, attualmente solo stronzi da dimenticare».

«E donne?», aveva chiesto Sabrina.

«Non mi interessano, ho avuto un paio di esperienze, ma diciamo che preferisco la sostanza», e mentre lo dicevo l'immagine di Adam che mi penetrava l'ano mi attraversò la mente.

«Peccato, abbiamo un sacco di amiche, ma pochi uomini da presentarti».

«Meglio così, ho un piano da seguire e gli uomini sono solo al punto cinque della mia lista».

Me ne tornai a casa all'una passata e trovai mia madre ad aspettarmi. La sua ramanzina notturna fu la spinta che serviva a cercare una sistemazione più indipendente.

L'unica possibilità per trovare qualcosa che non prosciugasse le mie finanze era un alloggio con altri studenti. Dalla bacheca dell'università avevo staccato alcuni annunci e avevo iniziato le visite. Il pellegrinaggio di casa in casa fu sconfortante. Oltre a topaie sporche, le uniche sistemazioni disponibili avevano un divano o al massimo una brandina nel corridoio. Stavo prendendo in considerazione di tornare al garage, anche se questo avrebbe significato rivederlo.

Poi, un giorno, Sabrina mi fece una proposta. Lei e Stephanie avevano trovato una casa nel Bronx. Un bilocale con un discreto cucinotto, e un soggiorno molto ampio. A detta sua, sistemando un divisorio, si poteva creare una seconda stanza. L'affitto era di duemila dollari al mese che diviso tre erano circa seicento a testa.

«Troppo per me», avevo detto subito.

«Lo so, ma stavamo pensando di farti pagare quattrocento dollari accollandoci il resto, dato che noi avremmo una stanza tutta nostra e tu una specie di stanzino».

Non avevo esitato un istante.

Dopo una settimana eravamo nel nuovo appartamento. Mio fratello mi regalò i mobili dell'autorimessa e insieme a Gustav si ingegnò per costruire una parete divisoria in cartongesso.

Il risultato fu una stanza piccolina, ma dignitosa e indipendente.

Così, piano piano le giornate presero ad adeguarsi a un nuovo ritmo. Svegliarsi, fare colazione, studiare, andare a lavorare, mangiare, andare a dormire, con qualche eccezione per uscite serali insieme a Sabrina e Stephanie, e la pizza domenicale con Ester e Ben ormai perduti nel Jersey. E lui, sempre stampato nella mia mente. Il non vederlo più, non vedere la sua auto, le luci del suo appartamento, in qualche modo portarono un apparente sollievo. Continuavo a respirare anche senza di lui, ma dentro, nel profondo, era un tormento. Un pensiero latente, continuo e perenne, che si manifestava ogni qualvolta vedevo Sabrina e Stephanie scambiarsi tenerezze, ogni volta che in televisione davano un film mieloso o pubblicità di famiglie felici durante colazioni inverosimili.

Poi, un pomeriggio, mi trovai dieci libri sul bancone delle confezioni e lui di fronte.

«Vorrei una confezione regalo per ognuna», disse.

Il mio corpo si pietrificò all'istante. Avevo alzato lo sguardo perdendomi nei suoi occhi, disarmanti e devastanti.

Purtroppo Sabrina era in magazzino a recuperare delle scatole e conoscendola ci avrebbe messo un'eternità. Non avevo alternative. Iniziai le operazioni pacchetto.

Applicai l'adesivo sul prezzo del primo libro, un romanzo sull'ennesimo angelo caduto dal cielo, che ormai andava tanto di moda. Mi tenni per me lo sconcerto.

«Preferenze per la carta?», chiesi risoluta.

«Ogni pacchetto di un colore diverso».

«Abbiamo solo quattro tipi di carta».

«Allora basterà alternarli».

Presi quella blu e ne tagliai un rettangolo, piegai i bordi

sul libro, staccai un pezzo di nastro adesivo e bloccai i due lembi.

«Ti trovi bene nella casa nuova?», chiese.

Annuii e sistemai il bordo laterale, sovrapponendolo a quello superiore e lo fissai con il nastro adesivo. Con la coda dell'occhio guardai l'orologio. Sabrina era via da un quarto d'ora. "Mannaggia a lei", pensai.

«Mi ha detto tuo fratello che la casa è molto graziosa».

«Sì, è carina», risposi laconica.

Perché mai mio fratello non si faceva i fatti suoi? E poi, quando avevano parlato di me?

«Merda!», esordì Sabrina entrando in ufficio, «c'è un casino giù che non hai idea, la pioggia di ieri sera ha fatto un...». Appena notò la presenza di un cliente all'oblò del bancone si interruppe.

«Ah, buongiorno», disse.

«Buongiorno», rispose Adam.

Dopo aver sistemato le scatole nell'armadio, si mise al computer a stampare gli ordini mentre io ero alle prese col secondo pacchetto. Carta rossa.

«Mi ha detto anche che hai dato un altro esame», disse Adam.

Con la coda dell'occhio vidi Sabrina scrutare prima lui e poi me.

«Sì, per la fine dell'anno conto di laurearmi».

«Bene, sono molto contento. Programmi per l'estate?», chiese.

"Dimenticarti", pensai. Arricciai il nastro con un colpo secco delle forbici che tagliò l'aria, sfiorando il suo profilo. Adam non si scompose.

«Ecco il secondo pacchetto», dissi sistemandolo accanto al primo.

Presi il terzo volume, un libro di botanica, poi osservai

gli altri sette libri. Li aveva scelti a caso. Ce n'era anche uno sulla ginnastica prenatale.

«Aspetti un figlio?», chiesi sventolandogli il libro sotto al naso.

Adam sorrise scaltro. «Pensavo di regalarlo a tuo fratello».

«E questo sui vampiri?», chiesi acida.

«A mia nipote», rispose.

Sabrina capì che ero in difficoltà quindi mi raggiunse al bancone.

«In due facciamo prima», disse con un sorriso dei suoi.

A quel punto alzai lo sguardo su Adam, che mi fissava in modo davvero provocante.

«La ringrazio», disse rivolgendosi a Sabrina, «la sua collega mi sembra in difficoltà».

«Difficoltà?», ringhiai. «Che cosa vuoi?»

«Voglio parlare, anche solo per cinque minuti».

«E io non voglio, mi sembra ovvio».

«Me lo devi».

«Io non devo niente a nessuno e non ho nulla da dirti».

«Senti Sophie, io invece ho bisogno di sapere perché mi hai lasciato di punto in bianco».

«Cosa?», sbraitai. «Per la cronaca, non siamo mai stati insieme e poi non fare finta di non capire, Adam, sei molto più scaltro di me».

Infilai nel sacchetto i cinque libri impacchettati e mi voltai verso Sabrina. «Io ho finito».

«Ho finito anche io», si affrettò a dire.

Spinsi il sacchetto sul bancone e lo salutai decisa: «Arrivederci, grazie per aver scelto Barnes & Noble».

Adam restò qualche secondo a fissarmi, poi i suoi occhi scivolarono su Sabrina. Prese il sacchetto e mi salutò con distacco.

Naturalmente, appena fu abbastanza lontano, Sabrina volle sapere ogni cosa. E avrei tanto voluto raccontarle tutto, invece mi limitai a dirle che era uno dei tanti stronzi che cercavo di dimenticare. Quella notte mi svegliai di soprassalto in un bagno di sudore. Davanti al letto, Stephanie e Sabrina con aria preoccupata.

«Sophie, stavi urlando come una forsennata, ci hai fatto prendere una paura fottuta!», disse Sabrina.

«Scusate, forse stavo facendo un incubo», bofonchiai accaldata e frastornata.

«Mettiti la felpa, sei sudata fradicia», disse Sabrina.

Infilai la felpa e mi asciugai la fronte con il lenzuolo.

«È per il tipo di oggi?», chiese Sabrina.

«Quale tipo?», fece eco Stephanie dietro di lei.

Sabrina si mise un dito sulla bocca. «È per il tipo dei pacchetti, Sophie, che stai male?». E scoppiai a piangere.

«Deve essere proprio per lui...», mormorò Stephanie.

Sabrina alzò gli occhi al cielo. «Sei davvero sempre fuori luogo» e sbuffando aggiunse: «Vai a preparare un tè per favore».

Appena restammo sole, Sabrina si sedette sul letto. «Allora è per lui, vero?», chiese ancora.

Annuii.

«Avete avuto una storia?»

«Più o meno, anzi meno di meno». Mi abbandonai sul letto coprendomi la faccia con il cuscino.

«Lo hai lasciato tu?»

«È una storia lunga», mormorai.

«Dài racconta», disse, prendendomi dolcemente il cuscino e scoprendomi il viso.

Sospirai. «Meglio di no».

«Dài Sophie, parlane, non tenerti dentro le cose, non aiuta. È stato così stronzo?».

Intanto Stephanie era tornata con il tè e i biscotti. Si sistemò ai piedi del letto a gambe incrociate.

«Dài! Nottata di confessioni Sophie. Liberati, si vede lontano un miglio che hai dentro un rospo gigante».

«Sì, infatti», la seguì a ruota Sabrina, «oggi stavi per esplodere, mi sono davvero preoccupata, per un momento ho pensato che volessi infilargli le forbici nel collo».

«Allora, nome?», chiese Stephanie.

«Adam, Adam Scott».

La fronte di lei si corrugò e ripeté il suo nome. «Mi sembra familiare», aggiunse.

«Lavora nella finanza».

«Uhm, uno ricco», disse.

Sabrina alzò di nuovo gli occhi al cielo. «E quindi? Si chiama Adam Scott e dove vi siete conosciuti?»

«All'autorimessa di mio fratello». Afferrai un biscotto e ne addentai un pezzetto.

«Di questo passo ci mettiamo una vita», intervenne Stephanie. «Dài Sophie, si chiama Adam Scott, è uno ricco, vi siete conosciuti all'autorimessa di tuo fratello, immagino sia un cliente, e poi? Siete stati insieme? Per quanto? Cosa è successo?».

«Stephanie, lasciala parlare, e che si prenda il tempo che le serve».

E con gli occhi fissi sulla trapunta confessai il segreto che mi portavo dentro.

«Mi ha scopata».

Sabrina scoppiò a ridere. «Be', poco male, mi sembra anche un bel tipo», disse.

«Aspettate un momento!», intervenne Stephanie, «ma Adam Scott non è mica quello della Scott & Braun Finance Corporation?», chiese strabuzzando gli occhi.

Annuii.

«E chi è?», chiese Sabrina voltandosi verso la sua amata.

«Mi sembra sia il vicepresidente, ma è anche uno molto interessato all'arte. Sovvenziona un sacco di mostre».

«Sì va bene, chi se ne frega, allora Sophie, oltre ad avere fatto sesso cos'altro è successo?»

«Non ha fatto sesso con me, lui mi ha scopata selvaggiamente, è un praticante del sadomaso», dissi seria e osservai l'espressione di sconcerto comparire sui loro volti.

«Fammi capire, stiamo parlando di rapporti tra dominatore e sottomessa?», chiese Stephanie.

Confermai abbassando la testa.

«Cazzo», disse Sabrina alzando tutte e due le sopracciglia. «Sophie, ti ha fatto del male?»

«Più che sul corpo, mi ha fatto male dentro, capisci?».

Annuì visibilmente sconcertata. «Non si direbbe a vederlo!».

A quel punto raccontai loro tutti i particolari, dalla sera di capodanno all'ultima notte in quel circo del sesso. E alla fine del racconto Sabrina commentò in poche parole.

«Quella merda ha abusato di te».

«A me non pare», intervenne Stephanie. «Lui mi sembra sia stato molto chiaro, le aveva spiegato tutto, addirittura l'ha portata in quel posto perché si rendesse conto. Sophie», aggiunse, «lo hai voluto tu!».

«Ma ti senti quando parli?», sbottò Sabrina.

«Sophie, sei stata tu a chiedergli di farti vedere, no?», insistette Stephanie.

Annuii.

«E lui lo ha fatto, cosa ti aspettavi? La posizione del missionario?»

«Oddio senti, sarà come dici tu, però intanto a lei non è piaciuto».

In quel botta e risposta rimasi zitta ad ascoltarle. Davano perfettamente voce ai pensieri che mi tormentavano da giorni. Il diavolo e l'angelo dentro di me.

«Ha ragione», dissi a stento. Sabrina corrugò la fronte interdetta. «Ha ragione Stephanie, sono stata io a chiedere di vedere cosa volesse fare, l'ho chiesto perché volevo capire se per me fosse tollerabile, ma non ho considerato il mio passato».

«Non stare ad ascoltare Stephanie, e hai fatto bene ad allontanarti da lui, uno così può solo farti del male».

«Sabrina, il punto è capire cosa è successo in quel rapporto, qualcosa è andato storto, è evidente che lui...».

«Ragazze, per favore, non litigate».

«Sophie, cosa provi per Adam? Il punto è solo questo», chiese Stephanie.

Non risposi.

«Sophie, se lo dici forse il cerchio si chiude».

Tentennando cercai di spiegarlo.

«Credo di esserne innamorata», sibilai, «e nonostante tutto io mi sento legata a lui».

«Nooo!», esclamò Sabrina sbattendo una mano sul letto. «Dimenticalo Sophie, ci sono persone normali là fuori e presto o tardi ne troverai una».

"Normali", pensai. Fra tutte le persone che avevo avuto forse lui era la più normale. Certo, con desideri contorti, ma almeno ne era cosciente.

«Hai ragione, avete ragione entrambe. Scusate se vi ho spaventato, non ci voglio pensare più, vi prego, andate a dormire».

«Dài Sophie, un principe azzurro arriverà, arriva sempre», disse Sabrina.

«Non esiste il principe azzurro», replicò Stephanie.

«Dico solo che non bisogna smettere di sperare che da

qualche parte esista qualcuno adatto a noi, che non ti complichi le cose».

Stephanie si alzò dal letto e prese la mano di Sabrina. «Proprio tu dici queste cose, la signorina cinica per natura. Dài andiamo a letto…».

Sconsolata, mi rimisi sotto le coperte a ripensare alla conversazione. "Un principe azzurro", pensai. Dopo tutto quello che mi era capitato, trovavo difficile sperare di aprire gli occhi un bel giorno e vedere il sogno trasformarsi in realtà.

Compromesso

Il mattino dopo andai all'autorimessa di mio fratello. Arrivai alla sette e mezza. Sapevo che Adam usciva alle otto. Di solito prendeva il caffè e poi raggiungeva la macchina al garage. Così decisi di sostare vicino al bar. E alle otto spaccate lo vidi. Parlava al cellulare e si accorse di me quando fu a circa due metri. Aveva rallentato il passo e si era affrettato a chiudere la comunicazione. Poi, lentamente, si era avvicinato.

«Ciao», mi disse. E il cuore si fermò in gola.

«Ciao». Avevo accennato un sorriso alzando appena il labbro superiore, che tremava. Nonostante il caldo la pelle si accapponò.

«Prendi un caffè?», chiese risoluto.

Avevo scosso la testa e poi mi ero bagnata le labbra con la lingua. Zero saliva. «Volevo parlarti», dissi con il cuore a mille.

«Vuoi entrare al bar?», chiese sfiorandomi la spalla. Al contatto mi ritrassi.

«No, non qui».

«Vuoi che prenda la macchina?»

«No, c'è un altro bar poco più avanti, quello vicino alla drogheria».

«Ok, ti seguo».

Aspettò che facessi il primo passo e mi fu a fianco. Non so lui, ma io ero inchiodata al marciapiede, tanta era la fatica nel camminare. Tenevo lo sguardo a terra senza respirare, non avevo la forza di guardarlo. La sua sola presenza accanto a me generava un senso di vertigine destabilizzante. Dopo due isolati arrivammo al bar. Ci accomodammo a un tavolo affacciato sulla strada, uno di fronte all'altra. La cameriera prese le ordinazioni e ci lasciò soli.

«Sophie?», chiese dopo un secolo da quando la cameriera era tornata con il caffè. E alzai lo sguardo.

Era rilassato, e mi guardava come fossi una ragazzina. Bevvi un sorso di caffè, e dopo aver sistemato la tazza sul tavolo, tremante cominciai a parlare.

«Volevo solo dirti...». E mi bloccai davanti al suo sorriso amorevole.

«Con calma, Sophie...», disse gentile e lievemente preoccupato.

«Sì», sospirai, «ecco, in passato ho avuto dei problemi», dissi in preda alla vergogna.

Adam annuì perplesso. «Lo so».

«No, non lo sai». Mi sistemai una ciocca di capelli dietro l'orecchio e inspirai profondamente. Non era facile raccontare l'episodio del mio sfintere in una caffetteria. Mi aspettavo di vederlo ridere sotto i baffi come tutti i medici e infermieri di quella notte assurda vissuta con Albert. «Ecco, la mia prima volta, insomma, non è andata molto bene», dissi con un filo di voce, piegandomi in avanti sul tavolo.

Adam socchiuse le labbra e sbatté due volte le palpebre restando ancorato allo schienale, concentrato su quanto stavo dicendo.

«Ecco, diciamo che ho avuto problemi con il mio sfintere... ecco, insomma, un evento raro, quasi impossibile», abbassai gli occhi per reggere la vergogna, «cioè, lo spasmo ci ha incastrati e così sono finita in ospedale insieme a quello che era il mio ragazzo, e... ecco, non è stata un'esperienza proprio piacevole, cioè... è stata piuttosto imbarazzante e umiliante...», e scoppiai a ridere per non piangere.

Adam invece sembrava aver smesso di respirare. Non so cosa gli passasse per la testa, ma credo stesse rivivendo tutta la scena di quando mi aveva sodomizzato, impassibile e ignaro del mio sfintere assassino.

La cameriera tornò e chiese se volevamo altro, Adam sollevò solo le dita dal tavolo e scosse appena la testa e lei se ne andò avendo intuito che era in corso una discussione difficile.

Anche lui aveva la gola secca, lo vidi ripetutamente deglutire.

«E poi in passato ho avuto delle esperienze un po' brutali, insomma, uomini che mi hanno lasciato lividi, lividi veri e ossa rotte», mormorai, «e quando siamo stati in quella stanza, i ricordi mi sono precipitati addosso».

«Mi dispiace, Sophie, non riesco a dire altro, sono un miserabile, ora capisco», disse con un filo di voce. «Ti ho fatto male», aggiunse, mentre gli occhi si oscuravano.

Scossi la testa e sorrisi appena. «No, ma...», il respiro si bloccò in gola.

«Denunciami pure, è giusto», disse.

Denunciarlo? Come gli era venuto in mente?

«Io non voglio denunciarti», dissi sottovoce, chinandomi sul tavolo per farmi più vicina.

«Io accetto», dissi, «purché...».

Adam tirò fuori il portafogli e sistemò sul tavolo dieci dollari. «No Sophie!», disse perentorio. «Sono io che non accetto. Me ne devo andare», disse alzandosi dal tavolo. «Sono io che non vado bene. Ti chiedo, per quanto possibile, di dimenticare tutto».

Gli presi la mano arrestando la sua fuga. «Io non voglio dimenticare il resto», dissi. Mi alzai e lo seguii fuori. Adam camminava deciso e io cercavo di stargli dietro, poi lo superai e mi parai davanti a lui.

«Sophie, non sai di cosa stai parlando e poi, ti prego, non riesco nemmeno a guardarti».

Mi aggrappai alla sua giacca affondando la testa nel suo petto. «Adam, ti penso in ogni istante, non faccio altro che pensare al tuo corpo, alle tue mani, alla tua lingua, ti voglio così tanto da non crederci».

«Lo so», rispose facendo un passo indietro. «Ma tu sei tanto fragile, troppo fragile».

Con la testa bassa, pregavo dentro di me che mi stringesse in un abbraccio. Gli stavo dicendo che volevo legarmi a lui, che accettavo le sue intenzioni, ma una parte di me sapeva bene che anche lui provava qualcosa di unico. O almeno era quello che volevo credere.

«Io accetto, ma tu in cambio...». Alzai lo sguardo su di lui.

L'espressione era di tormentata dolcezza.

Presi a baciarlo delicatamente sulle labbra, sulle guance, nell'incavo del suo collo, con le dita solcai i bottoni della sua camicia. «Voglio te», sussurrai, «voglio essere l'unica, starai solo con me, ti darò tutto, potrai farmi tutto. Ma non voglio altre donne».

«Sophie, mi fai sentire in colpa e lo sai anche tu, io...».

«Potrai punirmi, frustarmi, farmi inginocchiare», cercai i suoi occhi, «potrai legarmi, torturarmi e io resisterò purché tu stia con me e nessun'altra».

Scosse la testa quasi inorridito da quanto stavo dicendo.

«Devo andare», sentenziò. «Vai a casa, Sophie, pensa a laurearti».

«Ti rivedrò?», chiesi come un cane bastonato.

Adam scosse la testa e si allontanò.
«Ti rivedrò?», urlai, e dopo due passi si fermò. Scosse di nuovo la testa, poi girò su se stesso e rapido tornò da me con espressione decisa e contrariata.
«Io non cerco storie Sophie, mi sembra abbastanza chiaro, e tu vuoi esattamente il contrario di quanto voglio io».
«Lo so, lo so che dici di non volere storie, ma in fondo non è così. Provaci, troviamo una via di mezzo».
«Via di mezzo?», sussurrò basito.
«Sì, un compromesso, io mi affido a te e tu ti offri solo a me».
«Cristo», disse alzando gli occhi cielo.
«Mi affido a te, Adam, ti affido tutto di me, ogni parte di me», risi per alleggerire la tensione, «voglio il tuo piacere, non ne posso più fare a meno».
Eccoci, uno di fronte all'altra, come i due amanti di Magritte. Un amore muto, ma pieno di passione, nonostante la mancanza di comunicazione. Capace di oltrepassare il conflitto tra visibile nascosto e visibile apparente.
«Sophie, sei tutta matta», disse sfiorandomi la guancia con le dita.
«Matta da legare», aggiunsi ammiccante.
Sorrise avvolgendomi in un abbraccio delicato e finalmente mi sentii a casa, al sicuro.
«Hai da fare?»
«Cosa?»
«Adesso, hai da fare?»
«No, fino alla tre non ho da fare nulla».
«Vuoi venire con me?».
Annuii.
«Vado a prendere la macchina, aspettami qui».

Lo guardai allontanarsi mentre lo stomaco era già in subbuglio. Aggrapparmi a lui come un koala, ecco quello che volevo.

Dopo cinque minuti Adam mi raccolse sul ciglio della strada. Non gli chiesi nulla riguardo la destinazione, non mi importava, purché fossi con lui. Dopo un quarto d'ora, lasciata l'auto in un parcheggio, ci inoltrammo a piedi per Central Park. Dopo aver preso un caffè a un chiosco, ci spingemmo fino al laghetto.

«Adesso, Sophie, mi devi raccontare tutto, ogni cosa, perché io devo sapere».

«Tutto?», chiesi.

«Tutto».

Non gli raccontai proprio tutto, solo le brevi ma intense esperienze con Albert, il trentenne di cui avevo subito le ossessioni, che mi aveva lasciata in una pozza di sangue con due vertebre incrinate, il coccige fratturato e un anno di terapia in una clinica psichiatrica. Poi gli dissi di Paul, della nostra storia fatta di carezze e cinghiate. Adam ascoltò serio. Sul suo volto non comparve alcuna espressione di compassione.

«E Albert adesso dove si trova?»

«In una comunità di recupero, c'è andato per sua volontà. L'ultima volta che l'ho visto è stato tre anni fa, ci siamo incontrati dopo essere uscita dalla clinica psichiatrica».

Finalmente il suo volto, sempre imperturbabile, mostrò dei segni di umanità. Sembrava in difficoltà.

«Ma è andata bene, si è scusato e io l'ho perdonato».

«Perdonato?», chiese perplesso.

«Sì, dovevo scegliere se tenermi il rancore o andare avanti».

Si sedette su una panchina e mi prese le mani.

«Sophie, mi dispiace, non potevo immaginare. Avevo

intuito che avevi avuto dei rapporti difficili, ma non fino a questo punto. Avresti dovuto dirmelo subito».

Risi e gli passai le mani nei capelli. «Non era molto facile dirtelo, non sei molto predisposto a parlare».

«Siediti», disse sorridendomi.

Adam raccolse le mie gambe sistemandole sulle sue.

«E poi non volevo vedere l'espressione di pietà che hai adesso sul volto».

Mi diede un bacio sulla fronte, poi sorrise scuotendo la testa.

«Perché sorridi?»

«Perché? Sophie, sei la creatura più fragile sulla faccia della Terra e sei capitata tra le mie mani».

«Ma tu non sei come gli altri».

«E sei anche matta da legare».

Lo abbracciai forte e altrettanto fece lui.

Sospirò e poi sussurrò: «Compromesso».

Dopo mille baci e carezze mi accompagnò alla metropolitana, mi salutò promettendomi di venire a prendermi fuori dalla libreria alle otto. Per l'intero pomeriggio impacchettai silenziosa sotto gli occhi sospettosi di Sabrina.

«Si può sapere come mai sei così silenziosa?», mi chiese d'un tratto.

Scrollai le spalle bofonchiando qualcosa sul tempo, ma era troppo intelligente per dargliela a bere.

«Sophie», disse alzandosi di scatto, «non mi dire che lo hai cercato!».

«Sabrina», mormorai a testa bassa.

«Oh Signore, ma che cazzo ti passa per la testa? Lo hai visto?»

«Sì, oggi», mugugnai.

«Ecco spiegato il mutismo da rassegnata sottomessa».

Scoppiai a ridere. «Non sono una sottomessa».

Sabrina mi squadrò da capo a piedi. «Ah no? È bastato che venisse qui cinque minuti per farti correre da lui come una cagna in calore».

Aveva ragione, ma non poteva capire cosa ci fosse tra me e lui.

«E non venirmi a dire che non capisco cosa c'è di tanto speciale tra voi due perché, Sophie, questa è una storia malata».

«Esatto, malata, come me», e la allontanai in malo modo.

«Sophie, non so cosa dirti, sei grande abbastanza e non sono una che giudica gli orientamenti sessuali, ma ti posso dire in tutta sincerità che questa storia è nata male e finirà male. Dimmi solo che vai ancora dallo psicologo».

«Sì».

«Immagino che tu non gli abbia raccontato nulla di questa storia e, se è così, ti invito a farlo. Qui, chi ne esce a pezzi, sei tu».

Indispettita tornai ai miei pacchi e lei alle sue fatture.

«Almeno a Adam hai detto cosa è successo quella sera?», mi chiese dopo cinque minuti di silenzio tombale.

«Sì, gli ho raccontato tutto».

«E allora?»

«E niente, Sabrina, ha capito e si è scusato in mille modi, e basta».

Mugugnò qualcosa a denti stretti, ma lasciai correre.

Alle otto, come promesso, lo trovai fuori dalla libreria ad aspettarmi. Vestito casual e con un sorriso da farmi liquefare all'istante. Sabrina mi scortò visibilmente irritata.

«Ciao, sono Sabrina», disse tendendogli la mano in segno di saluto. Adam accolse la sua in una stretta energica.

«Piacere, Adam».

«Uscite a cena?», chiese cortese.

«Sì», rispose Adam.

«Ok».
«Che fai, resti sveglia ad aspettarmi?», chiesi ironica per stemperare il gelo della presentazione.
«Probabile, stasera litigherò con Stephanie quindi non fare tardi se non vuoi che ci lasciamo». Si voltò e dopo un attimo era lontana.
«Immagino sappia di me e delle mie particolari attenzioni», disse Adam abbracciandomi. «Mi sembra molto protettiva».
«Direi di sì».
«Posso fidarmi?»
«In che senso?»
«Nel senso che non parlerà dei miei interessi nei tuoi confronti?»
«È una mia amica e non parlerà con nessuno».
«Bene», disse, e finalmente mi diede un bacio. Il mondo poteva finire anche in quel preciso istante. Io ero tra le sue braccia.
«Andiamo», disse prendendomi la mano.
«Dove andiamo?», chiesi curiosa.
«A mangiare».
In auto gli raccontai la mia giornata, poi gli chiesi della sua. Riunioni, firme, teleconferenze. Era la prima volta che lo sentivo parlare di quotidianità. Di solito i nostri incontri erano fatti di silenzi e qualche frase sussurrata durante il sesso. Mentre lo ascoltavo faticavo a immaginarlo dietro a una scrivania insieme ad altri manager, preso in discussioni finanziarie.
«Non ti annoia il tuo lavoro?»
«No, mi piace perseguire obiettivi e vederli realizzati. È appagante ideare, dare forma a un progetto di investimento e soprattutto renderlo remunerativo».
Intanto eravamo usciti dalla città.

«Ma dove stiamo andando?»
«A mangiare», rispose.
«Ho capito, ma dove?»
«A Long Island c'è un posticino carino, è proprio sul mare. Certo, non vedremo molto con il buio, ma è comunque suggestivo».
Dopo un quarto d'ora arrivammo davanti a un piccolo ristorante, affacciato sul mare. Il gestore accolse Adam con calore.
«Adam, è un piacere rivederla, quando mia moglie mi ha detto della sua prenotazione ho fatto sistemare un tavolo nel solito posto».
«La ringrazio per il disturbo», ripose Adam.
Sempre stringendo la mia mano, mi accompagnò nella sala sul retro, fino a un tavolo affacciato sul mare scuro. Mi fece sedere e poi prese posto davanti a me.
«Ti piace?», chiese addentando un grissino.
«Molto, è molto intimo».
C'erano solo una decina di tavoli. Tutte coppie.
«Ci vieni spesso?»
«Non come vorrei, di solito ci vengo d'estate, ma ormai è un anno che non lo faccio».
Il gestore si presentò con il vino, che versò prima nel bicchiere di Adam e solo dopo un suo cenno anche nel mio.
«Allora Adam, stasera aragosta, quindi le consiglio tagliolini all'aragosta e come secondo degli scampi».
«Perfetto Arthur, faccia lei, come al solito».
«Benissimo, ostriche per antipasto?», chiese.
«Naturalmente», rispose Adam mostrando un sorriso davvero cortese.
Era divertente vederlo in una situazione normale che non fosse la mia stanza al garage o un bordello di lusso.

«Ti sembra strano tutto questo?», chiese ammiccante, una volta soli.
«Abbastanza».
«Immagino, mi hai visto sempre e solo nudo», e sgranocchiò un altro grissino.
«Se è per questo, anche tu», risposi.
Sospirò. «Non che non mi piaccia vederti nuda, ma devo ammettere che mi piace di più guardarti quando hai i vestiti».
«Immagino».
«Potrei farti un elenco dettagliato di tutti i tuoi vestiti».
«È facile, ne ho talmente pochi!».
«Ma sai sfruttarli bene».
«Anche l'intimo», commentai ironica.
«Ecco, quello è un aspetto che dovresti curare di più e anche la tua persona».
«Mi stai dicendo che sono sciatta?»
«No, dico solo che potresti osare di più, ma per me vai benissimo così, semplice».
Il gestore tornò con un piatto ricolmo di ostriche. Stavo per afferrarne una, ma Adam mi redarguì. «Aspetta, prima un brindisi». Alzò il calice. «Allora, un brindisi ai compromessi, il mio è quello di provarci, il tuo?».
Abbassai il calice, delusa. Di amarlo? «Di resistere», risposi.
«Perfetto, provarci e resistere mi sembra un buon compromesso».
A metà dell'antipasto gli chiesi di raccontarmi qualcosa di sé.
«Vediamo, cosa vuoi sapere?»
«Quante donne hai avuto?»
«Che tipo di donne?», chiese divertito.
«Donne normali».

«Nessuna è normale Sophie, comunque diciamo un centinaio».

Mascherai l'imbarazzo dietro al bicchiere di vino.

«Troppo poche?», chiese ironico.

«Pensavo di meno», risposi. «E storie importanti?»

«Comunque scherzavo, non ho mai tenuto il conto, e di storie importanti, direi un paio, preferisco storie più leggere, come ben sai...».

«E come sei arrivato ad avere certi... "gusti"?», chiesi facendo scivolare un'ostrica in bocca. Adam mi osservò con uno sguardo strano. «Che c'è, l'ho mangiata male?», chiesi diventando rossa.

«No, solo che di solito le donne sono in difficoltà nel mangiarla. Pensaci... non ti ricorda un po' le tue parti intime?».

Guardai l'ostrica molle nel suo guscio e la feci scivolare in bocca. «Mah, è buona».

«Sì», rispose ingoiandone una anche lui. «Molto buona».

«Comunque, come sei arrivato a cercare certi giochi?»

«Ho incontrato una donna, diciamo "esigente", e non mi sono tirato indietro. Ci siamo frequentati per un paio di settimane, ma nonostante fossi molto attivo sessualmente avevo sempre la sensazione di non soddisfarla, così un giorno le chiesi cosa potevo fare e quello fu il giorno in cui mi introdusse nel mondo del bondage».

«La vedi ancora?»

«No, sì è sposata qualche anno fa e si è trasferita a Chicago».

«E come ti ha introdotto?», chiesi facendo scivolare una nuova ostrica in bocca.

«Aprì l'armadio della sua camera da letto svelandomi i suoi attrezzi», disse ironico.

«E poi?»
«Sei curiosa Sophie». Rise e rabboccò i nostri bicchieri. «Sembra un interrogatorio».
«Allora, cosa hai fatto?».
Sospirò, mangiò un'ostrica e poi sorseggiò il vino.
«Sophie, ti avverto, da qui a casa ci vuole un'ora e non credo di aver voglia di aspettare così a lungo».
Arrossii. «Provaci».
«Questa parola inizia a piacermi. *Provarci*».
Mi stavo divertendo e non tanto per i discorsi, quanto per la naturalezza nello stare insieme.
«Allora, l'armadio conteneva, come puoi immaginare, un fornito armamentario di oggetti, con una variegata selezione di fruste, le sue preferite. Amava lavorare il cuoio ed erano tutte fatte da lei, a mano. Mi spiegò che tipo di rapporto le piaceva. Per me fu una rivelazione, non ci avevo mai pensato, tra l'altro avevo sempre pensato fosse qualcosa di violento e per niente eccitante, invece poi compresi che era esattamente il contrario».
«Quindi sei stato normale?»
«Cosa intendi per "normale"?», chiese curioso.
«Intendo che prima facevi cose normali, solo dopo aver incontrato questa donna ti sei dato al...».
Rise divertito. «Sì, esatto, mi sono dato...».
Mi lasciò qualche minuto a riflettere, poi riprese il racconto.
«Comunque Samantha mi aiutò a comprendere l'arte del dominio, insegnandomi ogni aspetto di questa pratica. Richiede molta precisione, capacità di ascolto e controllo».
«Controllo?», chiesi incredula.
«Sì, sembra un'assurdità, invece è il fondamento della buona pratica, controllarsi affinché l'altro ricavi il massimo piacere».

«Quindi tu non provi piacere?», chiesi interdetta.

«Al contrario, il piacere è proprio indotto dal controllo: osservare la donna ricevere piacere è ancor più estasiante di un orgasmo, osservare la carne fremere e sussultare sotto la forza dell'orgasmo che tu le procuri ti carica di adrenalina, e vedere il piacere amplificarsi da una scarica di dolore è altrettanto appagante».

Abbassai gli occhi sul piatto vuoto, leggermente in imbarazzo. Chissà quali immagini attraversavano la sua mente.

«Sei turbata?», mi chiese.

«No, curiosa. Continua».

«Con lei ho imparato tutto, a sfiorare il corpo di una donna, a maneggiare le fruste dosando i colpi, a legare le mani, le caviglie, il collo, e soprattutto ho imparato a godere del piacere intenso che lei mi offriva senza provare il minimo desiderio di avere un rapporto sessuale con lei».

«Ne parli come un'arte», mormorai.

«Preferisco definirla una chimica di desiderio, gioco e paura».

I tagliolini fecero la comparsa sul tavolo, afferrai la forchetta e iniziai a mangiare in modo frettoloso. Il discorso per certi versi era inquietante.

«Ma con te è difficile», disse di punto in bianco.

«Come mai?», chiesi perplessa.

Si pulì le labbra e bevve un sorso di vino. «Mi disorienti, diciamo che non capisco fino in fondo i tuoi limiti, e riversi su di me desiderio e paura».

«Non vado bene?», chiesi.

«No, vai benissimo, ora ho capito, soprattutto alla luce di quello che mi hai raccontato. Tu entri in una tua dimensione soffocando sia il dolore che il piacere».

«Che vuol dire?»

«Il tuo corpo risponde al piacere, ma poi tu vai come in trance, Sophie, sei silenziosa da morire e rendi difficili le cose».

«Vuoi dire che sono catatonica?», chiesi.

«A volte sì», rispose sorridendo.

«A volte?»

«Sempre».

«Quindi è brutto?»

«Insomma, per uno come me diciamo che è... spaventoso».

Spaventoso, oddio che orrore.

«Credo che tu provi una sorta di orgasmo tantrico. Si tratta di un orgasmo totalizzante... è come se restassi sospesa ma allo stesso tempo trattenuta. E ora che l'ho capito mi ecciti da morire».

Ecco, con una semplicità disarmante aveva detto quello che avevo intuito fin dall'inizio. Gli interessavo perché ero diversa. Una novità da esplorare, da studiare.

«Avevi detto che ero un fiume in piena», mormorai.

«Sì, subdolo e devastante».

«Sembra una cosa brutta, Adam».

«Non per me, sei decisamente una bella novità».

E questo confermava la mia intuizione.

Osservai il mare dietro la vetrata, nero e fermo. Spaventoso, aveva detto.

«Invece tu?», mi chiese.

Scossi la testa interdetta.

«Cosa provi? Cosa succede in te?».

Cosa provavo? Di tutto e di più, umiliazione mista a esaltazione, dolore e piacere, libertà, abbandono e vita. Sì, sentivo la vita scorrermi nelle vene. E soprattutto, l'amore.

«Un vortice di piacere», risposi sintetica.

Adam sorrise compiaciuto. Agli uomini basta far credere che sono appaganti perché gongolino soddisfatti.

«Non vedo l'ora di esplorarti, Sophie», disse beato.

«Cos'è, hai preparato una lista?», chiesi leggermente scontrosa.

L'espressione di Adam si fece più seria. «Sophie, mi hai chiesto di provarci, ma deve esserti chiaro: sono fatto così. Sesso è quanto io voglio da te, il tuo corpo libero, il tuo piacere e non desidero nessun condizionamento emotivo, non riuscirei nemmeno a scoparti. Tu accetti questo e io accetto di non rivolgere le mie attenzioni ad altre».

"Chiaro", pensai.

«Allora non chiedermi mai più cosa provo, ti deve bastare osservare il mio corpo per avere conferma del piacere che mi dai», dissi decisa.

Annuì sorpreso. Il dessert arrivò ed entrambi ne assaggiammo solo qualche boccone in silenzio.

«Allora?», gli chiesi, «accetti?»

«Va bene».

«E tu, accetti?».

Ero tentata di dirgli di no per assistere alla sua reazione. Ma avevo un piano. Perché come Adam si era insinuato in me, altrettanto stavo facendo io, anche se lui non se ne rendeva conto.

«Accetto, mi affido a te e ti chiedo in cambio l'esclusività».

«Perfetto, allora direi di andare», disse alzandosi dal tavolo.

Usciti dal ristorante ci portammo sulla spiaggia per una passeggiata. Sulla battigia riprese il racconto su Samantha e quello che aveva imparato nell'anno in cui si erano frequentati. Ne parlava davvero come un'arte e con dettagli da chirurgo.

«Sei sconvolta?», chiese guardandomi di sottecchi.

«Sconvolta non è la parola adatta, direi piuttosto confusa».

«Ah, confusa».

«Sì, non capisco una cosa. Tu ne parli come un'arte del piacere da offrire, qualcosa di quasi magico, ma quando siamo stati insieme in quel club...».

La sua espressione si fece più cupa.

«Prima hai parlato di ascolto, desiderio, gioco, paura, ma non è quello che è successo lì, almeno per me. Per te cosa è stato, cioè, a te è piaciuto?»

«Sì», disse con un filo di voce, guardandomi dritto negli occhi. «Talmente tanto che ho perso il controllo, era così intenso il piacere di possederti che ho pensato solo a me stesso».

«E hai avuto altre esperienze così? Cioè, donne a cui non è piaciuto? Cioè, insomma...».

Sorrise. «Ho capito», mormorò. «No, è stata la prima volta che ho perso il controllo. Te l'ho già detto, tu sei desiderio e paura insieme, e se sei sempre della stessa idea io non vedo l'ora che mi insegni a solcare con la mano il tuo corpo, il tuo sesso. Imparerò a baciarti, a farti godere, a farti mia», disse stringendomi il viso tra le mani. «Mi insegnerai tutto e tu, Sophie, imparerai a mostrarti a me».

Prima di riportarmi a casa ci fermammo in un hotel.

Era ora di iniziare a fare pratica.

Ammetto che l'idea di fare sesso a comando mi piaceva poco. Incerta, lo seguii nella hall. Come la sera della mia iniziazione, teneva la mia mano salda nella sua e io mi sentivo come una bambolina. Ci registrammo e salimmo in una camera che si affacciava su Central Park.

Il tempo di togliermi la tracolla e avevo la lingua di Adam in bocca. Prepotente, appassionata. Mi sfilò la maglietta e liberò i seni dal reggiseno. Mi fece sedere sul letto e mi sfilò gli stivali, poi i pantaloni insieme agli slip. Io gli slacciai i bottoni della camicia mentre lui mi baciava tenendomi il viso stretto tra le mani. Cercai di allentargli la cinghia dei pantaloni, ma qualcuno bussò alla porta.

«Aspetta», disse.

Adam andò ad aprire, lo sentii ringraziare e richiudere la porta. Quando rientrò nella stanza aveva tra le mani un mazzo di fiori.

«Un mazzo di fiori per la bella Sophie», disse avvicinandosi. Ne sfilò uno con il quale prese a solleticarmi il seno. Scivolai sul letto sdraiandomi davanti a lui.

Adam sistemò i fiori sul comodino e si sdraiò accanto a me. Dalla giacca sul letto sfilò un cofanetto blu che premuroso sistemò sulla mia pancia. Poi, appoggiandosi sul gomito, attese che lo aprissi.

«Cos'è?», chiesi sorpresa.

«Aprilo», disse, disarmandomi con il suo sorriso.

L'astuccio conteneva una catenina d'oro bianco, con un piccolo ciondolo a farfalla.

«Piccole cause, grandi effetti», disse accarezzandomi il viso.

«Non dovevi», mormorai.

«Sì che dovevo, nella tua lista avevi specificato, al punto cinque, passeggiata a Central Park, cena, gita fuori porta, mazzo di fiori e, perché no, un gioiello». E con le dita sfiorò un capezzolo. «Ho letto la lista».

Mi misi in ginocchio davanti a lui e mi legai la catenina al collo. «È bellissima, grazie». Gli saltai addosso rovesciandolo sul materasso, lo baciai e poi mi scostai. «Allora adesso posso darla via?», chiesi.

«Esatto», disse e un attimo dopo ero sotto di lui. Si levò le scarpe, fece scivolare via i jeans, i boxer e fu sopra di me.

Divaricò le mie gambe e la sua lingua cominciò a saettare sul mio sesso facendomi contorcere.

Mentre pennellava, la mano scivolò sul sesso e due dita si fecero spazio. Alzai il sedere e Adam affondò la lingua, provocandomi come una scossa elettrica. Inarcai la schiena. Lui sì che sapeva leccarla. Presi a muovere il bacino accompagnando i suoi movimenti, mentre le sue mani sostenevano le natiche. Appena prima che l'onda dell'orgasmo si liberasse, si scostò e tornò nei miei occhi. Mi baciò e assaporai l'odore del mio sesso sulle sue labbra salate. E piano, delicato, mi riempì con il suo pene turgido.

«Sophie», disse gemendo, «guardami».

Cercai i suoi occhi, ma ero annebbiata. La mano mi prese il viso stringendomi le guance. «Guardami Sophie».

Non riuscivo a mettere a fuoco. Adam si fermò. Mi strinse la testa tra le mani. «Guardami».

E finalmente lo misi a fuoco. Mi prese la mano e la mise sulla sua natica.

«Accompagnami». Mi diede dei baci dolci sulle labbra senza togliere gli occhi dai miei.

Non mi andava di essere studiata, era imbarazzante. Mi spostai sopra di lui, ma Adam reagì riportandomi in posizione supina.

«Voglio guardarti negli occhi», e mi schiacciò sul materasso con il suo corpo, affondando dentro di me.

Riportai le mani sulle sue natiche e con pressione lo spinsi dentro di me. Quando capì come volevo che fossero le spinte, proseguì da solo, costante e preciso. E poco dopo mi persi nel godimento. Adam teneva premuta la fronte sulla mia, ma io non riuscivo a vederlo, offuscata dal piacere. Poi si fermò di colpo.

«Sophie, mi fai venire solo a guardarti».

«È un male?», chiesi succhiandogli un labbro.

«No», rispose, «solo mi fai perdere il controllo. Devo mettere il preservativo perché immagino che di anticoncezionali non se ne parli».

Raccolse da terra i pantaloni e io mi inginocchiai velocemente davanti al suo sesso e presi a succhiarglielo. Aveva un buon sapore, il mio e il suo, mischiati. Adam si buttò sul letto, lasciandomi proseguire.

«Sto per venire», disse roco.

Decisi di risparmiarmi il sapore del suo sperma e accompagnai con le mani il suo orgasmo, che si riversò sul mio addome.

Mi sistemai con la testa sul suo petto, avvolta dalle sue braccia, sorridendo fra me.

«Mi vuoi sottomettere, Sophie?», chiese sistemandomi una ciocca di capelli dietro l'orecchio.

"Sì", pensai. "Sottomesso all'amore".

Così, alla fine, avevo scelto di diventare la sua sottomessa. Ci vedevamo solo il lunedì, il mercoledì e il venerdì sera in un appartamento della sua società. Non c'erano stanze dei giochi, ma solo un armadio ben fornito con alcuni attrezzi davvero ridicoli. A volte mi chiedevo come alla gente potesse piacere quel tipo di cose. Chiariamo subito: non che non mi piacesse sottomettermi, ma non avevo tutta quella smania di alterare un contatto fisico tra noi già perfetto. Uomo e donna, corpi che potevano congiungersi senza artifici. E allora, perché mi prestavo a quel gioco?

Semplice: perché ero perdutamente innamorata di Adam e mi sentivo appagata quando provava piacere nel fare l'allegro chirurgo. Il suo sguardo, mentre mi piegava al suo volere, era qualcosa di primitivo. Ero sua, completamente. E per lui, darmi piacere era una missione. Le catene e le corde erano gli strumenti che preferiva. Voleva far emergere qualcosa da me e credo pensasse che, intrappolandomi, io avrei avuto delle reazioni inaspettate. Comunque, tutte le violenze che un tempo avevano martoriato il mio corpo e la mia anima, piano piano vennero spazzate vie dall'intensità del piacere che provavo nel sentirmi sottomessa, abbandonata. E percepire in Adam una riverenza nei miei confronti mi tagliava il cuore in due. Io lo amavo con tutta me stessa e, da qualche parte, ero certa che anche lui mi amasse, a modo suo.

Non avevo detto alla mia famiglia che avevo cominciato a frequentarlo. Lo sapevano solo le mie coinquiline, Steven e naturalmente suo fratello. Tutto procedeva bene, non mi ponevo troppe domande, fino a un mercoledì sera, quando mi era venuto a prendere al lavoro e mi aveva portata nell'appartamento degli incontri. Il tempo di togliermi la giacca ed ero piegata al suo volere. Mi aveva legata alla panca e per un'ora aveva solcato il mio corpo con la verga e i miei orifizi con gingilli crudeli per la costanza con cui allietavano la mia carne. Mi aveva tramortita per l'eccitazione senza farmi mai venire, senza quasi toccarmi. Quando ormai il tremore nel corpo implorava un suo intervento, si era limitato a masturbarsi venendomi in faccia, per poi lasciarmi sola, legata alla panca, con tre palline vibranti nel mio sesso. Quando era tornato a prendersi cura di me, tutto ardeva. Aveva sfilato in un colpo secco le sfere e si era sostituito a loro, repentino. All'inizio scivolava dentro e fuori lentamente. Provai a muovere i fianchi e ad accoglierlo dentro di me, ma Adam invece mi bloccò e continuò a penetrarmi con lentezza. Dio, come lo volevo. Il corpo fremeva da ore e il desiderio di venire montava dentro di me da troppo tempo. Adam iniziò a spingere guadagnando velocità, un ritmo accanito e sfrenato, e io cercai di rispondere alle sue spinte.

«Vieni», mormorò con il fiato corto, e il suono di quelle parole, insieme alle sue dita sul mio gioiello, riuscirono a farmi esplodere sotto la sua veemenza. Mi irrigidii e mi abbandonai all'orgasmo trattenendo il respiro e stringendo i denti. Anche lui venne e, spingendo sempre più forte, affondò tutto dentro di me.

Si alzò, mi liberò dalla panca, mi aiutò a sollevarmi e mi portò in braccio fino al divano in soggiorno. Di slancio lo abbracciai decisa, ma Adam mi spinse sul divano e mi legò le mani fissandole al telaio d'acciaio, lasciandomi scoperta e vulnerabile come se fossi su una croce. "Ancora", pensai. Quella sera ero davvero stanca, per il lavoro e soprattutto per la "seduta" appena finita. Ma quello non era che il preludio... Non contento di avermi legato le mani, così che non potessi toccarlo, mi legò le caviglie con la trave lasciandomi divaricata ed esposta. Poi si mise in ginocchio sulla trave, impedendo alle mie gambe di muoversi, e premette la fronte sul mio ventre. Riversandovi una scia di baci e morsi, scese fino al mio sesso ancora bagnato. La lingua iniziò a lambire piano il clitoride, mentre le sue mani si strinsero intorno ai fianchi.

Il mio corpo fremette e si inarcò al tocco della sua bocca, risvegliandosi. Lasciai cadere la testa all'indietro. Ero svuotata e stanca, ma allo stesso tempo piacevolmente tormentata da quella sensazione di estasi. Ogni parte del mio essere era concentrato sulla piccola, potente centrale nucleare che avevo in mezzo alle gambe. Il centro dell'universo. Quando le mie gambe si irrigidirono, lui infilò un dito dentro di me.

«Voglio sentirti», mormorò con il fiato corto, quasi

fosse una supplica. «Sophie, fatti sentire, fammi sentire che vieni».

E di nuovo, affondando nel mio sesso, leccò e succhiò più deciso, tanto da farmi contorcere.

Stavo per venire, ma ero combattuta al pensiero della sua richiesta. Volevo muovermi, alzarmi e far cessare quella tortura, ma il corpo era oramai travolto dal piacere che non potevo trattenere né riuscivo a rallentare. Inarcai la schiena e irrigidendomi ingoiai il respiro. Quando l'orgasmo attraversò ogni cellula, rilassai i muscoli e riaprii gli occhi, riprendendo fiato. Adam era in ginocchio, e per un attimo notai in lui un'aria smarrita e frustrata. Gli sorrisi e altrettanto fece lui.

«Ho bisogno di una doccia», disse rialzandosi. Una volta liberatami dai lacci e dalla trave, si allontanò. «La cena è in forno, puoi scaldarla?», chiese prima di sparire in bagno.

«Certo», mormorai.

Dopo essermi massaggiata i polsi e le caviglie mi alzai e andai a recuperare i vestiti. Infilata la teglia nel forno a microonde, me ne andai nel secondo bagno, quello che potevo utilizzare in quell'appartamento. E mentre mi guardavo allo specchio, ancora piacevolmente provata, avvertii una palpabile sensazione di malinconia. Non riuscivo a togliermi dalla testa l'espressione di Adam. Qualcosa non andava. Quando tornai in soggiorno lui era già seduto al tavolo, a leggere i suoi soliti documenti, mangiando senza prestare attenzione a quanto aveva nel piatto, e soprattutto alla sottoscritta. Era sempre molto concentrato nella lettura e la cosa mi turbava, ogni volta. Aveva la capacità di estraniarsi in un secondo. Cinque minuti prima eravamo nel pieno di un amplesso da brivido e subito dopo era assente e indecifrabile, come se niente fosse.

«Va tutto bene?», gli chiesi.

«Tutto bene», rispose rivolgendomi un sorriso mite.

Finii di mangiare e restai a fissarlo per almeno dieci minuti. Ero davanti a un uomo che conosceva profondamente la mia intimità eppure sembrava un perfetto sconosciuto. Ma riflettendoci, erano mesi che ci vedevamo sempre e solo nei giorni stabiliti e solo per qualche ora. A mezzanotte mi metteva sul taxi e fine della serata. Mai un'uscita extra, una cena, un cinema, mai un aperitivo, insomma niente di niente e soprattutto mai dormire insieme. Mentre pensavo alle dinamiche del nostro rapporto, arrivò un messaggio al mio cellulare. Andai a recuperarlo dalla borsa e lessi l'SMS di Steven.

Scusa se non mi faccio mai sentire. So che Bob ti ha aggiornata sulle mie ultime novità... :-)

Sei ufficialmente invitata all'inaugurazione del nido di David e Steven venerdì sera alle dieci. Non puoi mancare dato che tu sei stata la mia cupido e porta il tuo uomo sconosciuto! XOXO, Steven.

Sorrisi fra me. Ero felice che avesse trovato qualcuno che lo amasse, dopo tante storie di merda e avventure nei retro dei locali gay.

«Buone notizie?», chiese Adam, improvvisamente ritornato nel mio mondo.

«Venerdì Steven inaugura la nuova casa, mi ha invitata, anzi ci ha invitati».

Vidi Adam cambiare espressione. «Steven, il tuo amico gay?»

«Sì lui, ti va di venire con me?», chiesi innocente.

La sua attenzione ritornò ai suoi fogli. «No», rispose freddo, «ci vedremo lunedì».

«Se vuoi ti raggiungo qui dopo la festa».

Adam scosse la testa senza alzare gli occhi dalla lettura. «Ci vediamo lunedì, ti passo a prendere alla libreria come al solito».

"Come al solito", pensai.
«Non usciamo mai insieme», dissi.
Adam raggruppò i fogli in un plico e li infilò in una cartellina verde.
«Non esco molto e poi preferisco vederti qui, dove posso stare con te. In giro sarebbe solo snervante attesa», disse ammiccante.
Sorrisi compiaciuta dalla battuta. «Cosa fai gli altri giorni, quando non ci vediamo?».
Era la prima volta che glielo chiedevo.
Adam si alzò dal tavolo e sistemò il piatto nella lavastoviglie.
«Solite cose, cene di lavoro o me ne sto a casa a lavorare».
«E il sabato?»
«Il sabato me ne sto a casa, lo sai, la domenica vado a fare arrampicata e preferisco riposarmi. Perché tutte queste domande?», chiese avvicinandosi, «vuoi un giorno in più?».
Sorrisi. «No, va bene così».
Come al solito, a mezzanotte eravamo in strada. Adam chiamò al volo un taxi e ci salutammo come due conoscenti. Un abbraccio veloce. Questa volta, a differenza delle altre, vidi in lui un'espressione diversa. Una via di mezzo tra la tenerezza e la preoccupazione.
«Allora ci vediamo lunedì», disse chiudendo lo sportello.
«A lunedì».
E dopo mesi, ecco giunto il momento del "risveglio". Ero stata talmente annebbiata dalla passione, meglio dire dal mio stupido piano di farlo capitolare, da sottovalutare gli aspetti negativi di quella storia, anche se erano fin troppo evidenti da subito. Che rapporto era il nostro?

Solo sesso, e fin qui era chiaro, almeno per lui. Mentre io avevo accettato con un doppio fine, ma obiettivamente, ora che in qualche modo lo avevo a metà, il mio piano di insinuarmi in lui sembrava sempre più irrealizzabile.

L'indomani mattina gli mandai un messaggio dicendogli che se lo desiderava potevo fare a meno di andare da Steven. Mi rispose telegrafico, dieci secondi dopo.

A lunedì. Adam

Venerdì andai alla festa di Steven insieme a Sabrina e Stephanie. Steven mi presentò il suo David, un ragazzo altissimo rispetto a lui e più tarchiato. Sembravano l'articolo "il", uno accanto all'altro.

«Come mai non sei venuta con il tuo maschione? Mi ha detto Bob che hai una storia intricata», mi chiese Steven spingendomi sul divano.

«È uno un po' complesso», risposi.

«Lo sono tutti gli uomini, Sophie. Come mai non è venuto?», insistette.

«Aveva un impegno inderogabile».

«Peccato, avrei voluto conoscere colui che era riuscito a strappare alla mia bella Sophie un po' di felicità». Lo guardai stranita. «Ti trovo molto bene», disse.

«Lo dici perché sei innamorato, vedi tutto positivamente».

«Sì, in un certo senso è così». Sbuffò e si portò le mani sulla testa. «Che palle! Se ripenso a tutti quelli che mi hanno sbattuto prima di David mi viene da piangere».

«E perché ci pensi? Adesso stai con lui, hai fatto un percorso».

«Sì, ma sono sempre in ansia che possa finire da un momento all'altro. È assurdo, fai di tutto per trovare uno con cui stare veramente, qualcuno con cui costruire una storia, ti arrovelli con le paranoie e poi, quando lo trovi, ecco che le paranoie sono di nuovo lì».

«Credo di capire», mormorai.

Sabrina venne a sedersi vicino a noi, portando con sé un cocktail.

«Dài, dimmi almeno come si chiama. Cosa fa? Come vi siete conosciuti? Mio fratello non mi ha detto praticamente niente».

«Di chi parlate?», chiese Sabrina.

«Del misterioso uomo di Sophie».

«Ah, ah», mormorò Sabrina con espressione imbronciata, «il *viveur* del sesso».

Steven scoppiò a ridere. «*Viveur* del sesso? Wow! Sophie! Quindi ci stai dando dentro, ecco il perché di questa aria giuliva».

Risi di gusto. «Direi di sì».

«Senti, mi rimangio quanto ti ho appena detto, se è uno che scopa bene, allora le paranoie non sono ammissibili».

«Già», mormorò Sabrina. «Peccato che la signorina qui accanto speri che prima o poi si trasformerà in principe azzurro».

Steven si rabbuiò. «No Sophie, non fare lo sbaglio di pensare di cambiarlo: se quello che vuole è solo sesso, tu non avrai altro».

«È quello che dico anche io», sentenziò Sabrina, bevendo il suo cocktail.

«Scommetto che vi vedete solo per quello», disse Steven.

Non risposi.

«È così», disse Sabrina al posto mio.

«Allora posso solo augurarti di prenderlo bene… solo questo».

David venne a recuperare il suo uomo portandoselo via

verso la cucina. Era l'ora della torta. E io restai accanto a Sabrina a osservare gli invitati.

«Non ti va proprio a genio questa storia, vero?», le chiesi dopo un po'.

«Sai come la penso».

«Lo so».

«Perfetto, allora non parliamone più».

«Perfetto».

A quel punto mi irritai. Mandai un messaggio a Adam.

Mi sto annoiando pensavo che se ti va potremmo vederci tra un'ora.

La risposta arrivò poco dopo. Concisa e secca.

Ho preso un impegno, ci vediamo lunedì, cerca di divertirti.

"Chissà quale impegno", pensai.

L'indomani mio fratello mi chiamò a metà pomeriggio per dirmi che aveva acquistato un pacchetto viaggio last minute per le Hawaii. Voleva fare una sorpresa a Miranda, particolarmente stressata per la gravidanza. Mi chiese di sostituirlo al garage a partire da lunedì, almeno la mattina. Accettai. Potevo saltare qualche lezione all'università e il lavoro nel pomeriggio non sarebbe stato di intralcio. Quindi quel lunedì di inizio aprile mi presentai alle sette all'autorimessa e mi sistemai dietro la scrivania di Fred. Alle otto vidi Adam uscire di casa in compagnia di Alice Truman e il respiro mi si bloccò in gola. Li osservai, nascosta dietro al video del computer, raggiungere insieme l'autorimessa.

«Che fai?», chiese Gustav dietro di me.

Sobbalzai sulla sedia. «Accidenti Gustav! Mi hai spaventata. Sei un fantasma?».

Gustav mi guardò perplesso. «Peso centotrenta chili e non passo inosservato, da chi ti nascondi?», mi chiese.

«Da nessuno, stavo leggendo un articolo interessante».

La porta dell'ufficio si spalancò mentre stavo finendo la frase e un profumo intenso si sostituì all'aria satura dell'officina.

«Buongiorno Gustav», disse la voce squillante di una donna, «la macchina?»

«Per oggi pomeriggio conto di finire il lavoro, signorina Truman».

Poi il suo sguardo mi trafisse. Era una donna davvero affascinante. I suoi occhi color smeraldo, su quella pelle chiara, risaltavano in modo impressionante. A differenza della prima volta, aveva i capelli sciolti che le cadevano in boccoli ordinati sulle spalle. Era la tipica grazia di una bellezza naturale.

Osservai Adam accanto alla sua Audi armeggiare con il cellulare.

«Non c'è Fred?», chiese insistente rivolta a me.

«No», risposi, «è in vacanza, lo sostituisco io. Sono la sorella», dissi tutto in un fiato.

Con una smorfia altezzosa tornò a Gustav, disinteressandosi della sottoscritta.

«Vuole la macchina sostitutiva?», chiese Gustav.

«No grazie, mi offre un passaggio un amico», disse.

Le vene stavano per esplodermi, mi trattenni stritolando il mouse. Il suono del mio cellulare riportò l'attenzione della dea su di me.

«E dove è andato suo fratello?», mi chiese.

«Alle Hawaii», risposi. Mi alzai in piedi e mi portai accanto allo schedario perché Adam non mi vedesse dal fondo dell'autorimessa.

La Truman scosse la testa incerta. «Non capisco perché non me l'ha detto, gli avrei fatto avere uno sconto, non sa in quale struttura ha prenotato?»

«No, ha preso un last minute sabato, voleva fare una sorpresa alla fidanzata».

«Bravo ragazzo», sentenziò.

Quando si voltò verso l'uscita, l'aria si fece di nuovo densa del suo profumo. «Allora io vado, Gustav, torno per le sette così ritiro le chiavi».

«Va bene signorina Truman».

«Arrivederci», disse uscendo.

«Arrivederci», dissi... brutta stronza.

La guardai raggiungere Adam, fermo ad aspettarla con un sorriso da brivido. Appena le fu accanto le mise una mano sulla schiena e lei fece altrettanto. Era palese una certa confidenza, ma mi sforzai con tutta me stessa di non travisare. Invece travisai, quando, appena prima di entrare in auto, lei gli passò una mano tra i capelli in modo amorevole, gli sistemò la cravatta e gli diede un bacio sulle labbra, al quale lui rispose immediatamente con trasporto. A quel punto raccolsi il cellulare tra le mani e tremando lessi il messaggio.

Buongiorno dolcezza, stasera passo a prenderti alla solita ora.

"Dolcezza"?

«Dove abita?», chiesi scontrosa a Gustav.

«Chi?»

«Dove abita la Truman? Qui di fronte?»

«Uhm, mi pare vicino al bar Lucas, se non ricordo male proprio sopra».

Raggiunsi rapidamente l'esterno dell'autorimessa e con il cellulare tra le mani aspettai davanti all'uscita. Digitai un veloce e telegrafico messaggio e attesi...

Appena l'auto di Adam apparve premetti invio. L'osservai spalancare gli occhi e frenare di colpo per non investirmi.

Senza scompormi per la frenata mi spostai verso il lato del guidatore e nel passargli accanto alzai il dito medio quel tanto che lui potesse vederlo e coglierne il significato. Poi, a grandi passi, me ne tornai in ufficio.

Me ne andai in bagno nonostante ci fosse appena stato Gustav e mi aggrappai al lavandino. Mi mancava il respiro e avevo i brividi in tutto il corpo. A occhi chiusi cercai di fare mente locale su quanto mi aveva insegnato Richardson sulle tecniche di respirazione. Lasciare che la paura e la rabbia facessero il loro corso, che si impadronissero di me, ma solo per cinque secondi, e tanti gliene concessi.

Uno... Inspirai ed espirai. Due... Inspirai ed espirai. Tre... Inspirai ed espirai. Quattro... Inspirai ed espirai. Cinque... Inspirai ed espirai e poi riaprii gli occhi. E passò. Mi osservai con disprezzo allo specchio. Colpita e affondata. Nemmeno le botte che avevo preso erano state tanto devastanti. Non riuscivo neanche a piangere per quanto mi facevo schifo. Nella testa solo immagini di Adam che mi prendeva in tutti i modi possibili e immaginabili. Violata nella parte più profonda di me.

Piano piano, davanti alla mia faccia depressa, la mia mente si placò. Pensavo a cosa fare e non mi veniva in mente niente. Il telefono squillò catapultandomi nella realtà. Era Adam. Lo gettai nel WC e decisa raggiunsi Gustav alle prese con la Mercedes rossa della stronza.

«Gustav, io devo andare via, occupati tu di tutto».

Gustav scivolò con il carrello da sotto l'auto e si alzò di scatto, tanto veloce che restai sorpresa dalla leggerezza del movimento di un corpo massiccio come il suo.

«Sophie, tutto bene? È successo qualcosa?»

«Devo andare, scusami, ti prego, pensa tu a tutto».

«Va bene, ma cos'hai? Stai male?»

«Sono incazzata, molto incazzata!», sbraitai. Cercai di calmarmi, con due respiri profondi. «Scusa, me ne devo andare, non ti preoccupare. Se chiama Fred digli che dovevo fare una cosa all'università».

«Ok», disse con aria preoccupata. «Passi domani?», chiese.

Non gli risposi. C'era poco da dire. Io lì non mi sarei più fatta vedere per il resto della mia vita.

«Ciao», grugnii.

Corsi in strada alla velocità della luce. Non sapevo dove andare. L'ultima volta che mi ero trovata in quella condizione, avevo preso un treno. E in quel momento l'unica meta che mi veniva in mente era casa di mia madre. Camminai per tre isolati, salii sull'autobus e per i venti minuti successivi fissai la nuca di un'anziana signora.

Quando arrivai a casa attesi davanti alla porta qualche minuto, indecisa se suonare o meno. Poi, come se mi avesse percepita, mia madre aveva aperto e un attimo dopo ero tra le sue braccia, in un pianto dirotto. Farfugliò qualche parola, poi mi portò in camera e mi fece sdraiare sul letto, mi coprì con un plaid e si coricò dietro di me abbracciandomi stretta. Restai lì a lungo ad ascoltare i suoi bisbigli d'amore, le uniche parole sincere e vere che avessi mai sentito, le uniche di cui avevo bisogno in quel momento. Alla fine mi addormentai stremata. Dentro di me una voragine.

Alle undici sentii il campanello di casa suonare e qualche istante dopo avvertii il peso di un corpo diverso da quello di mia madre sdraiarsi accanto a me. Anche senza girarmi avevo riconosciuto il ciondolo tintinnante di Sabrina.

«Mi ha chiamata tuo fratello dalle Hawaii, era preoccupato, lo ha chiamato tua madre un'ora fa».

Il pensiero di Fred, per l'ennesima volta coinvolto nei miei patemi, mi provocò il solito senso di colpa e vergogna. Era ora di dire basta. Era davvero l'ora di smettere di soffrire.

«Non gli hai detto di Adam, vero?», mi voltai.

Scosse la testa e mi accarezzò i capelli.

«Sophie, vuoi dirmi cosa è successo? Avete litigato?»

«Niente che non fosse prevedibile», sentenziai.

«Avete litigato?», chiese ancora.

Non risposi.

«Dimmi cosa è successo. Non posso aiutarti, se non me lo dici».

«Non mi puoi aiutare, nessuno può, solo io», chiusi gli occhi. «Sono la sola che può farlo».

«Va bene Sophie, non ne vuoi parlare. Facciamo così, io resto qui con te, ho già detto al lavoro che sei malata, mi sono fatta sostituire un paio di ore, vuoi che chiami e...».

«No Sabrina, torna al lavoro, voglio stare da sola, in silenzio, solo così forse riuscirò a superare questo ennesimo fallimento».

Dopo qualche minuto mia madre si affacciò alla porta per chiamare Sabrina. Una volta sola, provai ad attivare la mia telecamera cerebrale, ma tutto ciò che trasmetteva era solo l'immagine di me, ferma, immobile, coricata su quel letto, il resto del mondo al buio.

Sabrina rientrò nella stanza dopo una decina di minuti, sdraiandosi di nuovo accanto a me. «È arrivata Stephanie, adesso è con tua madre in soggiorno».

«Mi dispiace», mormorai.

«Senti Sophie, c'è anche Adam, è giù in strada, mi ha chiesto se puoi scendere».

«Digli di andarsene! Digli di sparire dalla mia vita».

«Sophie, fosse per me, lo sai, gli darei solo dei bei calci

in culo, ma è davvero sconvolto, ti sta cercando da stamattina, il tuo telefono non prende, ti ha cercata al garage e poi è venuto a casa nostra, vuole parlarti e sembra molto aff...».

«Sabrina, guardami, cosa vedi?», chiesi alzandomi dal letto. «Cosa vedi? Disperazione, sofferenza, odio, e tutto questo a causa sua, quindi me ne sbatto dei suoi sensi di colpa. Che torni da dove è venuto, che torni alla sua vita e agli orifizi di tutte le troie del mondo».

Sabrina scoppiò a ridere. «Orifizi?», chiese in tono ironico e la sua espressione in parte riuscì a strapparmi una risata, amara ma pur sempre una risata.

«Avete litigato?», chiese ancora.

Scossi la testa. «No, non abbiamo litigato, ho solo capito che sono una stupida illusa, come tu mi hai sempre detto».

«Quindi non vuoi più vederlo?»

«No», risposi. «E fammi un favore». Mi strappai la collanina. «Dagli questa e digli: sensibilità alle condizioni iniziali, imprevedibilità e involuzione, lui capirà».

Sabrina mi squadrò perplessa. «Cosa vuol dire? Cos'è, un codice segreto? Come diavolo comunicate voi due?»

«Noi non comunichiamo, scopiamo e basta, lo sai».

«Sensibilità alle condizioni iniziali, imprevedibilità e involuzione?», ripeté.

«Sì», mi voltai dandole le spalle, «scusa Sabrina per tutto questo casino. Ti prego, mandalo via e andate via anche voi, voglio restare da sola. Non ti preoccupare, me ne sto qui da mia madre qualche giorno, poi mi rialzerò». "Come sempre", pensai.

Sabrina mi abbracciò. «Va bene, vado a dirglielo, non vedo l'ora. Per la cronaca, appena l'ho visto gli ho tirato un ceffone, erano mesi che volevo farlo. Se Stephanie non mi avesse trattenuta avrei cercato anche di spaccargli quel bel sorriso sullo specchietto della sua merdosissima auto».

Mi fece di nuovo ridere. «Scusami Sabrina, scusami davvero».

«Non dirlo nemmeno, dài, lo mando via».

Annuii.

«Quando sarai pronta chiamami, non ti far problemi».

«Ok».

Mi sdraiai di nuovo e lentamente mi riaddormentai. Quando riaprii gli occhi non sapevo se fosse giorno o notte, per quel che mi riguardava il buio era sceso su di me. Dopo non so quanto, a fatica, mi alzai dal letto e andai in soggiorno. Trovai mia madre addormentata sulla poltrona con i ferri della lana sulle gambe. La osservai qualche minuto, seduta al tavolino di fronte, poi decisi di svegliarla.

«Sophie, come ti senti?», chiese stralunata, ricomponendosi.

«Sto bene, mamma, scusa».

«Hai fame?».

Scossi la testa. «No».

«Sophie, mi dici cosa è successo?», mi domandò prendendo le mie mani tra le sue.

«Ho solo incontrato uno che non mi ama, tanto per cambiare».

«Allora, povero lui, è solo un cuore vuoto se non ti ama. Vieni in cucina, ti scaldo un piatto di verdure».

Spiluccai qualcosa, evitando lo sguardo angosciato di mia madre, seduta di fronte a me.

«Mangia, ti prego Sophie», mi esortò.

Annuii e ingurgitai una bella forchettata di verdure.

«Come si chiama?»

«Non mi va di parlarne».

«Ti ha messo le mani addosso?».

Ovunque.

«No, mamma, mi ha solo spezzato il cuore».

«Da quanto tempo lo frequentavi?»

«Da mai».

Mia madre scoppiò a piangere.

«Mamma, per favore, sto già male io. Passerà, prometto che passerà, lasciami il tempo di affrontare questa cosa, così non mi aiuti, capisci?»

«Lo so, lo so, scusami». Si asciugò le lacrime e tirò fuori un bel sorriso. «Vedrai, passerà, passa tutto, ma... È che non mi capacito che ti vadano tutte storte».

«Oddio mamma, cosa ti ho appena chiesto?»

«Scusa amore, scusa».

«Vedrai che mi riprendo presto».

«Certo», mi prese la mano. «In questo sei proprio come tuo padre. Non molli mai, neanche davanti all'ineluttabile».

«Sì», sibilai. Bella consolazione.

In silenzio, davanti ai suoi occhi sconfortati, mangiai tutte le verdure, come una brava bambina, poi lei se ne andò a dormire e io mi trasferii in camera a isolarmi per il resto della mia vita.

Ricominciare ancora

Trascorsi i giorni successivi stesa sul divano a guardare la televisione. Mio fratello ogni sera chiamava per accertarsi che stessi meglio. Gli avevo detto solo che avevo avuto una storia con un tizio conosciuto all'università e che era finita. Naturalmente si arrabbiò, mi fece la solita ramanzina su quanto fosse inopportuno dopo i miei trascorsi avere una relazione poi, quando mi sentì piangere, divenne più indulgente. Intanto, dopo quattro giorni a casa di mia madre, tutto cominciò a sembrarmi troppo stretto e lei morbosa come al solito. Dopo milioni di rassicurazioni me ne tornai a casa lasciandola alla sua maglia e al fantasma di papà.

Quando arrivai nel Bronx trovai sul mio letto la mia sacca della lavanderia e un biglietto di Sabrina.

L'ha fatta recapitare martedì in libreria. Baci

Rovesciai il contenuto sulla scrivania. Quattro indumenti intimi, il suo regalo, che gettai nel cestino, due paia di calze, due maglie, un accappatoio, sempre un suo regalo, che buttai insieme agli intimi, lo spazzolino da denti che fece la stessa fine e la mia spazzola. Tutta roba che tenevo nella "casa del sesso" di Adam.

Per tutta la giornata restai seduta alla scrivania, meditando sul calendario. Quanto tempo avrei impiegato per recuperare un nuovo ritmo di vita? Un giorno, un mese, un anno. Ripensai alla seduta avuta con Richardson il pomeriggio precedente, durante la quale avevo raccontato tutto, senza tralasciare nessun particolare. Come al solito mi aveva lasciata sulla porta con la perla di saggezza del giorno.

«Sophie, il dolore è un passaggio obbligato per il ritorno alla vita».

Cosa voleva dire? Che dovevo affrontarlo? Sì, lo sapevo anche io. Prima o poi. Adesso lo stavo ancora reprimendo, dentro di me. Chiuso e sigillato. Non esternavo nulla, non un lamento, solo silenzio. Non conoscevo altro modo per affrontare il dolore. Alcuni si anestetizzano come la sottoscritta, altri lo accettano, lo elaborano. Con il dolore, purtroppo, io riuscivo solo a convivere, perché la verità era che non lo potevo evitare.

Quando rientrarono Stephanie e Sabrina, d'improvviso la casa si riempì di buon umore. Avevano comprato da bere e avevano invitato un po' di amici. Alle undici l'appartamento era colmo di gente. Gente come me, normale, giovane senza paturnie. Venne anche Steven con il suo David. Nel salutarmi mi aveva sollevata di peso tra le braccia e mi aveva sussurrato: «Passerà, vedrai passerà, funziona sempre così».

«Sì, lo so», avevo risposto.

Lo sapevo, sarebbe passata, come sempre. Tutto passa, anche il dolore più lacerante con il tempo si placa. Agli amori si sopravviveva, sempre. C'era solo da capire quanto tempo mi sarebbe occorso.

E giorno dopo giorno mi abituai a una nuova routine: continuare a respirare, svegliarsi, annaspare nei ricordi, mangiare, impacchettare, mangiare, dormire ancora e annaspare di nuovo nei ricordi. Giorno dopo giorno e notte dopo notte il velo dell'abitudine coprì il dolore. La mente piano piano accettò o meglio, iniziò a convivere con il dolore. E, di nuovo sopravvissuta, ripresi in mano la mia vita.

Non avevo saputo più nulla di lui. Non lo avevo più cercato e lui aveva fatto altrettanto. Ma purtroppo non lo avevo dimenticato.

Un mese dopo, accompagnando Miranda a comprare alcuni accessori per la nuova stanza della piccola, sulla strada del ritorno ci spingemmo fino all'autorimessa di mio fratello. Non ero agitata da un eventuale incontro, era mezzogiorno e di sicuro Adam era al lavoro, ma ero nervosa all'idea di rivedere il luogo dove tutto era iniziato. Quando entrammo in ufficio mio fratello scattò sulla sedia.

«Ciao tesoro!», disse prendendo le buste dello shopping.

Io mi spalmai sulla solita sedia, esausta.

«Avete comprato un sacco di roba», commentò.

«Sì», disse Miranda in una smorfia dolce, che sciolse mio fratello all'istante.

«Potevi farli recapitare a casa invece di portare tutti questi pesi».

«Li ho portati io tutti quei pesi», dissi sottolineando lo sforzo disumano.

«Almeno ti sei resa utile», osservò Fred canzonatorio.

«Ah, ah, ah…».

«Sophie, resti a mangiare con noi?», chiese Miranda.

«No, non ho molto tempo, volevo farmi un giro al mercatino dell'usato, quello a due isolati da qui, vicino al cinema e poi andare al lavoro».

E fu in quel momento che Adam comparve sulla porta. Non lo riconobbi immediatamente. Sempre vestito di tutto punto, quel giorno indossava un paio di jeans e una maglietta blu che sembrava avere addosso da giorni. I capelli più lunghi e spettinati e la barba incolta gli davano l'aria di uno che non si curasse da tempo.

Imbarazzati, ci eravamo salutati quasi con timore. Per fortuna la presenza di Miranda e dei suoi venti sacchetti riuscì a moderare la tensione tra noi. O almeno la mia.

«Si sieda», disse Fred squadrandomi per farmi alzare.

«Non si disturbi», disse Adam facendo un passo per avvicinarsi.

Mi alzai per lasciare libera la sedia e scivolai veloce nella sala d'attesa a sfogliare il catalogo delle nuove Rover.

«Allora, per la revisione posso fissarle l'appuntamento per giovedì», disse Fred sfogliando l'agenda, «ma dovrà lasciare l'auto qui tutto il giorno».

«Va bene», rispose.

«Allora prenoto Gustav per giovedì».

«D'accordo, passerò alle otto a lasciarle le chiavi», disse Adam, poi guardò Miranda seduta sulla sedia accanto a lui e sorrise. «Quando nasce il bambino?»

«Tra quattro mesi», rispose Fred orgoglioso, «e sarà una femmina».

«Congratulazioni, vorrà dire che quando nascerà mi permetterò di farle un regalo».

«Non deve».

«Invece sì, è sempre molto gentile con me e mi sembra di approfittare».

Risi fra me per quella affermazione. Aveva un che di vero. Mio fratello compilò il foglio di incarico per la revisione e lo consegnò a Adam, fisso con gli occhi sulla pancia di Miranda.

«Perfetto», disse. «Grazie, ci vediamo giovedì».

Appena prima di uscire mi guardò furtivamente. «Ciao Sophie», disse.

«Arrivederci», mormorai senza guardarlo. Brutto stronzo. Tanto cortese e tanto falso. Aspettai di vederlo entrare nel portone della sua schifosissima casa dove mai mi era stato concesso di mettere piede e salutai frettolosamente mio fratello e la sua bella Miranda. Sul marciapiede infilai le cuffie con i Sigur Rós sparati nelle orecchie. Dopo due isolati raggiunsi il mercatino dell'usato e presi a vagabondare tra le bancarelle, senza per altro essere interessata a nulla. Dopo il giro a vuoto comprai un hot dog e me ne andai al parco limitrofo a mangiarlo. Finalmente la primavera aveva deciso di liberare il sole dal freddo invernale. E il cielo terso di New York era bellissimo, tanto pulito e limpido che sentii la voglia di volarci dentro. Mi levai le scarpe, la maglia e mi adagiai sull'erba a rilassarmi con la malinconica *Svo Hljótt*. A metà la canzone si interruppe per una chiamata in entrata. Osservai il display, era Steven. Mi rialzai a sedere e risposi.

«*Hola!*».

«Ciao bellezza, ti disturbo?»

«No, assolutamente, sono al parco per un pranzo fugace, tra poco vado al lavoro».

«Bene, ti ho chiamato per invitarti domani sera a cena, c'è anche un collega di David».

«Ehm», bofonchiai perplessa.

«Dài Sophie, non aver paura, è passato un mese, ti farà bene conoscere uomini normali». Rise. «E ha tutte le caratteristiche per piacerti».

«E quali sarebbero?»

«Perspicacia, profonda conoscenza della musica, quindi sensibilità, intelligenza e fisico prestante».

«A be', allora, se c'è un fisico prestante non posso proprio tirarmi indietro».

«Bene, dài ti aspetto per le otto e mezza da noi».

«Ok, ciao splendore, saluta David».

«Ciao».

Chiusi la comunicazione e la musica si ripresentò nei timpani sulle note più incalzanti ed evocative di un epilogo struggente. Rapita dalla melodia osservai la mia ombra allungarsi sull'erba. Mi girai a guardare e vidi a chi apparteneva la sagoma oscura fusa alla mia. La musica liberò l'intreccio armonico finale, e il rintocco sordo del mio cuore nella cassa toracica fu tanto forte da togliermi il respiro. Rapida mi infilai le scarpe, raccolsi il maglione e mi alzai all'istante.

«Non aver paura», disse Adam mettendo le mani avanti.

Risi sprezzante. «Non ho paura».

Catapultata in un turbine di sentimenti mi allontanai a grandi passi senza dargli il tempo di proferire parola. Mi confusi nella marea di passanti sull'immenso marciapiede di New York, felice che quella città fosse sempre in snervante movimento. Non sapevo se mi stesse seguendo e di certo non intendevo accertarmene. Raggiunto il semaforo rosso, però, me lo trovai accanto. Senza pensarci, sgattaiolai verso il verde, attraversai e mi fermai ad aspettare il via del semaforo sulla sponda opposta. Nonostante il repentino cambio di rotta Adam mi era ancora alle calcagna. Dopo un centinaio di metri di pedinamento serrato, mi arrestai.

«Devi dirmi qualcosa?», chiesi fissandolo dritto negli occhi. «Io devo andare al lavoro e non mi va di essere seguita, questo almeno te lo ricordi?»

«Possiamo prendere un caffè insieme?», mi chiese.

«No Adam, dimmi quello che devi dire». E aspettai.

«Non so cosa dire», fu la risposta.

Interdetta, scossi la testa in una risata basita. «Allora puoi immaginare cosa vorrei dire io davanti a questa tua incertezza, quindi ciao», e decisa ripresi la marcia.

Mandarlo al diavolo con un megafono, strillargli in faccia quanto pensavo di lui e delle sue teorie sul sesso, ecco quello che volevo dirgli. La sua presenza di nuovo accanto generò in me un impeto di odio. Per chi mi aveva preso? Per una ragazzina? Pensava di abbindolarmi con quel modo di fare da seduttore in colpa e disperato?

«Allora?», sbraitai a denti stretti quando ci fermammo al semaforo.

«Voglio continuare a vederti», disse.

«Sì, come no». Il semaforo scattò sul verde e ripresi a camminare.

«Davvero».

«Di' le cose come stanno. Vuoi continuare a scoparmi. Spiacente, il negozio di giocattoli è chiuso a tempo indeterminato». Schivai una donna sui trampoli e mi spostai di lato lasciandolo dietro di un passo.

«Sophie, non ti ho mai presa in giro», disse appena riuscì a raggiungermi.

«Come no, certo».

«Sono sempre stato sincero».

Mi bloccai sul marciapiede e mi portai a un millimetro dalla sua faccia da schiaffi. «Come ti permetti di dirmi una cosa del genere, stai cercando di rivoltare la frittata?»

«No, ma fin dall'inizio ti ho detto che non cercavo storie».

«Oddio, di nuovo questa giustificazione! Hai ragione. È colpa mia, mi sono fatta un film e quindi va bene così. Ho sbagliato io e fine della storia. Io non ti voglio vedere più, non hai da offrirmi nulla che un vibratore non possa sostituire».

Adam mi trascinò accanto al muro.

«Insomma che cosa vuoi da me? Vai dalle tue etere, vai da Alice Truman, ma *vaffanculo* Adam».

Imperturbabile, mi guardò senza fiatare. I suoi problemi di comunicazione erano deprimenti, come tutto quello che c'era stato tra noi.

«Ricominciamo», disse con un filo di voce, «ricominciamo tutto».

Non mi trattenni e con tutte e due le mani lo spinsi via in malo modo. «Io non ricomincio una storia di merda con uno psicopatico maniaco sessuale».

«Sophie, mi hai disarmato, io non so cosa fare con te. Mi fai sentire insicuro e sei talmente intensa che mi hai spaventato», disse. «È il motivo per cui ho cercato Alice Truman, avevo bisogno di distrarmi, ma lei non mi interessa», e si passò le mani tra i capelli. «Sophie, voglio stare con te».

«Distrarti?», chiesi sconcertata, «distrarti da cosa?»

«Da te».

«Scusa?», gracchiai, «riesci ad ascoltarti mentre parli?». Ero davvero confusa. «Io davvero non so cosa dire, sei fuori di testa».

Adam appoggiò la schiena al muro e mi prese la mano. «Sophie, ascoltami».

Mi sottrassi alla sua presa. «Non mi toccare», ringhiai.

«Per favore, fammi parlare».

Osservai la sua espressione davvero avvilita e chiusi gli occhi. «Quante volte?», chiesi.

«Cosa?»

«Quante volte te la sei scopata quella troia?»

«Un po'».

«Un po' cosa significa? Per tutto il tempo che ci siamo visti?», chiesi.

Annuì e deglutì.

«Anche quando ti ho visto quella mattina?»

«Sì», rispose in un sospiro profondo. «Ma proprio quella mattina, quando mi sono svegliato accanto a lei, le ho detto che per me era...».

«Ha dormito a casa tua?», chiesi trattenendo l'istinto di sfondargli il cranio.

«A volte è successo».

A volte, pensai, quando se l'era scopata talmente tanto che ormai era tardi per mandarla a casa. Invece io a mezzanotte sempre su un taxi, non un minuto dopo.

«Adam», mormorai davvero svuotata, «sapere tutto questo mi aiuta solo a odiarti ancora di più. Io ti guardo e ti vedo con lei e con altre mille donne con cui sei stato capace di condividere molto di più che con me. Io ho avuto solo qualche ora in un anonimo appartamento».

«Mi hai chiesto di provarci, e l'ho fatto Sophie, a modo mio, con tutti i miei limiti, io ci ho provato e lo voglio ancora, se non di più».

«E io ti ho promesso di resistere e l'ho fatto, ma ti ho chiesto l'esclusività che non mi hai dato. E il patto si è rotto».

«Quella ce l'hai». Si avvicinò riprendendo la mia mano. «L'hai sempre avuta, tu sei speciale Sophie, mi sei entrata dentro fin da subito. Mi hai dato tanto e io non sono stato in grado di restituirti niente».

«Giusto», mormorai, ormai stremata dalla conversazione «non mi hai dato niente, niente, solo carne e lasagne».

«Ma posso provarci», disse, «aiutami ti prego, chiedimi quello che vuoi, sono disposto a tutto...», e si portò la mia mano stretta alla sua dietro la schiena, abbracciandomi. «Ti darò tutto».

Non capivo più niente.

«Non hai detto quello che volevo sentirmi dire».

Ripresi possesso della mia mano e feci un passo indietro. Improvvisamente l'espressione di Adam tornò decisa e sprezzante.

«Te lo sto dicendo, tra le righe, te lo sto dicendo. Hai davvero bisogno di sentirmi dire quelle tre stupide parole?», disse alzando il tono della voce. Il cambiamento di umore riuscì a infastidirmi ancora di più. «Non ti basta che sia qui davanti a te a implorare il tuo perdono, non ti basta che ti stia dicendo che non voglio che mi lasci, che voglio stare con te, che ho bisogno di te, che sei l'unica che in vita mia sia riuscita a smuovermi dalle mie convinzioni, che i giorni senza di te mi sembrano inutili? Non ti basta? Non ti basta?». Si piegò su di me. «Perché a me è bastato il primo bacio per capirlo, e non ho bisogno di sentirmelo dire, lo sento, lo capisco ogni volta che ti tocco, che mi ami».

A quel punto gli tirai un ceffone.

«Sei solo uno stupido narcisista, proprio perché hai sempre saputo quello che provavo, avresti potuto evitare tutto questo, evitare di venire qui a fare questa sceneggiata da cane bastonato. Potevi benissimo, già da mesi, essere quello che cerchi di evitare per non so quale motivo. Adam, sei solo uno stronzo che all'improvviso ha scoperto che il sesso con i sentimenti è molto più appagante del sesso fine a se stesso».

Adam scosse la testa.

«Sei bello, Adam, e pieno di soldi, non ti mancheranno mai le donne, sai usare il cazzo molto bene, ma poco il cervello».

«Ti ricordi il libro che stavi leggendo a capodanno?», mi chiese di punto in bianco.

«No e cosa cazzo c'entra?», sbottai. Dio come lo odiavo quando cambiava discorso o non rispondeva alle domande. Avevo il sangue alla testa. Se avessi lasciato che la rabbia si fosse impadronita ancora di me, non sarei più riuscita a controllarla.

«Quello sui viaggi nel tempo», disse. «Se la protagonista oggi fosse qui davanti a me e mi chiedesse cosa vorrei fare se potessi tornare indietro nel tempo, io avrei solo una risposta».

Alzai le sopracciglia incredula. «Devi proprio iniziare a vedere uno psicoterapeuta… tu… sei messo proprio male».

«Tornerei indietro, Sophie. Tornerei alla sera di capodanno e non me ne andrei, tornerei a quella sera e ti porterei a casa con me per sempre, e non ti porterei mai in quel club», disse. «Vorrei tornare indietro e non aver avuto paura, vorrei tante cose che non posso più fare, ma sono qui, adesso, e ti chiedo una seconda possibilità».

Serrai le labbra in una smorfia di acredine e strinsi i pugni.

«Se per farti tornare da me hai bisogno di quelle tre stupide parole posso anche dirle, ma Sophie, non significano nulla, non racchiudono quanto sento. Io voglio stare con te. Tu puoi accettarlo?»

«Non lo so», risposi, e mi crollarono le spalle. «Io non lo so davvero. Mi hai talmente umiliata che non riesco più ad avere fiducia in te. E la fiducia è alla base di tutto».

Gli bastò quel mio primo cedimento perché tornasse a incalzarmi. «Fidati di me, ti prego, non farò più nulla che possa farti soffrire. Fidati di me, lo so, ti chiedo tanto». Prese il mio viso tra le mani. «Per favore Sophie, fidati, sarà tutto diverso».

Il telefono squillò, era Sabrina.

«Dove sei? Sono le tre e mezza», disse nervosa.

«Sto arrivando, sono dall'altra parte della strada, solo un minuto».

«Muoviti, qui è la fine del mondo, è uscito il nuovo libro sui vampiri e ci sono migliaia di ordini».

«Arrivo, ciao».

«Devo andare», dissi. «E la risposta è... no».

«Possiamo comunque vederci? Anche solo per un caffè?»

«No, lascia perdere, non mi interessa, non abbiamo niente in comune».

«Va bene», disse e infilò le mani in tasca. «Io aspetto».

"Aspetta e spera", pensai.

«Ciao», dissi voltandomi. Senza guardare indietro attraversai la strada e mi infilai in libreria.

A Sabrina non raccontai dell'incontro con Adam per non sorbirmi la strigliata di rito. Ovviamente per l'intero pomeriggio non feci altro che analizzare quell'incontro combattuta tra l'assolverlo e il respingerlo. Inscatolammo oltre mille e duecento volumi per la spedizione ed esauste, alle otto, uscimmo dalla libreria.

«A proposito, mi sono dimenticata, oggi mi ha chiamata Steven, vuole che vada a mangiare a casa sua venerdì sera, è deciso a farmi conoscere un collega di David».

«Uhm, speriamo sia carino».

«Dice che è perspicace, sensibile e intelligente».

Scoppiò a ridere di gusto. «Non esistono uomini così, sarà il solito attore».

Ridendo raggiungemmo l'altro lato della strada. A un tratto Sabrina mi trattenne per il braccio. «Sophie, c'è Adam», disse in un bisbiglio pieno di angoscia.

Alzai lo sguardo e lo vidi esattamente dove lo avevo lasciato cinque ore prima. Appoggiato al muro con le mani in tasca. Sabrina chiamò al volo un taxi che si fermò ai nostri piedi.

«Saliamo Sophie, andiamo a casa, lascialo lì».

«È lì dalle tre», mormorai.
«Cosa?», chiese incredula.
«Sì, è lì dalle tre, non te l'ho detto, mi ha seguita dal garage a qui».
«Ma avete parlato?».
Annuii.
A Sabrina crollarono le spalle. Chiuse gli occhi e fece un sospiro da allargare il buco dell'ozono. «Ho già capito dalla tua faccia che dovrò tornare a casa da sola», brontolò.
«No, ma aspetta un attimo».
Il taxi se ne andò senza di noi. Lentamente mi avvicinai a Adam. A due metri da lui mi rivolse un sorriso che mi scaraventò nell'oceano del più melenso melodramma.
«Hai deciso di diventare uno stalker?»
«Te l'ho detto, io aspetto».
Sorrisi. «Intendi restare qui tutta la notte?»
«Non ho nulla da fare e non c'è altro posto dove voglio stare».
«Ti faccio una domanda».
«E se rispondo vieni a casa con me?».
Lo guardai basita. Era decisamente fuori di testa. Un irriconoscibile Adam.
«Tu rispondi e basta».
«Chiedi».
«Se oggi non fossi passata da mio fratello non ti saresti fatto più vivo, vero? Perché trovo difficile credere che ti sia bastato vedermi un secondo per risvegliare in te tutta l'umanità che hai dimostrato prima».
«Sei stata da tua madre fino a venerdì, poi sei tornata a casa e la sera stessa avete dato una festa. Il giorno dopo sei uscita e sei andata a fare la spesa e hai trascorso la serata a casa da sola. Domenica sei andata a pranzo da tua madre

e poi hai incontrato Sabrina e Stephanie e siete andate a bere al locale dove lavora Bob. Hai parlato tutta la serata con una ragazza. Lunedì hai ripreso ad andare a lavorare e ogni giorno ti ho accompagnato in metropolitana e di nuovo fino a casa. Ti ho osservata da lontano, mi bastava. Poi, oggi, quando ti ho vista scendere dal taxi con Miranda, mi sono detto che se c'era anche solo una speranza lo avrei capito dai tuoi occhi. E sono venuto al garage».

Osservai la sua barba incolta, i suoi capelli arruffati e i suoi vestiti.

«Da quanto non vai a lavorare?»

«Non lo so più», chiuse gli occhi e sospirò a fondo. «Ti ho spezzato il cuore Sophie, me ne rendo conto, se non avessi intravisto una possibilità non mi sarei fatto avanti, mi bastava starti comunque vicino. Invisibile».

«Fino a che non avessi trovato un altro», mormorai. «Allora cosa avresti fatto, mi avresti violentata come Albert?».

Adam mi regalò un'espressione di dolce tormento. «Non troverai nessun altro dopo di me», disse.

Risi sprezzante. «Come fai a saperlo? Il mondo è pieno di uomini».

«Perché nemmeno io troverò nessuna come te», rispose, «e lo sai anche tu, lo sai da molto più tempo di me».

Mi voltai a osservare Sabrina al telefono.

«Vieni a casa con me?», chiese sfiorandomi la guancia. «Ti prego, sistemeremo tutto, io sistemerò tutto».

«Quale casa?», chiesi.

«La mia, la tua, la nostra».

Cosa aveva di speciale quell'uomo da mandare in frantumi anche le mie più ferree convinzioni? Perché ogni volta che guardavo i suoi occhi vedevo solo un immenso mondo a cui sentivo di appartenere? Il cellulare vibrò, era un SMS. Guardai il display e mi voltai verso Sabrina, ferma sul marciapiede.

Me ne devo andare?

Sì.

Digli che gli rompo le ossa se osa farti versare una sola lacrima.

Sabrina prese un taxi e io presi la mano di Adam. Passeggiamo per le strade di New York tra silenzi e baci mozzafiato e finalmente arrivammo al portone di casa sua. Osservando le luci al dodicesimo piano, avevo sempre cercato di immaginare che tipo di casa avesse. E ora ero lì. Il portiere ci accolse aprendo la porta a vetri, e squadrandomi sorpreso.

«Ciao Stewart», mormorai impacciata.

«Buonasera», disse incerto. «Bentornato signor Scott».

«Buonasera Stewart».

In ascensore provai la stessa sensazione di alcuni mesi prima, quando mi stava introducendo nel suo mondo. Ma quello che stava accadendo andava oltre le mie fervide aspettative.

«Hai paura?», mi chiese Adam abbracciandomi.

Non gli risposi e affondai nel suo abbraccio.

«Questa volta non ci sono maschere ad aspettarci».

«Questo fa più paura».

Adam sorrise. «Paura di quello che ti posso fare?»

«No, di te non ho mai avuto paura, ho paura che quanto sta accadendo vada oltre ogni mia aspettativa».

La porta dell'ascensore si spalancò trovandoci incatenati l'uno all'altra.

Oltrepassai la soglia con il cuore in tumulto.

«Benvenuta, questa è casa mia», disse, e mi accompagnò verso il centro del soggiorno.

Era tutto molto raffinato e ordinato. L'arredamento moderno e pieno di oggetti di design tra cui l'immancabile lampada Castiglioni.

«Perché ridi?», chiese Adam.

«Gli appartamenti di voi ricchi sono sempre riconoscibili dagli omologati oggetti di design».

«Sì?», chiese. «Ti sembro incapace di scegliere quello che mi piace? Sono convenzionale?»

«Un po'», risposi.

«Vuoi qualcosa da bere?», chiese avvicinandosi ai liquori.

«No, va bene acqua».

Adam si spostò verso la cucina a vista.

«Cucini?», chiesi.

«A volte», rispose con un mezzo sorriso, «di solito è Carmen, la mia donna delle pulizie, a preparare la cena».

Trangugiai il bicchiere di acqua in un sorso, buttando un occhio più attento all'arredamento e provando un certo disagio. Quei muri racchiudevano un passato di Adam che conoscevo appena. Guardando i due divani in pelle, uno di fronte all'altro, non potei fare a meno di chiedermi quante delle donne con cui lo avevo visto si fosse scopato lì sopra. Anche il tavolo dove avevo appena appoggiato il bicchiere era stato di sicuro teatro di qualche amplesso. Per me era solo un'idea vaga, ma per lui? Era evidente che ogni angolo gli ricordasse i suoi trascorsi.

«Cosa pensi?», chiese avvicinandosi.

«Niente», risposi.

«Non è vero, a cosa pensi?»

«A niente, dài, fammi vedere la casa». Gli afferrai la mano trascinandolo verso il corridoio.

Dietro la prima porta del corridoio mi mostrò il bagno degli ospiti, grande quanto la mia stanza al garage. La stanza successiva era una palestra. Di fronte, la lavanderia completa di tutto. Seguiva la camera degli ospiti, grande quanto il mio soggiorno nel Bronx. Senza aprirla, mi disse che dietro l'ultima porta a sinistra c'era il suo studio, ma non aveva voglia di mostrarmelo per via del disordine. "Forse era la stanza dei suoi giochi perversi", pensai.

E infine, entrammo nella sua camera da letto. Era ampia e si affacciava sullo skyline di New York. Esplorai il panorama con lui alle mie spalle. Poi buttai un occhio alla strada e osservai l'insegna del Lether Parking accesa, ripensando a quante volte avevo guardato le luci di quella stanza dai miei cinque scalini, chiedendomi cosa stesse facendo.

«Sei silenziosa, a cosa pensi?», chiese cingendomi la vita.

«Hai una casa molto...».

«Impersonale?»

«No, moderna e accogliente e ti rappresenta». Mi voltai regalandogli un bacio.

Sulla cassettiera notai una cornice. Scivolai via dalle sue braccia e mi avvicinai per guardarla meglio. Era lui, più giovane, insieme ai genitori e le sorelle con mariti e prole al seguito. Era una bella immagine di famiglia felice.

«È la tua famiglia?»

«Sì».

Girai su me stessa per avere una visione d'insieme della stanza.

«È grande», commentai.

Mi spostai accanto al letto e con le dita percorsi il perimetro delle lenzuola.

«Ne hai portate tante qui?», chiesi guardandolo appena. Adam si oscurò in volto, come se gli avessi inferto una coltellata. «Perché non mi ci hai mai portata?», chiesi sedendomi.

«Perché se ti avessi portata qui non ti avrei fatto uscire più», e adagio mi fece coricare sul letto e si sdraiò accanto a me.

«Quindi mi vuoi segregare?»

«Se necessario potrei anche farlo», e mi baciò. «Mi sei mancata», sussurrò sfiorandomi i fianchi.

Affondai la lingua nella sua bocca, stringendomi a lui con tutta me stessa. I suoi baci diventarono subito intensi. Lo sentii ansimare. Per un istante esitai, stupita dalla sua foga più appassionata rispetto al suo solito.

«Oh Sophie», mormorò mordendomi il labbro, «mi hai stregato».

«Non voglio farlo qui», dissi.

Si fermò e mi scrutò attento. «E io non voglio farlo fino a quando non ti sentirai sicura».

Gli sorrisi. «Io non voglio farlo su questo letto, c'è un posto immacolato in questa casa?».

Mi condusse velocemente nel suo studio e mi fece sdraiare sul divano.

«Qui entro solo io», disse.

Un secondo dopo mi ero tolta le scarpe e mi ero avvinghiata a lui.

«Mi vuoi ancora?», chiese.

«Perché me lo chiedi? Non me lo hai mai chiesto».

«Mi rendi insicuro e non voglio più sbagliare con te, non voglio deluderti».

Sorrisi e mi accoccolai sopra di lui, la testa sul suo petto.

«Sei proprio senza cervello, Adam». La mano scivolò sulla sua erezione. «Ma hai un bel pisello e ti voglio». Gli baciai il mento, poi salii ai suoi occhi, gli zigomi, il naso e affondai nella sua bocca. Adam mi tolse il vestito e mi disintegrò come al solito gli slip.

Mi ribaltò, mi allargò le gambe con le sue e poi, con una lentezza deliziosa, mi fece sua. Ero già pronta per lui e quando entrò definitivamente dentro di me, chiusi gli occhi, gustandomi quella pienezza, e la sensazione di essere di nuovo sua. Istintivamente sollevai il bacino per andargli incontro, per unirmi a lui. Lui scivolò via e poi, molto lentamente, mi riempì di nuovo. I baci si fecero più avidi, i suoi movimenti sempre più veloci, implacabili, come piaceva a me.

«Amore mio», ansimò in un sussurro.

A quelle parole inaspettate mi abbandonai del tutto, esplosi, magnificamente, dimenticandomi di quello che era successo prima di allora.

«Sei bellissima», lo sentii ansimare più forte e farsi più rigido. Spalancai gli occhi.

«Adam!».

«Sophie».

«Adam».

«Sì».

«Adam non prendo più la pillola!».

Una secchiata di acqua lo risvegliò all'istante, di scatto uscì da me a denti stretti, ma ormai era tardi, mi buttai tra le sue braccia e glielo presi in mano accompagnando il suo orgasmo che esplose sul mio ventre.

«Cazzo Sophie», mi abbracciò ansimante e restammo in quella scomoda posizione qualche minuto, tra baci e sospiri vellutati. Esausto crollò su di me spingendomi sul divano, abbandonando la testa contro il mio collo. Piano piano il suo respiro si fece più rilassato. Gli accarezzai il viso e quella barba sconosciuta al mio tatto.

«Questa barba?»

«I chili che hai perso?», rispose pizzicandomi le anche.

Sorrisi. «Non puoi vivere senza di me», dissi ironica.

«Molto arguta», rispose facendosi più serio. «Mi sei mancata Sophie», disse mostrandosi per la prima volta più fragile di quanto pensassi. «E non lasciarmi mai più», aggiunse, «sono così solo senza di te».

Dopo mille baci e carezze Adam si alzò invitandomi a restare sdraiata ad aspettarlo e invece – cosa che non facevo mai – nell'attesa mi alzai a curiosare in giro. Lo studio non era in disordine, tutt'altro. Mi sedetti alla scrivania dando le spalle alla città illuminata e contemplai gli accessori sul tavolo. Poi l'occhio mi cadde su alcuni fogli scritti a penna. La sua scrittura. Era la prima volta che la vedevo. Lessi due righe e mi sentii raggelare.

Era un elenco dettagliato dei nostri incontri con tanto di riferimento a sequenze video. Posizioni, aggeggi utilizzati, minuti della mia agonia, secondi di orgasmo. Scattai in piedi stravolta. Consultai rapidamente ogni foglio, incapace di credere a quello che stavo leggendo. Alzai gli occhi in preda di nuovo allo sconforto per avergli creduto. Per essere stata tanto stupida da sperare che io fossi qualcosa di più. Sul tavolino davanti al divano vidi il telecomando. Piena di rabbia mi spostai davanti al televisore, l'accesi e selezionai la sezione video.

Con mio rammarico l'unica cartella presente riportava il mio nome. Schiacciai OK dal telecomando, scelsi il primo video della lista e mi osservai fare sesso con lui. Peggio di un film horror, facevo fatica a guardarmi. Premetti l'avanzamento a 16x e osservai alla velocità della luce i nostri incontri nel tempo. Con in mano i fogli, avviai la scena 34 della lista e guardai le immagini leggendo i dettagli della sua precisa e particolareggiata analisi. E a quel punto mi salì un magone incontrollabile. Ovviamente il pensiero andò subito all'orso polare dietro la grata. Ero come lui. Un animale da analizzare e studiare.

«Sophie».

Distolsi gli occhi dal video e li spostai sui suoi. Adam era sulla porta, tra le mani un pacchetto di salviette umidificate, un piatto con due sandwich e una coperta sotto il braccio.

«E questi?», chiesi sventolando i fogli. «Cosa fai? Mi analizzi? Mi scopi e prendi nota?». Li lanciai in aria come coriandoli e raccolsi velocemente il vestito da terra.

Un secondo dopo Adam mi afferrò per le braccia. «Non è come pensi, Sophie, non è come pensi», disse agitato.

Alzai il ginocchio, decisa a colpirlo. Il suo maledetto cazzo. Adam lasciò la presa per difendere quel pezzo di muscolo che avrei staccato a morsi.

«Ne penso tante, troppe, con te non c'è mai limite!».

«Ti prego calmati, siediti, posso spiegarti». Le sue mani mi afferrarono la testa affinché lo guardassi.

Calmarmi?

«Cosa sono? Una cavia da studiare?», sbraitai stordita.

«Non lo sei mai stata».

«E questi? E questo?». Cliccai play e dalle casse si propagarono ansimi. Mi infilai il vestito.

Adam corse a spegnere la televisione, poi tornò in fretta verso di me.

«Non sei mai stata una cavia, volevo solo capire come fare».

«A far cosa?», ringhiai. «A darmi più piacere?».

Adam restò in silenzio. Oddio, immediatamente mi tornò in mente il suo discorso durante la nostra prima cena a Long Island. *L'orgasmo tantrico.*

«È perché vado in trance?», chiesi arretrando.

«Non c'è niente che non vada in te, io lo vedo che provi piacere, ma non…».

«Non fiato», proseguii affranta.

«No, no, no», e mi prese il viso tra le mani. «Sophie, guardami, va benissimo, sei bellissima».

«Ma ti rendo insicuro».

«No, amore mio, l'ho capito tardi, sono stato uno sciocco». Mi fece sedere sul divano e prese a baciarmi, ubriacandomi. «Non c'è bisogno di alcun artificio con te, capisci? Solo noi, così», disse, e allentò delicatamente la spallina del vestito. «Bastano solo baci, carezze», e piano piano scese ai seni, «respiri», e tornò nei miei occhi.

«Ma ti soddisfo?», chiesi incerta.

«Certo, come nessuna mai, mi travolgi. Lo sai che mi piace dare piacere e non ho mai pensato che a questo».

Chiusi gli occhi per la vergogna.

«Apri gli occhi Sophie», disse, «guardami, non sei una cavia, sono io che non capivo nulla. Volevo solo essere alla tua altezza».

A fatica lo guardai e scoppiai a piangere. «Io, io non ho mai provato nulla del genere, non esistevo prima di te, tu mi trascini in tutto e, non lo so, io mi sento così libera quando mi tocchi».

«Amore mio», disse. «È lo stesso per me, mi credi?». Con le dita asciugò le lacrime. «Mi credi?», chiese ancora.

Poi si alzò di scatto.

«Sophie, adesso butto via tutto». Raccolse i fogli da terra, ne fece dei piccoli plichi e li sbriciolò nel tritacarta, poi selezionò dalla TV la cartella dei nostri amplessi e la cancellò dalla memoria. Infine tornò da me.

«Io ho sbagliato tutto con te. Ho cercato di tenerti lontana, pensavo che così sarei riuscito a starti vicino senza avere la paura di perderti. Poi tu...», disse, «tu... tu...».

Gli sfiorai la barba e appoggiai la fronte sulla sua guancia.

«Tu ti sei affidata a me senza paura, e io non l'ho fatto...».

«Adam».

«Sophie, fammi finire», disse deciso. «Ho avuto tanti corpi, compreso il tuo, ma quello che cercavo da te era solo il tuo cuore».

«Quello l'hai sempre avuto», sussurrai.

«Lo so», rispose mesto, «e tu hai il mio ora. Ti amo Sophie».

Spalancai gli occhi e sorridendo gli buttai le braccia al collo.

«Lo hai detto?»

«L'ho detto», mormorò ridendo, «e lo ripeto. Ti amo, anche se... queste parole non sono niente rispetto a quello che sento».

Lo scaraventai sul divano inondandolo di baci. Adam si sollevò obbligandomi a mettermi a cavalcioni su di lui.

«Aspetta», disse roco.

Mi prese in braccio e ci spostammo in camera.

«Non voglio...».

«Shhh», sibilò. Infilò la sua lingua nella mia bocca annientando ogni briciolo di cognizione. «Devo prendere i preservativi e non ti lascio più da sola a cercare chissà cosa sul mio computer. Prometto che cancello tutto dopo».

Dieci secondi dopo era di nuovo dentro di me, e tutto fu intenso e appassionato come mai lo era stato.

L'indomani mi svegliai sola. Infilai il vestito e seguii le voci provenienti da una televisione accesa. Trovai Adam in cucina, intento a guardare il notiziario economico. Era vestito di tutto punto e teneva una tazza di caffè in mano.

«Buongiorno», dissi in piedi dietro di lui.

Si voltò rivolgendomi un sorriso sorpreso.

«Buongiorno bellissima, non ti ho voluto svegliare, ti

avevo lasciato un biglietto». Mi abbracciò e mi diede un bacio sulla fronte. Con le dita solcai il viso sbarbato. Adam prese la mano e la baciò.

Mi sistemai sullo sgabello con le spalle ricurve.

«Sei una dal risveglio lento», disse ironico. «Vuoi un caffè?»

«Sì».

«Amaro, vero?»

«Sì».

Me ne versò un'abbondante tazza e mi tagliò due fette di pane.

«Cosa preferisci, marmellata, burro di arachidi o cosa?»

«Pane e basta».

«Perfetto».

Sul tavolo un foglio, uno spazzolino da denti impacchettato e un mazzo di chiavi.

«Sono per me?», chiesi facendo scivolare l'anello del portachiavi al dito.

Adam sorrise, spense la televisione e si sedette di fronte a me, per proseguire la nostra prima colazione insieme. Era bello essere lì, anche se un po' imbarazzante.

Poi come un fulmine a ciel sereno, Adam se ne uscì con questa frase: «Senti, vorrei parlare con tuo fratello della nostra relazione».

Posai la tazza sul tavolo, tremando.

«Deve saperlo, non possiamo evitarlo, abito di fronte al suo garage e prima o poi ci vedrà».

«Ehm», bofonchiai, «non lo so, ecco, insomma...».

«Hai paura di tuo fratello?»

«No», risposi, «ma di quello che dirà».

«Cosa pensi che dirà?»

«Non lo so». Anzi sì, lo sapevo benissimo. Che era sbagliato, che stavo facendo di nuovo l'ennesima cazzata e compagnia bella.

«Be', allora andiamo a sentire cosa ha da dire».

«Adesso?», lo squadrai presa dal panico.

«Sì adesso, dài sistemati».

Mi trascinai nel bagno degli ospiti. Dopo essermi rinfrescata, temporeggiai a lungo leggendo gli ingredienti di alcuni flaconi di essenze da bagno. Annusai diverse creme, spiai negli armadietti, insomma feci di tutto per posticipare un confronto di cui avevo decisamente paura. Poi fissai lo specchio per qualche secondo e sorrisi ripensando a quanto era successo nelle ultime ore. Mi feci coraggio e tornai in soggiorno. Adam era seduto sul divano, sempre davanti al notiziario economico e parlava al telefono.

«Dovrei arrivare tra un'ora, fammi trovare i report dell'ultimo mese e avverti Seth che deve ragguagliarmi». Mi avvicinai al divano e Adam allungò la mano per invitarmi a sedere accanto a lui.

«No, non voglio nessuna riunione». Portò le mie gambe sopra le sue e io mi accoccolai con la testa nell'incavo del suo collo, di nuovo avvolta dal suo odore. «Perfetto, tra un'ora, a dopo». Appena chiuse la comunicazione mi stese sul divano insidiando la mia bocca.

«Sei pronta?», chiese scendendo con le labbra sul collo, risvegliando in me la voglia di togliermi tutto all'istante.

«Possiamo fare un'altra volta?», chiesi. «Non capisco tutta questa fretta».

«Mai rimandare a domani quello che puoi fare oggi. Libera la mente», rispose alzandosi di scatto.

«Ti prego, facciamo un altro giorno, io adesso vado a casa e poi ci pensiamo stasera o domani, insomma quando vorrai rivedermi».

«Intanto stasera ti vengo a prendere al lavoro e voglio che porti le tue cose a casa mia».

Raccolse la mia borsa e prese la mia mano trascinandomi sul pianerottolo.

«Non posso e poi non mi va», risposi sganciandomi dalla sua presa. Adam mi squadrò incerto.

«Finché ci sarà quel letto io a casa tua non ci vengo, e stasera sono a cena da un amico».

«Quale amico?», chiese serio.

«Steven», risposi.

«Ok, il gay», mormorò. «Vorrà dire che oggi vado a comprare un letto nuovo e dopo vieni da me. Dài Sophie, non ti facevo così fifona con tuo fratello».

In ascensore, in silenzio, osservammo il countdown dei piani e quando fummo al terzo, parlai.

«Sì, con mio fratello sì, e poi dove pensi di trovarlo un letto in un giorno?»

«Ho i miei sistemi, non ti preoccupare, e comunque con tuo fratello andrà tutto bene. Potrà pure essere contrariato, ma dovrà farsene una ragione. Andrà tutto bene, fidati».

Le porte si spalancarono mentre eravamo nel pieno di un bacio. Osservai il custode squadrarci confuso. Per l'imbarazzo lo guardai appena. Superata la porta a vetri e arrivati sul marciapiede, mi sganciai dalla sua presa, ma Adam mi riprese la mano, con nuovo vigore. Ma la ritrassi di nuovo.

«Un passo alla volta, ti prego, adesso sei tu che mi travolgi».

Già dalla strada vedevo mio fratello alla scrivania impegnato nei suoi affari. Pregai che non alzasse la testa fino a che non fossi arrivata nel suo ufficio.

Adam entrò per primo e io dietro, volutamente nascosta dalle sue spalle.

«Buongiorno signor Scott», disse Fred.

«Buongiorno Fred», disse Adam.

Piano piano, quasi al rallentatore, spuntai da dietro Adam facendomi appena notare.

«Ciao Sophie», disse mio fratello con aria smarrita, nel vedermi lì alle otto del mattino, poi tornò a Adam.

«Mi dica, ci sono problemi?», domandò ignaro.

«No», rispose calmo Adam. «Sono qui per parlarle. Intanto vorrei chiederle di darmi del tu».

Sentii mio fratello schiarirsi la voce, confuso davanti alla sua strana affabilità. Frattanto mi ero appoggiata allo schedario, tenendo le mani dietro la schiena. Alzai appena lo sguardo su mio fratello, che stava proprio sotto la foto di papà, e poi presi a fissare il dépliant del ristorante con un post-it sui cui era bene evidenziata una data.

«Certo, va bene», disse Fred.

«Fred, ci tenevo a farti sapere che io e Sophie ci stiamo frequentando e dato che sono un tuo cliente, e soprattutto vivo qui di fronte, ho pensato fosse il caso di dirtelo affinché tu non lo scoprissi in altro modo».

A quella decisa dichiarazione, piano piano scivolai di nuovo dietro Adam, per nascondermi. Lui mi prese per mano e mi obbligò a portarmi al suo fianco. Delicato mi cinse la vita tenendomi stretta a sé.

Mio fratello si sedette alla scrivania palesemente preso in contropiede. Saettavo con gli occhi da lui a papà, in stato confusionale.

«E da quando?», chiese.

«Da qualche mese», rispose con una compostezza spontanea, «ma da poco abbiamo preso una decisione: Sophie verrà a vivere da me».

A quel punto le mie spalle si piegarono, sotto tutto il peso del mondo. Fred mugugnò qualcosa, poi si schiarì la voce.

«Adam, ti ringrazio per l'onestà e... cosa posso dire?». Con le dita prese a picchiettare sulla scrivania.

«Dacci il tuo consenso», rispose Adam sereno.

Fred fece una risata smorzata. «Sophie, ci puoi lasciare soli?», chiese dopo alcuni interminabili secondi.

Senza fiatare feci un passo indietro e schizzai fuori dall'ufficio. Me ne andai a sedere sugli scalini del portone accanto e nell'attesa provai a immaginare il dialogo fra i due. Di sicuro mio fratello gli stava parlando del mio passato e di quanto fossi fragile. Era tutto così imbarazzante. Dopo cinque minuti Adam mi raggiunse.

«È andato tutto bene», disse piegandosi sulle ginocchia, «tuo fratello è contento».

«Cosa ti ha detto?»

«Mi ha detto che mi rompe le ossa se ti faccio soffrire», poi mi accarezzò il viso e scoppiò in una risata.

Mi oscurai in volto e l'espressione di Adam si fece più condiscendente.

«Sophie, non fare così, è tutto a posto, vai da lui, vedrai tu stessa, è tranquillo».

«Non avevamo parlato di convivenza», borbottai cercando i suoi occhi.

«E a cosa pensavi? Solo a giorni alterni?»

«Non lo so, è tutto così affrettato, tu sei affrettato, ho iniziato a conoscerti solo ieri sera».

«E non basta?», chiese prendendomi le mani.

In quel momento Fred si avvicinò e io per reazione mi allontanai da Adam, il quale sorrise lanciando un'occhiata di intesa a mio fratello.

«Senti, adesso vado, aspetto una tua chiamata quando avrai messo a posto le idee».

«Non ho più il tuo numero», mormorai guardando a terra.

«Te l'ho registrato sulla rubrica, è il primo della lista». Mi diede un bacio sulle labbra e andò a prendere la sua auto. Quando la sua vettura oltrepassò la sbarra, mi feci coraggio e mi avvicinai a mio fratello.

«Lo so, finirà male anche con lui», mormorai alzando lo sguardo su Fred.

«Forse sì o forse no», disse guardando davanti a sé.

«Cosa gli hai detto? Gli hai fatto un resoconto di tutti i miei sbagli?»

«Sono tuo fratello e dovevo accertarmi che gli fosse chiara la tua fragilità».

«E gli è chiara?».

Fred sorrise tirandomi una pacca sulla testa. «Mi ha detto che sa tutto e che l'ultima cosa che vuole è perderti, credo sia davvero preso da te».

«A te sta bene?», chiesi.

«Non hai mai seguito un mio consiglio e di certo non lo farai adesso, sono solo preoccupato dalla vostra differenza».

Scossi la testa interrogativa.

«È ricco, non gli manca nulla, soprattutto le donne». Sollevò le sopracciglia affinché cogliessi il senso fin troppo chiaro. «E proprio per questo in lui c'è una componente predominante che credo non ti faccia molto bene».

«Già», mormorai.

«Ma ti ama».

«Te lo ha detto lui?», chiesi alzando appena lo sguardo.

«Non l'ha detto, ma si intuiva, vuole prendersi cura di te».

«Ho paura», dissi e appoggiai la fronte alla sua spalla.

Fred mi strinse a sé. «Lo immagino».

Appena udimmo la voce di Alice Truman dietro di noi ci separammo.

«Buongiorno Fred!», disse squillante.

La pantera bionda ci oltrepassò, elegante sui suoi tacchi dodici, come se indossasse delle ballerine.

«Lo sai che se l'è scopata?», mormorò Fred guardando la dea salire sulla Mercedes.

«Di brutto», mormorai in una risata nervosa.

Fred scosse la testa. «Non mi ci far pensare», disse allontanandosi con le mani in tasca.

Povero Fred, chissà in quali tormenti lo avevo scaraventato. Di sicuro in quel momento mi immaginava sul cofano dell'Audi a farmi sbattere da Adam. Preferii non pensarci.

Dopo la dichiarazione di Adam a Fred, decisi di tornarmene a casa. Sulla via del ritorno, seduta sul mio autobus, mi arrivò un messaggio di Sabrina e in contemporanea uno di Steven.

Il primo di Sabrina diceva:

Non sei tornata il che ci fa pensare che sei di nuovo Adam dipendente. Chiamami appena la smetti di prenderlo…

Il secondo messaggio di Steven invece diceva:

Confermo cena alle otto e mezza da me. Baci Steven.

A casa, mentre ascoltavo la radio, riflettei sulle ultime dodici ore poi, intorno alle undici, decisi di chiamarlo. Due squilli e rispose.

«Hai fatto in fretta», disse.

«Sì ecco, ti chiamavo per dirti che ci ho pensato… e… io non voglio lasciare la mia casa».

«Vuoi un rifugio?», chiese.

«Sì».

«D'accordo, come preferisci».

«E voglio essere libera di vedere i miei amici e voglio che qualche volta tu venga con me, insomma uscire, socializzare».

«D'accordo».

«E promettimi che se ci dovessero essere dei problemi, me ne parlerai».

«Perché me lo chiedi?»

«Perché io non fiato mentre faccio sesso, ma tu non fiati in generale».

Lo sentii ridere. «D'accordo».

«Ok, allora ci sto, ma vengo da te quando ti sarai sbarazzato del letto».

«Ho già dato disposizione per una nuova camera, domani vengono a sostituirla».

«Allora domani sera mi trasferisco da te, ma lascio delle cose qui e continuerò a pagare l'affitto, non voglio lasciare a Sabrina e a Stephanie tutte le spese».

«Tutto quello che vuoi».

«Perfetto, allora domani mi vieni a prendere alle otto alla libreria e vediamo cosa succede».

«Non vedo l'ora».

«Ciao».

«Ciao».

Appena chiuse la comunicazione, ricevetti la chiamata di Ester.

«Sophie, dimmi che non è vero!», esordì stordendomi.

«Cosa?»

«Sophie, Ben ha appena saputo dal proprietario del bar Lucas che stai insieme a Adam Scott. Dimmi la verità».

Mi portai un pugno alla fronte e strinsi i denti. "Maledetto lui e la sua lingua", pensai. "Perché mio fratello non si fa mai gli affaracci suoi?".

«Sophie!?», mi incalzò Ester. «Allora, cosa mi dici?»
«Ehm, Ester, intanto ciao».
«Oh mamma, oh *madre de Dios*, allora è vero, è una sciagura, cosa ti ho sempre detto? Quello è il diavolo, Sophie, Sophie, Sophie, *Jesús santos*, povera *niña*».
La sua voce così melodrammatica mi fece scoppiare a ridere.
«Ester, è una persona normale».
«Normale?», gracchiò. «Ma da quanto va avanti? Sophie, da quanto?»
«Un po'», risposi.
A quel punto prese a parlare nella sua lingua. Una litania incomprensibile.
«Ester, che stai dicendo?»
«Sto pregando, sto pregando per te. Sophie, te ne sei innamorata?», chiese più calma.
«Credo di sì», risposi.
La sentii sospirare pesantemente. «Allora, non c'è altro da dire», concluse. «Senti, domenica vieni a pranzo a casa mia, voglio sapere tutto».
Alzai gli occhi al cielo. «Come vuoi, ti faccio sapere».
Chiusi la comunicazione e mi buttai sul letto. Avevo la strana sensazione di un presagio funesto. Ma nonostante tutto, io ci credevo, in fondo io credevo in Adam.
Tra un pacchetto e l'altro, nel pomeriggio raccontai tutto a Sabrina, tranne il particolare del mio trasferimento. Preferivo parlarne anche in presenza di Stephanie. Per la prima volta non commentò in modo cinico. Si era limitata a dirmi «speriamo». Ed era la stessa cosa che pensavo io.
Uscita dal lavoro andai diretta a casa di Steven e David. Fu David ad aprirmi.
«Ciao Sophie, vieni, entra».

Il cane di David decise di insidiare i lacci dei miei sandali e un secondo dopo ero per terra.

«Cazzo Sophie!», esclamò Steven.

«Ehm, scusate, miss Paillettes mi ha teso un agguato…», dissi carponi sul pavimento.

Due mani sconosciute mi aiutarono a sollevarmi e mi trovai di fronte un uomo. Capelli leggermente ambrati e due occhi azzurri, limpidi e profondi.

«Tutto bene?»

«Sì, tutto bene, sono Sophie», e gli strinsi la mano imbarazzata.

«Thomas», rispose.

Steven, dietro di lui, si morse le labbra in una risata. «Bene, avete fatto conoscenza col botto».

Presi in braccio la piccola cagnetta per stropicciarla. «Non farlo più», le sussurrai minacciosa.

Dopo un breve aperitivo ci portammo tutti a tavola distraendoci con le solite conversazioni. Lavoro, film visti, pettegolezzi su conoscenti. Un po' controvoglia raccontai di me, dell'università, del lavoro in libreria, tralasciando volutamente il discorso "Adam". Il collega di David era brillante, faceva l'architetto. Parlandoci scoprii che aveva lo studio proprio di fronte alla Barnes & Noble.

«Be', qualche volta potete pranzare insieme», suggerì David ammiccante.

Sorrisi senza rispondere.

«Mi farebbe piacere», disse Thomas.

«Ehm, in verità lavoro il pomeriggio, dalle tre».

«Be', allora una cena», intervenne di nuovo David.

«David smettila, sono grandi e vaccinati, lasciali fare da soli», disse Steven.

Lo squadrai indispettita. Che cosa diavolo si erano messi in testa? Per fortuna Thomas venne in mio soccorso.

«Siete due insolenti!».

«È nel nostro DNA, sempre sincere», disse David.

Dopo cena ci spostammo sul terrazzo per un amaro e il dolce. Dopo un sorso di brandy, David e Steven sparirono in cucina lasciandomi con l'affascinante architetto. Che – devo ammetterlo – era davvero piacevole e attraente. Tra un bicchiere e l'altro mi chiesi come si sarebbe conclusa la serata, se la mia storia con Adam non fosse ricominciata.

«Mi ha detto Steven che stai per finire l'università».

«Sì, per dicembre conto di laurearmi, ho perso un paio di anni».

«Hai qualche progetto per dopo?»

«Non lo so ancora, pensavo di cercare un lavoro nel campo dell'arte, ma non lo so di preciso… faccio una cosa alla volta».

Mi disse di essersi laureato anche lui alla New York University. Mi chiese di alcuni professori, a me del tutto ignoti.

Poi parlammo di musica per scoprire che avevamo gusti molto simili. Entrambi avevamo una passione per il post-rock strumentale.

«Ti piacciono i Sigur Rós?», mi chiese.

«Scherzi? Potrei passare ora ad annebbiarmi la mente con la loro musica. Hai sentito l'ultimo album?»

«Certo», disse. «E P. J. Harvey?»

«Adoro», risposi euforica, «la seguo da sempre!».

«Brano preferito?»

«Come faccio? È dura, ma vediamo, in questo momento direi *Silence*».

«Non la ricordo, come fa?».

Mi versai un bicchiere di brandy e lo trangugiai in un sorso. Dalla borsa presi il cellulare e selezionai la canzone dalla mia playlist. In silenzio ascoltammo raccolti il brano. Chiusi gli occhi per farmi rapire dalle parole. Da quella intima preghiera di azzerare tutto.

Silence
Silence
Silence
Silence

Quando li riaprii, trovai quelli azzurri di Thomas a fissarmi. Sorrisi e spensi il cellulare.

«Bella…», sospirai.

«Bellissima», commentò. Buttò giù un sorso di brandy, divertito.

Alla fine restai fino alla due e Thomas si offrì di accompagnarmi a casa.

Quando scesi dalla sua auto, notai una macchina che conoscevo bene parcheggiata davanti casa. Sentii il sangue ghiacciarsi. Salutai in fretta Thomas, poi mi avvicinai alla macchina nera. Niente mi separava dalla catastrofe che di lì a sei passi mi avrebbe travolta.

«Non hai risposto a nessun messaggio», esordì appena scese dalla sua Audi.

Presi il cellulare dalla borsa e con le mani tremanti guardai gli undici SMS sul display.

«Scusa, non li ho visti, mi sono fatta prendere dalle chiacchiere e non ho sentito».

«Chi era quello?»

«Un collega di David, il ragazzo di Steven», risposi affondando la faccia nell'incavo del suo collo.

«Non ho fatto nulla Adam, non è successo nulla, non ti arrabbiare».

«Hai bevuto!», sentenziò scostandomi da sé.

«Qualche bicchiere di brandy, ma ti giuro non è successo nulla, fidati di me».

«Ho bisogno che tu venga a vivere da me al più presto,

non sapere dove sei è una cosa che mi dilania». Mi strinse il viso tra le mani e si portò a un soffio da me. «Perdonami se sono morboso, ma avevo bisogno di vederti, non potevo aspettare domani».

E la luna spuntò da dietro una nuvola. Sorrisi. «Vuoi salire? Dormi con me?»

«Sì, se non vuoi farmi passare la notte in macchina, qui davanti».

Lo abbracciai e lo trascinai in casa. Quella notte non facemmo l'amore, dormimmo solo abbracciati. Se c'è una cosa meravigliosa al mondo, è dormire uno accanto all'altro.

L'indomani, quando mi svegliai, trovai Sabrina sulla porta e nessuna traccia di Adam.

«Ha detto di dirti che passa a prenderti stasera dopo il lavoro e di portare le tue cose. Quando pensavi di dirmelo, che te ne andavi?».

Saltai fuori dal letto e mi vestii velocemente seguendola in cucina.

«È stato deciso tutto ieri, te ne volevo parlare oggi con Stephanie, comunque continuerò a pagare la mia parte di affitto».

«Ce la caviamo da sole», disse contrariata.

«Non è per quello», mormorai.

«Ah ok, vista la relazione problematica... nel dubbio ti lasci delle porte aperte?»

«Esatto».

«Bel modo di iniziare una relazione», osservò sedendosi al tavolo della cucina.

«Sabrina, per favore, cosa dovrei fare?».

La sua espressione si fece più comprensiva. «Scusa, è che mi preoccupo, sai che sono di vedute aperte, ma Adam, cazzo Sophie, a me fa paura, è strano forte».

«È soltanto chiuso e solo».

Inzuppò nel caffè una fetta di pane spalmata di crema al cioccolato.

«Devo per forza crederti, di sicuro lo conosci meglio di me, comunque, anche se non paghi l'affitto, qui puoi sempre tornare».

«Voglio pagarlo, ti prego, mi sento più libera».

«Come vuoi». Si preparò un'altra fetta di pane con uno strato di crema al cioccolato e affondò i denti lasciandosi due baffi golosi sulle guance.

Stephanie varcò la soglia della cucina a occhi chiusi, ma prima di versarsi il caffè si chinò su Sabrina leccandole via il cioccolato sul viso. «Buongiorno», bofonchiò.

«Stephanie, Sophie ci molla per un pene», disse guardandola di sottecchi.

Si girò divertita. «Spero un bel pene duro».

«Decisamente».

La giornata volò via e alle otto spaccate trovai Adam ad aspettarmi. Appena lo vidi non riuscii a trattenermi dal sorridergli. Era dannatamente sexy ed era lì per me.

Adam e Sabrina si salutarono con una stretta di mano particolarmente vigorosa.

«Ricorda», disse decisa, «il ceffone era solo un antipasto».

Adam sorrise. «Non dovrai tirarmene più, è una promessa».

«Ci credo poco», rispose ironica, «comunque sei avvertito, e dietro di me ci sarà una lunga fila». Si infilò le cuffie e mi strizzò l'occhio. «Ci vediamo domani».

L'osservai andarsene con un magone crescente.

«Ti dispiace?», chiese Adam abbracciandomi.

«Un po', so cosa lascio e non so cosa trovo».

«Trovi me», disse divertito.

Scoppiai a ridere. «Appunto».
«Dài andiamo, donna di poca fede...».
Appena entrai nel suo appartamento, per un momento credetti di aver sbagliato casa. Non so come ci fosse riuscito, ma gran parte dei mobili erano diversi o nuovi. La cucina aveva nuove credenze, i due divani erano stati sostituiti, c'erano poltrone e tappeti nuovi, e tanti altri accessori. Ovviamente, tutti pezzi di design.
Richiusa la porta appoggiò la mia sacca della lavanderia sul mobile dell'ingresso e mi accompagnò a vedere i vari ambienti. La camera degli ospiti, la stanza degli attrezzi e infine camera sua, completamente diversa.
Entrando feci una risata amara.
«Non ti piace?», chiese preoccupato.
«No, mi piace tutto, ma questo significa che...», mi guardai attorno sconcertata.
«È tutto nuovo, per me e per te». Adam si avvicinò. «Ho fatto portare via tutto ciò che poteva crearti disagio».
Risi sarcastica. «Tranne il pavimento», dissi. Gli passai le mani tra i capelli e mi strinsi al suo collo.
«Allora non lo sfiorerai mai», mi sollevò e mi adagiò sul letto.
«Quando devono venirti?», chiese.
«Tra due settimane».
Sospirò profondamente e poi mi sorrise. «Dovrò aspettare paziente e vestito...». Mi slacciò i pantaloni e la mano scivolò in cerca del mio piccolo nocciolo.
«Ti fisso un appuntamento con il mio medico per l'iniezione anticoncezionale, almeno per tre mesi saremo liberi».
Le dita trovarono il punto giusto, come le sue labbra sulle mie.
«Vuoi farmela tu adesso?», chiesi provocante.

«Oh sì», rispose.

E quello segnò il vero inizio della nostra storia. Era finita l'era dei giorni alterni. Adesso potevo stare con lui tutti i giorni. Una vita fatta di risvegli accanto a lui, colazioni, studio, lavoro pomeridiano, amore e poche ore di sonno. La sera mi veniva a prendere al lavoro e non vedevo l'ora di arrivare a casa. In un lampo eravamo a letto.

In quel primo mese mi sembrò di vivere sospesa in una realtà fatta di me e lui soltanto. L'unico giorno che non trascorrevamo insieme era la domenica, quando Adam andava a fare le sue escursioni. O quando era incastrato in cene d'affari, durante la settimana. E allora io, dopo essere andata a pranzo da mamma, passavo a trovare Ester o vedevo Sabrina e Stephanie. Per il resto ero sempre a casa con lui. La passione comandava.

Inspiegabilmente a Fred piaceva Adam, anche se una volta mi aveva chiesto se avevo capito con che donne si accompagnava un tempo. Gli avevo confessato di sapere tutto. E per quel suo ostinato lato romantico, mio fratello era convinto davvero che l'amore potesse cambiare le persone. Lo avevo presentato anche a mia madre, la quale era rimasta sorpresa che un ragazzo, per giunta benestante, stesse insieme a me. Ma vedermi ingrassata e in forma acquietava ogni perplessità. Mi ero fatta l'iniezione e quindi addio ovulazione. Potevo fare sesso senza il pensiero di gravidanze indesiderate, ma quei tre chili in più mi davano un certo fastidio.

Intanto era arrivato il giorno del mio compleanno. Per l'occasione, dopo avermi portata fuori a cena in un ristorante nell'Upper Side, anziché tornare a casa ci eravamo spinti in una zona di New York che conoscevo appena. Parcheggiata l'auto all'interno di una corte, prima di scendere, mi aveva bendato gli occhi. Mi rassicurò con un bacio che non sarebbe accaduto niente di strano. Fiduciosa stetti al gioco.

Stretta al suo braccio, lo avevo seguito, incerta. Avevo sentito il cigolio di una porta. Una volta richiusa mi aveva fatto togliere il soprabito, sfilato il vestito e levato l'intimo. Ancorata al suo braccio eravamo scesi lungo delle scale da cui risaliva una leggera corrente di aria che mi fece indurire i capezzoli.

Nell'aria volteggiavano profumi dolciastri. Dopo avermi fatta sistemare su un letto, mi aveva legato le mani sopra la testa agganciandole a non so cosa. Immaginai una trave, un anello, un gancio e lì rimasi in ginocchio per qualche minuto circondata da fruscii.

Dopo poco avevo sentito il rintocco di tacchi da donna sul pavimento e dei bisbigli. Poi di nuovo gli stessi tacchi si erano fatti più vicini e un attimo dopo avevo avvertito il corpo di Adam, nudo, dietro di me, in ginocchio anche lui. Leggero mi aveva spostato una ciocca di capelli dalla spalla e sempre leggero aveva iniziato a baciarla fino a salire fino al collo. Percorsa dai brividi, avevo abbandonato la testa indietro.

«Sophie, c'è una donna con noi», sussurrò e poi le mani mi sfiorarono i seni. «Può toccare solo il tuo corpo», disse ancora e il mio respiro prese a farsi più insistente. Avevo il cuore a mille e il fiato corto. «Solcherà solo il tuo corpo, prima con le mani, poi con le labbra e poi con la sua lingua». Lentamente portò le mani sul mio sesso.

«Poi te la leccherà, tanto, a lungo, ma tu non dovrai venire, solo con me potrai farlo. Dovrai resistere, trattenerti e invocare il mio nome almeno cento volte».

Le dita si fecero largo tra le grandi labbra. Ero già pronta per esplodere.

«Cento volte», disse ancora, «prima di avermi».

Mentre il mio respiro era sempre più spasmodico sotto i suoi baci e quelle roventi parole, avvertii il suo pene appena sopra le mie natiche, turgido e caldo. Con il sedere cercai un contatto più ravvicinato. Adam mi strinse forte a sé.

«E io ti guarderò, ti vedrò sussultare, godere, mentre le mie mani ti sosterranno».

Dio, ogni parola mi caricava, se fossi stata libera di muovermi lo avrei assalito, ma l'unica possibilità che avevo era premere sul suo corpo, caldo e invitante.

«Sophie, il tuo regalo è godere», disse.

A quel punto delle dita calde mi sfiorarono il seno destro e lentamente scesero verso il fianco suscitando brividi che mi fecero accapponare la pelle. Subito dopo avvertii il tepore di un corpo e due seni incontrare i miei. Una mano scese dal collo attraversando il seno, lo sterno, il ventre fino a solcare i fianchi. Avvertii un profumo delicato. Due labbra sconosciute e morbide indugiarono sulle mie. La mano di Adam si sostituì a quella della donna che ora carezzava il mio sesso, leggera. Poi una bocca soffice e una lingua altrettanto morbida iniziarono a succhiare il mio capezzolo.

Adam continuava a baciarmi il collo e mi sfiorava con le dita la schiena.

«Adam», dissi.

E lui rispose: «Uno».

«Adam», dissi ancora.

«Due».

Oh che agonia, pensare a quanto ancora mancava.

La donna si fece più insistente sui capezzoli, che ora mordicchiava e succhiava con decisione, tanto che potevo avvertire da lontano, lontanissimo, il sopraggiungere dell'orgasmo. Scese lentamente, la lingua strisciò leggera sulla pelle, alternando baci e leggeri succhi.

«Adam», dissi a fatica.

«Tre», rispose.

Mentre quella lingua sconosciuta si spingeva verso le mie parti intime, sapevo che non avrei retto, che appena la punta mi avesse solo lambito sarai annegata nel piacere più profondo. Adam mi morse il collo tanto forte che sussultai e strattonai la catena.

«Dillo».

«Adam».

«Quattro».

Oh, che dolce, violenta smisurata agonia. La lingua si fece decisa appena varcò la porta della grandi labbra. Sussultai sentendo montare l'onda. Con tutta la forza che avevo cercai di controllare quel prepotente e lento, piacevole stillicidio.

«Adam, Adam, Adam, Adam, Adam».

Poi respirai.

«Nove», disse.

Le mani della donna mi presero le natiche per avvicinarmi alla sua bocca. Cercai di resistere, ma Adam con il suo corpo mi spinse contro quelle labbra diverse, dolci, morbide, perfette. Ben presto la lingua tornò all'attacco, e dominata dal piacere non riuscii a trattenermi più, presi a muovere il bacino al ritmo della sua lingua e Adam strinse forte i seni, quasi volesse strapparmeli mentre il suo membro spingeva sulla schiena duro e insistente.

«Non puoi», disse, «non devi, non mi avrai», sussurrò.

A quelle parole confinai l'orgasmo nell'angolo più remoto della mente, ma il corpo era praticamente sul precipizio. Come potevo trattenere quell'onda? Era disumano. Iniziai a invocare il suo nome: «Adam, Adam, Adam,

Adam, Adam», ripetutamente, concentrandomi su quelle quattro lettere mentre il mio corpo si dibatteva per resistere.

«Se vieni ricominciamo», disse con una voce che scatenò reazioni ancora più intense.

Nel silenzio dei miei respiri percepii un ronzio che conoscevo bene. Dopo un secondo mi senti invadere il sesso.

Mentre la donna leccava con maggiore intensità, Adam fece scivolare un vibratore in me. Lo muoveva lento.

«Adam, Adam, Adam, Adam, Adam, Adam, Adam, Adam».

Attaccata come un salice piangente riuscivo solo a dire il suo nome.

«Trentaquattro».

Rivoltai la testa sulla spalla di Adam in totale estasi. Adam mi strinse il collo.

«Sophie, non devi venire», ripeté ancora, «Sophie, Sophie».

Lo sentivo, ma ormai ero carne tremula, come il cervello, perduto in quella meravigliosa lussuria.

La donna smise di leccare e con la lingua salì fino alla mia bocca. E questo bastò per riapprodare per un attimo sulla terra. Assaporai il mio sapore sulle sue labbra di una morbidezza strabiliante, come la pelle del suo viso.

Intanto Adam continuava a solleticarmi con il vibratore.

La donna strinse tra le dita i capezzoli duri.

«Dillo Sophie», disse Adam.

E ricominciai a sibilare il suo nome, come un mantra, senza sosta, senza respirare.

Mentre le mani di lei premevano sul mio corpo e sul mio sesso ormai gonfio e pronto. Pronto da secoli.

Riuscii a cogliere "settanta" appena sussurrato per cadere con la testa in avanti, stremata.

Adam tolse il vibratore. Allentò la catena che mi teneva forzatamente in ginocchio e mi fece piegare carponi. Avvertii la donna sistemarsi dietro di me mentre Adam si portò davanti, lo capii quando le sue dita si insinuarono nei capelli.

«Scegli, o dici il mio nome per altre trenta volte o lo prendi in bocca».

Scelsi la seconda, era più facile.

Appena lo presi tra le labbra iniziai a succhiarlo forte, ma arrestai la mia veemenza quando le dita della donna si introdussero dentro di me e la lingua tornò a martoriare il clitoride. Troppe cose, i miei sensi erano in tilt.

Ci sapeva fare, forse per un'innata conoscenza del genere femminile. Sapeva bene cosa stimolare e anche come allentare la morsa. Mi aiutava a controllare l'orgasmo, mi portava sul bordo del burrone e poi mi faceva arretrare.

Adam scivolò fuori dalla mia bocca. Lo sentii respirare a lungo. E se lo conoscevo bene anche lui era sull'orlo dello stesso precipizio. Anni di pratiche però gli avevano insegnato a controllarsi.

Tirando la catena, tornai in ginocchio, mentre la ragazza continuò indefessa.

Adam mi prese la testa tra le mani e incominciò a baciarmi. Tanto da togliermi il fiato. Poi tenne per un po' la fronte premuta sulla mia. Sentire il suo alito, il suo respiro così vicino era destabilizzante. Perché lo volevo, ma ero senza forze per riuscire a cercarlo, potevo solo respirare.

«Sophie, ti prego, di' il mio nome, ti voglio».

E allora cominciai a ripeterlo senza sosta. Ogni volta che lo pronunciavo seguivano tre respiri, poi di nuovo il suo nome. Andai avanti così per non so quanto, potevo averne detti mille o anche solo uno. E capii di aver pronunciato il centesimo quando le mani improvvisamente si liberarono.

Gli buttai le braccia al collo e accompagnata dalle sue mi sdraiai sul materasso.

Mi tolse la benda e, esausta, cercai i suoi occhi. Lasciai cadere le braccia sul materasso, incapace di muovermi, e nei nostri corpi, ormai fusi, mi abbandonai all'orgasmo più profondo che mai avessi provato. Un piacere sotterraneo che cresceva lento come uno tsunami. Lo lasciai libero di fluire dalla mia ugola. E per la prima volta, il mio gemito di piacere si elevò intorno a noi. Quando tornai sul pianeta Terra, ad aspettarmi c'erano i suoi occhi e un sorriso riconoscente. Mai quanto il mio, che a fatica si svelò. Il più bel compleanno della mia vita. In assoluto.

Conseguenze

A fine giugno festeggiammo il nostro quasi secondo mese, volato via. Per celebrare l'evento andammo al solito ristorantino di Long Island. Il tempo di sederci al tavolo e Mildred ci aveva fatto trovare le solite ostriche.

E poi… A metà antipasto…

«Il prossimo fine settimana partirò per Philadelphia», disse Adam fissandomi serio.

«Va bene», risposi tranquilla, facendo scivolare in bocca un'ostrica e leccandomi le labbra.

Adam scosse la testa, divertito dalla provocazione.

«Vado dai miei per il quattro luglio e resto per una settimana».

«Ah», riuscii a dire. Era la prima volta che sentivo parlare della sua famiglia. Non che mi aspettassi un invito, ma considerata la nostra relazione, forse sì.

«Una settimana?», ripetei.

«Non ci andrei Sophie, ma devo, non tanto per la festa, quanto per questioni familiari. Stanno vendendo alcune proprietà e devo sistemare alcune faccende in sospeso».

«Capisco, va bene, basta che mi chiami tutti i giorni».

Adam piegò la testa di lato. «Pensi che non ti chiamerò? Lo faccio sempre».

«Sì lo so, ma una settimana è lunghissima se pensi da quanto poco tempo stiamo insieme».

«Lo so». Poi si fece più serio. «Posso chiederti di andare da Sabrina per quella settimana?».

Stralunata tossii nel tovagliolo. «Come mai?»
«Mi sentirei più tranquillo».
«Per cosa?», chiesi divertita. «Pensi che possa essere sedotta da un altro mentre non ci sei?».
Adam non rise alla battuta e quasi mi incenerì con lo sguardo.
«Cosa vuoi che faccia? Mi annoierò a morte senza di te, ma farò le solite cose, casa e lavoro».
«Non voglio che tu stia da sola e Sabrina, anche se mi odia, è molto coscienziosa».
Scoppiai a ridere. «Stai dicendo che io non lo sono?»
«Non dico questo, dài Sophie, starai dalle tue amiche e mi sentirò più tranquillo, non sarò all'altro capo del Paese immaginandoti ovunque tranne a casa».
«Come vuoi, ma devi fare qualcosa per questo problema».
«Con te è difficile, ti conosco, appena giri l'angolo ti trovi a parlare con tutti, hai un'innata predisposizione a socializzare».
«Cosa che tu non hai», risposi fredda.
«Cosa che non ho, perché non mi fido», disse tremendamente deciso.
«Posso sapere il motivo?»
«La gente non è come pensi», affermò secco.
Per il rancore con cui lo disse intuii qualcosa di lui a cui mai avevo pensato. In quei due mesi, oltre a non accennare mai alla sua famiglia, non mi aveva mai raccontato molto del suo passato, a parte qualche episodio durante il college. E d'un tratto ebbi un'illuminazione. Come mai non ci avevo pensato prima? Adam era stato tradito. Questo poteva forse spiegare la sua reticenza nei confronti dei legami e la sua morbosità. Decisi di chiederglielo.

«Adam, posso farti una domanda...? Sei stato tradito da qualcuno?».

Adam abbandonò il guscio dell'ostrica nel piatto e agguantò la bottiglia di vino. Bevve un sorso e riprese a mangiare senza rispondere.

«Io sì», dissi e dopo un paio di secondi aggiunsi, «da te».

Colpito dalla mia affermazione, Adam alzò gli occhi dal piatto gelandomi. «Non è lo stesso», disse rancoroso e con una luce negli occhi inquietante.

«Adam, cos'hai? Perché mi rispondi così? Ti ho solo chiesto se ti hanno tradito».

«Cosa vuoi sapere? Sì, Sophie, mi hanno tradito», rispose secco. «E non voglio parlarne».

«E invece dovresti», lo esortai. «Siamo io e te, se ci teniamo le cose dentro, fra di noi tutto si complica».

Adam chiuse gli occhi e inspirò profondamente. Dalla sua espressione provata capii dove era finito. Dentro ricordi duri.

«Adam».

E il suo sguardo tornò su di me.

«Ho trovato mia moglie al settimo mese che si stava facendo inculare dal mio migliore amico», disse.

Lo fissai a lungo, senza parole. Cosa aveva detto? Moglie... incinta... inculare... migliore amico... sposato... incinta. Oh mio Dio. Stavo davanti a un uomo del cui passato non sapevo nulla. Perché tenermi tutto nascosto?

«Sei stato sposato? Hai un figlio?», chiesi con la voce strozzata.

Respirò a fatica. Si vedeva che era un grande sforzo per lui, ma mai quanto il mio nel trattenermi dal ribaltare il tavolo, saltargli addosso e strangolarlo.

«Sì», disse più mesto, «sono stato sposato per tre anni ma non ho un figlio, non era mio».

«E quando pensavi di dirmelo?», chiesi, la voce rotta.
«Non lo so».
«Che risposta è non lo so?»
«Sophie, per favore, non mi va di parlarne, non mi va proprio».
«Be', io invece ne voglio parlare, perché se i tuoi problemi nascono da questo, allora devi parlarne».
«Torniamo a casa», disse deciso, «ti aspetto in macchina». E in un attimo era alla cassa del ristorante, mentre io restai seduta alla presenza della povera Mildred con i nostri piatti tra le mani.
«È successo qualcosa?», chiese preoccupata. «Le ostriche non andavano bene?».
Con gli occhi pieni di lacrime afferrai il bicchiere di vino e lo scolai. «No, tutto bene, ci scusi Mildred, dobbiamo andare», e mi alzai per seguirlo.
Mentre raggiungevo Adam alla cassa, con lo stomaco stretto in una morsa letale, ripensai alle sue parole la sera che mi aveva portato a casa con sé. Il suo discorso sul rinnegare i suoi sentimenti per me, sul tenermi lontana per la paura di perdermi. La sua "aggressione" la sera del compleanno di mio fratello. Tutti i suoi problemi nascevano da quello? A due passi da lui decisi di andare in bagno, mi girava la testa. Nella mente solo tre parole. Moglie. Sposato. Incinta. Aveva fatto il grande passo, aveva aspettato una donna all'altare. Aveva giurato fedeltà, amore e rispetto a una donna che non sapevo nemmeno esistesse e che gli aveva spezzato il cuore.
«Signorina, tutto bene?», chiese Mildred alle mie spalle.
Scoppiai a piangere come una ragazzina. «No», risposi, «per niente».
Sbigottita per la mia reazione e sicuramente anche a disagio, Mildred mi offrì un fazzoletto.

«Mi scusi», dissi rammaricata tra un singhiozzo e l'altro, «le ostriche erano buone come sempre, Mildred».

«Oh bambina, mi sono preoccupata, ti ho vista correre in bagno e poi ho visto Adam turbato, avete litigato?».

Annuii e tirai su con il naso.

Mi sorrise e mi asciugò le lacrime. «I dispiaceri del primo amore, su, fai un bel respiro, sai quante volte io e mio marito litighiamo, ma siamo ancora qui, dopo trent'anni».

"Primo amore", pensai. «Beata lei, io dopo due mesi non so più che pesci pigliare con quel mostro, e trent'anni di patemi non sono il massimo a cui ambire».

«Sì, è un mostro per far piangere una bella ragazza come te».

Mi fece ridere per la condiscendenza materna con cui cercava di consolarmi.

«Brava, un bel sorriso, vedrai, si risolverà tutto, tra meno di dieci minuti non ti ricorderai nemmeno per cosa avevate litigato, è sempre così».

Mi sciacquai la faccia e tornai in me. Non credevo possibile dimenticare quanto mi aveva appena riversato addosso.

Salutai Mildred e Arthur e uscii dal locale. Adam era in macchina. In silenzio allacciai la cintura e il motore si avviò. Nel tragitto l'osservai guidare provando per lui una incredibile pietà. Non gli avrei più rivolto parola fino a quando non si fosse deciso a parlare. Dovevo solo aspettare. Qualsiasi cosa gli avessi chiesto non mi avrebbe risposto. Era fatto così, come tutti gli uomini. Bisogna dare loro il tempo di mettere in azione quel cervello lento.

Una volta a casa, Adam sparì nel suo studio e io me ne andai in camera. L'aspettai tutta la notte con gli occhi al soffitto e con i pensieri che si rincorrevano.

All'alba lo sentii infilarsi sotto le lenzuola, dandomi le

spalle. Lo avevo abbracciato e dopo qualche minuto finalmente aveva rotto il silenzio.

«Mi sono sposato con Elizabeth subito dopo l'università, stavamo insieme dal college. Quando ci siamo trasferiti a New York, io avviai insieme a Tom, un vecchio amico di infanzia, una società di investimento nel campo immobiliare ed Elizabeth venne a lavorare con noi. Lei era un architetto. Andava tutto bene, entravano lavori, soldi e noi facevamo una bella vita. Non ci mancava nulla. Ma allora non vedevo, non avevo mai sospettato. Eravamo tutti amici, da sempre. E forse io ero troppo preso dal lavoro per accorgermene. Poi Elizabeth mi disse di essere incinta. La notizia più bella della mia vita. Era tutto perfetto, con lei era sempre così, era facile ogni cosa, ogni decisione, mai un litigio, una sintonia perfetta».

"A differenza dello stare con me, in cui era tutto tremendamente difficile", pensai rancorosa.

«Poi un giorno li ho sorpresi. Immagina di vedere tua moglie al settimo mese mentre fa sesso con quello che dovrebbe essere tuo fratello. Scoprii che la loro relazione andava avanti da anni, da prima di sposarci. Non ti dico lo shock, soprattutto quando lei mi disse che non voleva separarsi».

Spalancai gli occhi, non certa di aver capito bene.

«Si giustificò dicendomi che andava a letto con Tom perché le piaceva fare sesso con lui, che per lui provava una forte attrazione fisica, ma amava me».

Lentamente si voltò. «Tu credi sia possibile?», mi chiese.

Abbassai gli occhi. Proprio a me stava facendo quella domanda idiota? «Tu pensi sia davvero possibile stare con qualcuno, amarlo e non provare attrazione?»

«No, non lo credo». Gli accarezzai il viso e lo baciai.

«Comunque la lasciai e me ne andai dalla società cedendo la mia quota a loro due. Non volevo sapere più nulla di loro».

«E il bambino?», chiesi in un sussurro.

«Un mese dopo la separazione, a causa di complicazioni, Elizabeth morì e anche il feto. Naturalmente tutti mi accusarono e io mi assunsi la parte del colpevole, perché è così che mi sentii a lungo».

Tutte le percosse che avevo subito sembravano nulla a confronto. Non sapevo cosa dire, mi limitai a stare lì, accoccolata tra le sue braccia.

«Da allora non ho cercato più alcuna storia e il resto di me lo puoi capire da sola», concluse. «Te lo avrei raccontato, Sophie...».

«Ho capito Adam», dissi, «farò come vuoi tu. Andrò da Sabrina e Stephanie».

Adam mi prese il viso tra le mani. «Mi fido di te, Sophie, mi fido, te lo giuro».

«Lo so, ho capito, adesso che mi hai spiegato è tutto più semplice».

«E ti amo», disse deciso, sollevandomi il viso. «Sophie, guardami, io ti amo».

Annuii e scivolai con la faccia nell'incavo del suo collo. Non ce la facevo a guardarlo, per la pena che provavo per lui e soprattutto perché ormai ero consapevole che il nostro non era un rapporto a due, ma a quattro. Lui, me, il fantasma e l'altro. Fintanto che non avesse sciolto il nodo che lo teneva legato al suo passato, tra noi non avrebbe mai funzionato. Tutto quello che Adam era, le sue ossessioni, le sue paure, i suoi bisogni: tutto intrecciato intorno a quell'unico nodo. Di vero tra noi non c'era nulla.

«Cos'hai?», mi chiese accarezzandomi la testa. «Dimmi quello che pensi».

Avevo le parole soffocate in gola.
«Che cos'hai? Ti ho turbata? Mi dispiace, non volevo».
Mi baciò sulla testa e mi prese tra le braccia.
«Mi dispiace, amore, ti prego parlami, è perché sono stato sposato? Pensi che quello che provo per te sia meno? Ti assicuro che non è così. Tu sei l'unica, il mio angelo, la mia farfalla».
Mi voltai gelida e gli presi il viso tra le mani.
«Adam», dissi, «ti rendi conto che in tutti questi mesi il nostro rapporto è stato un rapporto a quattro?».
Adam mi guardò perplesso.
«Io, te, Elizabeth e Tom», dissi.
«Non è così», precisò con disappunto.
«Sì che è così e io ho dovuto subire ignara, adeguarmi a qualcosa che non mi apparteneva. Anche io ho avuto i miei problemi, ma li ho messi da parte».
«Non è la stessa cosa».
«Ascoltami, non sto facendo paragoni, quello che ti è successo è sicuramente traumatico, ma se io mi fossi portata dietro le mie macerie non avrei permesso mai che tu mi toccassi o mi prendessi come invece hai fatto. Capisci dove voglio arrivare?».
Adam si alzò di scatto.
«Dove pensi di andare?». Saltai fuori dal letto bloccandogli il passo. «Fai come al solito, non parli?»
«Sophie, mi sono aperto e ti ho appena raccontato qualcosa che per me è stato davvero sconvolgente».
«Bene, bravo, era ora, e allora? Cosa vuoi che faccia? Che ti compatisca? Che ti dica povero Adam, mi dispiace, non aver paura, anzi scarica la tua paura su di me, scarica le tue ossessioni su di me, imponi la tua virilità su di me?».
Adam mi guardò spaesato.
«E cosa dovrei fare? È già tanto che riesca a stare con te».

«Ecco, bravo, lo hai detto, è già tanto, e come dovrei sentirmi? Dovrei esserne felice?»

«Sophie, mi stai facendo incazzare», disse spostandomi di peso.

«Incazzati quanto ti pare, ma finché non deciderai di affrontare il tuo passato da me non avrai più niente».

Mi infilai decisa nella cabina armadio, dove mi vestii velocemente e raccolsi i miei tre stracci ficcandoli nella sacca della lavanderia.

«Dove stai andando?», chiese Adam sulla porta.

«Me ne vado, ci sono troppe persone insieme a noi che nemmeno conosco».

«Fermati», disse bloccandomi sulla porta, «fermati Sophie, per favore, aiutami a capire cosa cazzo sta succedendo!», sbraitò. Poi si portò le mani alla faccia e fece dei profondi respiri. «Mi mandi al manicomio», mormorò.

«Ecco, forse è il posto dove dovresti andare», dissi spingendolo per farmi passare.

Adam mi afferrò e mi obbligò a sedermi sulle sue gambe sulla panca all'ingresso della cabina armadio. «Sophie, per favore, restiamo calmi tutti e due, non voglio che te ne vada, quindi farò tutto quello che vuoi per capire, ma aiutami».

Cercai di rilassarmi.

«Brava, ora per favore ti calmi, respiri e restiamo qui dieci minuti buoni in silenzio, poi discutiamo delle tue teorie».

«Non sono teorie», ringhiai.

«Cosa ti ho appena chiesto? Io non parlo e tu non parli».

Dopo dieci minuti Adam mi fece un sorriso al quale risposi. E lo abbracciai.

«Cos'era, un attacco di gelosia?», sussurrò.

«Forse».
«Ci sei andata giù pesante», disse.
«Scusa, ma è la verità, Adam, lo sai vero?».
Fece un sospiro e mi diede un bacio casto sulle labbra. «È probabile che tu abbia ragione, ho dei problemi che ti coinvolgono e che mi sono tenuto dentro a lungo e mi dispiace per tutto quello che ti ho fatto in passato. Ma ti ho giurato che non accadrà mai più».
«Ma cosa succederebbe se domani, per caso, dovessi travisare, se una micro scintilla ti facesse perdere la ragione? Ti ricordi la sera del compleanno di mio fratello?»
«Mi fido di te».
«Non basta, Adam».
«E cosa dovrei fare?»
«Che ne diresti di prendere in considerazione una terapia?».
Chiuse gli occhi e sospirò. «Non saprei».
«Ci puoi pensare un po' su?».
Adam sorrise a fatica. «Ci penserò, basta che adesso torni a letto e domani butti via la sacca della fuga, non la posso più vedere».
Mollai la sacca a terra e mano nella mano tornammo a letto. Serrati in un abbraccio, restammo qualche minuto a guardarci.
«Per la cronaca, non conosco i tuoi amici e quelli che ho sono gay».
Mi schioccò un bacio sulle labbra.
«Non parlerò con nessuno, testa bassa finché non torni».
«Sei un demonio».
Un secondo dopo la sveglia suonò e Adam fu costretto ad alzarsi per andare al lavoro, io mi riaddormentai appena chiuse la porta.

Alle undici arrivò la donna delle pulizie e per forza di cose fui costretta a spingermi in cucina. Aggrappata al bancone sorseggiavo il caffè ripensando alla notte appena trascorsa, alle parole di Adam e a tutto quello che era stato il nostro rapporto. Provavo così tanta pena per lui. Lo chiamai al cellulare.

«Ciao».

«Sono sveglia».

«C'è Carmen?», chiese.

«Sì».

«Torno prima, sono stravolto, faccio un paio di riunioni e per le tre sono a casa. Non ho proprio voglia di stare qui».

«Non venire alla libreria, torno con un taxi così puoi rilassarti, ti va bene?».

Un secondo di silenzio.

«Giuro, non parlerò nemmeno con il tassista, gli scriverò l'indirizzo su un foglio».

«Ecco, meglio», disse.

«Dài, ci vediamo stasera e, Adam, volevo dirti che mi piace fare l'amore con te e soprattutto ti amo».

Era la prima volta che lo dicevo. E naturalmente seguì un lungo silenzio.

«Volevo che lo sapessi».

«Ci vediamo stasera», rispose.

«Baci».

Passai il pomeriggio tra sbadigli e indicazioni di Sabrina in merito alla festa di compleanno a sorpresa per Stephanie, prevista il venerdì seguente. Le dissi che proprio per l'occasione mi sarei trasferita una settimana da loro. Le accennai il desiderio espresso da Adam, che durante la sua assenza lei si occupasse di me. Ne fu in qualche modo sorpresa e compiaciuta.

Finita la giornata presi il taxi e invece di farmi portare a casa chiesi di andare al ristorante di Frank. Volevo fare una sorpresa a Adam e portargli le lasagne che gli piacevano tanto. Nell'attesa, mentre giocavo al cellulare seduta al bancone, all'improvviso comparve Thomas.

«Ciao Sophie», disse a un centimetro dalla mia faccia.

«Ciao Thomas, come stai? Che sorpresa trovarti qui».

«Già», disse. «Sono qui con alcuni colleghi di lavoro, vuoi unirti a noi?»

«No, sono venuta a prendere delle lasagne da portar via, ma c'è David?»

«No, David è tornato a casa. Posso offrirti un aperitivo mentre aspetti?»

«Perché no», dissi.

Immediatamente nella testa echeggiarono le parole di Adam sulla mia facilità nel socializzare. Il barista ci servì due cocktail e Thomas si sedette accanto a me.

«Allora, come va alla libreria?»

«Al solito! Pacchetti rossi e blu, e scatole. In questi giorni non c'è molto lavoro, per via delle vacanze, le prossime uscite sono previste per settembre. Invece tu?»

«Tutto bene, abbiamo appena preso un grosso lavoro, la ristrutturazione di un edificio sulla Quinta strada. Saranno mesi impegnativi. Ma sai che volevo chiamarti? Giovedì prossimo ci sono i Sigur Rós e io pensavo di andarci, ti andrebbe di venire?».

"Meglio di no", pensai, dopo la nottata appena passata.

«No, ti ringrazio, ma ho un impegno».

«Ah», rispose desolato. «Va bene, sarà per un'altra volta».

La teglia di lasagne arrivò sul bancone. Terminai il cocktail e ci salutammo.

A casa, trovai Adam a letto. Senza far rumore mi accucciai accanto a lui e lo svegliai con dei baci. Un secondo dopo ero sotto di lui, famelico.

«Aspettavo da ore», disse baciandomi deciso.

«Ma stavi dormendo».

«Ti aspettavo comunque». Poi con aria sospettosa disse: «Hai fatto tardi!».

«Sono andata a prendere le lasagne da Frank».

«Uhm, lasagne», mi lasciò una scia di baci sul collo mentre sbottonava la camicetta, «saporite, gustose». Un secondo dopo eravamo nel nostro limbo di lussuria e quanto accaduto la notte prima cadde nel dimenticatoio.

La mattina della partenza, Adam mi accompagnò alla mia seconda casa lasciandomi nelle grinfie di Sabrina e Stephanie.

Una volta nella mia stanzetta, mi sentii subito sola, ma avevo mille cosa da fare. Avevo preso un giorno di ferie per preparare la festa a sorpresa di Stephanie, e Steven, da buon designer, si prodigò con me per allestire la casa. Alle nove una marea di persone prese d'assalto l'appartamento. Al buio e silenziosi aspettammo l'arrivo di Stephanie e solo allora la festa esplose sotto l'incalzante musica rock.

Purtroppo, in qualità di organizzatori, io e Steven ci trovammo a fare di tutto. Schizzavamo da una parte all'altra della casa a raccattare bicchieri, a riempire caraffe di birra, a preparare cocktail di cui buona parte finiva nel mio stomaco vuoto. A metà della festa, mezza sbronza, avevo raggiunto il portico in cerca di aria. Seduta sul dondolo, mandavo messaggi a Adam, tenendolo informato sull'andamento della festa, quando all'improvviso apparve, con mia grande sorpresa, Thomas.

«Bella festa», disse sedendosi accanto a me.

«Non ti avevo visto», dissi stupita.

«Ogni volta che ho provato ad avvicinarti partivi come un razzo a raccogliere bicchieri».

«Sì, infatti adesso mi concedo una pausa».

Lessi il messaggio di Adam e veloce digitai la risposta.

«Sai, quando ci siamo visti a cena da David mi avevi chiesto quale fosse la mia canzone preferita di P.J. Harvey. Ci ho riflettuto».

«E qual è?»

«*To Bring You My Love*, al cento per cento».

Mi lasciai andare a una risata "alcolica" e iniziai a cantare le strofe che ricordavo.

I was born in the desert
I've been down for years
Jesus, come closer
I think my time is near
And I've travelled over
Dry earth and floods
Hell sud high water
To bring you my love
To bring you my love...

«Esatto», disse ridendo e un attimo dopo si fece più vicino. Lo guardai turbata. La sua mano scivolò sul mio collo. Mi scostai immediatamente.

«Thomas, sono impegnata», dissi.

«Oh, scusami. Ho visto che non c'era nessuno con te», e si guardò attorno.

«No, è fuori per lavoro».

«Scusami ancora», disse visibilmente in imbarazzo.

«Fa niente, non ti preoccupare».

«È da tanto?», chiese.

«Qualche mese».

«Scusami ancora, non immaginavo. David mi aveva detto che eri appena uscita da una storia quando ci siamo visti a cena».

«Sì, era lui la storia, che però è ripresa».

«Ah, quindi è un lascia e riprendi?»

«Più o meno».

«E adesso in quale fase sei?»

«Prendi». "Per sempre", pensai.

In quel momento mi tornarono alla mente le parole sulla mia innata capacità di socializzare. Aveva ragione. Nonostante ci fosse una marea di gente, il solo essere lì a parlare con Thomas su un dondolo mi faceva sentire colpevole, sapendo che era all'altro capo del Paese.

«Be', posso solo sperare che torni la fase del *lascia*».

«Scusa?»

«Hai capito Sophie», e mi sfiorò il naso con l'indice, «se succede sai dove trovarmi».

«Non ti facevo così sbruffone».

Scoppiò a ridere. «Scherzo, spero che le cose vadano sempre bene, ma nel caso… sai dove trovare una porta aperta».

«Ok, grazie», e risi compiaciuta per la battuta audace.

«Tienilo a mente».

L'arrivo di Sabrina mi tolse dalla situazione di disagio. Tornai dentro e ripresi la mia funzione di badante per alcolizzati. Alle tre se ne andarono tutti, mi infilai a letto vestita e mandai un messaggio a Adam.

Festa finita, a pezzi, mi metto a letto… Da sola e senza di te :-(Torna presto.

L'indomani, dopo il lavoro, me ne andai a casa senza la mia scorbutica coinquilina. Sabrina era a cena da alcune sue amiche, insieme a Stephanie. Alle otto mi chiamò Adam su Skype. Vederlo stemperò un po' la nostalgia.

Gli raccontai della festa, omettendo l'approccio di Thomas, poi notai che aveva il papillon.

«Stai uscendo?», chiesi.

«Sì, ho un gala della fondazione di cui mia madre è sostenitrice».

«Che tipo di fondazione?», chiesi incuriosita.

«Sovvenziona la ricerca medica sulle cellule staminali».

«Caspita», mormorai sorpresa.

Rise. «È solo un modo per far girare soldi esentasse», aggiunse.

Udii bussare alla porta della sua stanza. Vidi Adam alzarsi e andare ad aprire. Un secondo dopo era di nuovo davanti al video.

«Devo andare, ti chiamo più tardi».

«Ok».

Prima che spegnesse la comunicazione notai sullo sfondo una donna in un audace abito da sera accanto alla porta. Non feci in tempo a chiedergli chi fosse che il *dong* chiuse l'immagine.

Chi diavolo era? Nella testa solo quelle tre parole. Immediatamente mandai un messaggio al cellulare trascrivendo le parole esatte che mi rimbombavano nella mente. Ma non arrivò nessuna risposta.

Dopo cinque minuti decisi di chiamarlo, ma la voce registrata dell'operatrice mi disse che era irraggiungibile.

Cosa potevo fare? Ovviamente passai la serata a tormentarmi davanti alla televisione, chiamandolo ripetutamente al cellulare. A mezzanotte tornarono Sabrina e Stephanie. Non dissi nulla della lacerante lama della gelosia che scavava dentro di me da ore. Mi spostai in camera e provai ancora per l'ora successiva. Finché non rispose, e allora le uniche parole che mi uscirono di bocca furono: «Chi era quella?»

«Sophie!».

«Chi cazzo era quella donna nella stanza che è venuta a prenderti?»

«Mia sorella», rispose tranquillo. «Che ti prende?»

«E perché non rispondevi? Ti ho chiamato tutta la sera ed eri irraggiungibile».

«Il cellulare era scarico, lo sai che non durano niente le batterie di questi telefoni».

«Adam, non mi menti vero?»

«Sophie, ma stai scherzando? Non so se ti ricordi che tra noi due quello malato di gelosia sono io... Ma mi sembra che anche tu sia sulla buona strada».

«Non mi prendere in giro».

«Sophie, era mia sorella Brenda, la più piccola. Ascoltami, sono qui, mi senti? Da solo, accendi Skype così mi vedi».

Afferrai il computer e un secondo dopo il volto di Adam era sul video.

«Ti faccio vedere una foto di mia sorella», e puntò verso la telecamera una foto grande quanto un pollice.

«Cosa vuoi che ne sappia? Ho visto solo un corpo appena vestito».

Adam scoppiò a ridere. «Cosa posso fare per tranquillizzarti?»

«Torna a casa», risposi.

«Lo vorrei tanto», sospirò, «dammi il tempo di concludere queste cose e riparto».

«Mi manchi».

«Anche tu». Mi mandò un bacio al volo.

«Venerdì sono a casa e la prima cosa che farò sarà venire alla libreria, così ti potrai accertare che sono sempre tuo».

«Scusa, non so cosa mi ha preso».

«Io lo so, è quello che provo ogni volta che esci di casa, ma devo imparare».

«Anche io, temo...».
«Sei più tranquilla?»
«Sì».
«Bene, allora dormi bene e ci sentiamo domani, appena ti svegli. Aspetto la tua chiamata».
«Va bene, ciao».
Non ero mai stata gelosa, è vero, perché non ero mai stata follemente innamorata. Ma compresi quanto quell'agonia fosse frustrante e soprattutto quanto Adam avesse sofferto e quanto ancora soffrisse.
I giorni seguenti furono di noia e attesa, fino a mercoledì sera, quando, uscite dalla libreria, io e Sabrina incontrammo Thomas. Lo avevo salutato restando un po' sulle mie.
«Lavoro qui di fronte, ti ricordi?».
Sorrisi per la sottile battuta. «Sì mi ricordo».
«Stavo andando a mangiare qui all'angolo, stiamo chiudendo un progetto e si lavora anche di notte, mi fate compagnia?».
Sabrina scrollò le spalle. «Perché no, Stephanie è da sua madre».
Ci spostammo nella pizzeria all'angolo. La presenza di Sabrina mi dava conforto, quindi fui più propensa ad accettare la proposta. Purtroppo proprio nel bel mezzo della cena, Thomas tirò di nuovo fuori il discorso del concerto che si sarebbe tenuto il giorno dopo.
«Non è il gruppo che ti piace?», chiese Sabrina.
«Sì, è quello che ascolto sempre».
«Avevo chiesto a Sophie se voleva venire, ma ha da fare», disse Thomas.
Sabrina mi guardò perplessa.
«Sì, ecco, avevo un impegno», dissi facendo finta di nulla.

«Cosa? Guardare la televisione in attesa della chiamata di Adam?», chiese perfida.
«Se volete ho tre biglietti, li avevo presi in più per dei clienti, che però non possono, volete venire voi?».
Sabrina mi squadrò, poi disse quello che non avrei mai immaginato potesse dire.
«Dài, ci vediamo qui fuori alle otto».
«Fantastico!», rispose euforico Thomas.
Ormai costretta, accettai.
Salutato Thomas e salite sul taxi, aggredii Sabrina.
«Perché diavolo hai detto di sì?»
«Perché so che ti piacciono e non ci saresti mai andata da sola».
«Ah be'».
«Qual è il problema? È un concerto».
«Quello ci prova con me, al compleanno di Stephanie è stato molto chiaro».
«Ma gli hai detto che sei impegnata?»
«Certo, e lui ha risposto che spera che mi molli».
«Audace il ragazzo», commentò divertita.
«Come faccio a dirlo a Adam?», chiesi in preda al panico.
«Digli la verità, che vai a un concerto, che ci sono io, la paladina ufficiale a farti da scorta».
Sospirai e mi chiusi in me stessa.
«Di cosa hai paura?», chiese.
"Di me", pensai.
«Di niente, non ho paura di niente».
«Perfetto. Sophie è solo un concerto».
Una volta a casa, ne parlai a Adam. Incredibilmente, non fece una piega. Anzi, sembrava distante.
«Ci sono problemi?»
«No, sono solo stanco delle negoziazioni».

«Che tipo di negoziazioni stai facendo?».

Non avevo approfondito il motivo del suo viaggio, ma avevo il vago sospetto che avesse a che fare con il suo matrimonio precedente.

«Cose familiari. Mettere d'accordo tutti è frustrante».

Non volli fare troppe domande. Volevo aspettare che chiudesse quelle questioni, e chiedergli tutto una volta rientrato.

«Non vedo l'ora di vederti, non ne posso più».

«Anche io Sophie».

Ci lasciammo con la promessa di sentirci l'indomani.

E l'indomani mattina riascoltai la sua voce, più euforica. Il fatto che mancasse solo un giorno al suo ritorno era un toccasana per entrambi.

Come concordato, alle otto incontrammo Thomas davanti alla libreria e con un taxi raggiungemmo il Madison Square Garden. I momenti che precedono un concerto sono sempre elettrizzanti, soprattutto se a suonare sono i Sigur Rós. Il viaggio mentale è assicurato. Con le birre in mano riuscimmo a portarci a metà platea. Le luci si spensero e il blu dei fari introdusse le prime note di *Glosoli*. Un'atmosfera magica scese su tutti i presenti. Nessuno osò aprire bocca al suono della voce acuta del mitico Jón Þor Birgisson, tutti sospesi in quell'armonia quasi onirica che lentamente si amplia fino a esplodere nel crescendo epico del brano. Solo allora il pubblico si fece sentire in un boato. Dopo i primi tre pezzi, Thomas era scomparso ed era tornato qualche minuto dopo con altre tre birre, che scolammo a tempo record.

Altre due brani ed ero completamente rapita, incantata dall'atmosfera surreale e affascinata da quelle note, che suscitavano suggestioni eteree.

Sabrina mi fece segno che andava a comprare da bere

e non me ne curai, troppo presa dalla musica. Sull'introduzione di *Saeglopur* il pubblico si spinse in avanti e io e Thomas ci trovammo sospinti dalla calca. Davanti a noi si creò un varco e allora Thomas mi afferrò la mano allontanandomi dalla folla. La gente si muoveva sinuosa al ritmo di quelle note struggenti. Quando raggiungemmo una zona meno affollata, senza accorgermene mi trovai tra le braccia di Thomas, le sue labbra a un soffio dalle mie. E la sua bocca osò sfiorare la mia. Presa alla sprovvista, dapprima mi scostai, poi calamitata verso quelle labbra insistenti e trasportata dalla musica mi lasciai andare a un bacio mozzafiato. Come se quello fosse l'ultimo prima della morte, l'ultimo prima di chiudere gli occhi per sempre. Assaporavo avida quella lingua, così nuova e dannatamente erotica. Sulle note finali, riaprii gli occhi e mi liberai dai suoi tentacoli. Andai a cercare Sabrina, che trovai dopo una ricerca forsennata, per fortuna in fila al bar della hall.

«Sabrina, andiamocene», dissi spostandola di peso.

«Ma sei matta? È una figata questo concerto».

«Sabrina, io devo andare».

Un istante dopo Thomas era accanto a noi con lo sguardo serio. «Prendo io da bere», disse, «voi tornate al concerto».

Sabrina, ignara, si allontanò verso il corridoio e Thomas, arpionata la mia mano, mi trascinò dietro a un pilastro.

«Cosa c'è?», chiese strattonandomi il braccio, «hai dei riguardi verso il tuo Adam Scott?».

E in quel momento una secchiata d'acqua mi svegliò di colpo. Intrecciai le poche informazioni che avevo. Thomas, architetto, Elizabeth architetto, costruzioni, immobiliare, Tom diminutivo di Thomas, migliore amico: e raggelai davanti a quegli occhi pieni di rabbia. Non era possibile, era un film, la trama di un libro. Incredibile che in mezzo a quasi otto milioni di abitanti fossi capitata in quel triangolo.

«Che cosa vuoi?», chiesi.

«Tutto quello che vuole Adam», disse a un palmo dal mio viso, «e voglio vederlo soffrire, voglio vederlo morire di dolore».

«Che cosa dici?»

«Voglio vederlo perdere tutto come ho perso tutto io».

«Lo accusi della morte di Elizabeth?», chiesi basita. «È stata una disgrazia».

«No, non è stata una disgrazia. La sera in cui è morta aveva appena visto Adam e se lui non l'avesse aggredita...». Mi spinse contro il muro.

L'uomo che avevo davanti era disperato e pieno di rabbia. Provai pena per lui.

«Non è colpa di nessuno, le cose capitano e basta».

«Le cose non capitano e basta, a ogni azione corrisponde una reazione».

«Giusto, hai ragione. Allora, nel vostro caso, è bene non incolpare Adam. Incolpa te stesso e semmai Elizabeth. Se foste stati sinceri, se davvero vi foste amati, gli avresti chiesto di separarsi da Adam prima ancora che un bambino morisse».

Thomas mi guardò pieno di rabbia. «Io non ne ho alcuna colpa».

Sabrina arrivò in mio aiuto e lo allontanò da me.

«Che cazzo fai?», urlò.

«Lei amava lui, sempre e comunque», disse, e un attimo dopo era sparito.

«Che cazzo voleva?», chiese Sabrina strattonandomi.

«Andiamo a casa Sabrina, ti spiego fuori da questo posto di merda», sbraitai.

In metropolitana le raccontai tutto e prese da quella storia arrivammo al capolinea senza accorgercene.

«La storia più assurda che abbia mai sentito», disse mentre aspettavamo un taxi. «Sai quante probabilità avevi di incontrarlo? A New York? Una su cinquanta milioni».

«E l'ho incontrata io. Ci manca solo la moglie defunta».

«Cazzo Sophie, sembra un film».

«È quello che ho pensato anche io».

«Che intenzioni hai? Lo dirai a Adam?»

«Non vorrei, ma devo».

«Temi le conseguenze?»

«Sì», mormorai, «mi lascia o mi uccide».

«Vuoi che sia lì con te quando gli parlerai, posso dirgli che è stato lui a importunarti».

«Importunarmi», mormorai tra me e me. «No, Sabrina, meglio da sola. Comunque se domani per le undici non mi faccio sentire, meglio se avvisi i ricercatori della NASA, di sicuro mi avrà spedita su Saturno».

Il viaggio in taxi fu silenzioso. La mia mente era fissa su quel maledetto bacio. Che mi era preso? Perché l'avevo fatto? Non avevo giustificazione. Arrivate a casa me ne andai in camera a guardare il cellulare con il messaggio di Adam.

Torno, preparati. Adam

"Prepararmi al giudizio universale", pensai infilandomi sotto le coperte. E immancabilmente il giorno dopo arrivò. Ad aspettarmi a colazione c'era Stephanie, aggiornata da Sabrina durante la notte. Senza dirmi nulla mi aveva stretto in un tenero abbraccio e cullata per un minuto buono davanti alla macchina del caffè sgorgante. Per tutta la mattina elaborai un discorso, ma scoppiavo in lacrime appena rimettevo in ordine i ricordi della sera prima e di quello stupido bacio. Come potevo dirgli una cosa del genere senza spezzargli il cuore? E soprattutto, dopo la notte in cui mi aveva rivelato tutta la verità, quale reazione potevo aspettarmi da Adam?

Alle tre arrivai al lavoro, feci i soliti pacchetti, con la coda dell'occhio fissa sulle scale della libreria. Alle cinque Adam apparve, nel suo andamento sexy. Vidi Sabrina rabbrividire e nascondersi dietro al video, davanti al suo sorriso ignaro e disarmante.

«Tornato!», disse davanti all'oblò.

Mi sforzai di sorridergli.

«Sabrina, esco un attimo».

Sabrina scattò in piedi e mi accompagnò alla porta.

«Vuoi dirglielo adesso?», bisbigliò.

Scossi la testa.

Appena fuori dalla porta, Adam mi prese tra le braccia.

«È bellissimo vederti».

«Sei stanco?»

«Un minuto fa sì, adesso no».

«Posso stare poco, c'è molto lavoro».

«Va bene, ti vengo a prendere alle otto come al solito. Hai visto? Sono ancora tuo».

«Sì», mormorai a disagio.

Mi diede un bacio e io mi scostai per quanto mi sentivo colpevole. «Mi vedono», sibilai.

«D'accordo, a dopo, passo alle otto».

«Ti aspetto».

Lo guardai andar via con il cuore a pezzi. Come potevo raccontargli tutto? Lo avrei perso per sempre. Rientrai per terminare i pacchetti e incontrai lo sguardo di Sabrina, che sembrava sul punto di piangere.

«Non fare quella faccia».

«Scusa, ma è straziante tutto questo».

«Lo dici a me?».

Perché il tempo è così crudele? *Tic tac* dopo *tic tac*, inesorabile. Ci sono giorni che sembrano non finire mai e altri, come oggi, in cui quattro ore si trasformarono in quattro minuti.

Salutai Sabrina davanti all'auto di Adam.

«Sophie, continua a ripeterti che andrà tutto bene, tutto bene, tutto bene, qualsiasi cosa accada ci siamo noi», disse mentre mi stringeva forte in un abbraccio.

Sospirai a fatica trattenendo il magone. Sarei rimasta tra le sue braccia per sempre piuttosto che affrontare l'imminente tempesta. «Se alle undici non hai mie notizie, preoccupati».

«Non farlo, non dirglielo», disse affranta. Le sorrisi e sistemandomi sul sedile le strizzai l'occhio. Chiuse lo sportello e restai a guardarla mentre l'auto si muoveva.

«Tutto bene?», chiese Adam prendendomi la mano. «Cos'ha Sabrina? Ci sono problemi? Non l'ho mai vista così scossa», disse.

«Niente, ha litigato con Stephanie», mormorai a fatica.

«Spero niente di grave».

«No», risposi, «niente che non si possa risolvere».

Mi baciò la mano, dolce, mostrandomi il suo sorriso sincero e io cercai di fare lo stesso.

«Sei stanca?», chiese, forse stupito per il mio strano silenzio.

«Un po'».

Per un destino beffardo, dalla radio, le note di *Saeglopur* dei Sigur Rós si appropriarono dell'abitacolo e del mio animo. Appoggiai la testa al finestrino perduta nei pensieri, mentre sfrecciavamo lungo le vie di una New York perennemente in movimento. Fantasticai su Sabrina in metropolitana preoccupata per me, Stephanie a casa a preparare la cena, mio fratello che baciava la pancia di Miranda, mia madre mentre sferruzzava, Steven e David sul divano a guardare *Grey's Anatomy*. "Non era niente, non era niente", pensai stringendo la mano di Adam. Intrecciai le dita alle sue sperando che non fosse l'ultima volta. Ero sicura che la delusione lo avrebbe accecato, tanto da non volermi più, ma non era quello a farmi paura. Quello che mi spaventava era il dolore che di nuovo sarebbe stato costretto a rivivere a causa mia. Arrivati a casa, trovai la tavola imbandita. Non feci in tempo a togliermi la borsa dalla spalla che mi ero trovata sul divano tra le sue braccia, stordita dalla sua bocca. Mi scostai infastidita e Adam si fermò meravigliato.

«Cos'hai?», chiese.

Ecco, era il momento.

«Devo dirti una cosa», dissi scivolando via da lui. Adam si sedette accanto a me e con le dita iniziò a giocare con i miei capelli.

Gli presi il volto tra le mani e lo fissai a lungo. «Adam, io ti amo, come nessuno mai, lo sai questo?»

«Certo», rispose e cercò un bacio al quale risposi fredda.

«Adam, io non ho mai amato nessuno come amo te, sei tutto ciò che voglio», ribadii.

Sorrise. «Ok e allora?», chiese, pieno di felicità.

«Non ti ho detto alcune cose e...», presi a tremare. Il fiato si era fatto corto.

«Sophie?», chiese preoccupato, «cosa...».

Lo interruppi. «Parlo io, tu devi solo ascoltare e, per quanto puoi, devi farlo fino in fondo, poi sarai libero di dire e chiedere qualsiasi cosa, io non mi opporrò».

«Mi spaventi, perché tremi?», chiese facendo scivolare le mani sulle mie braccia.

«Giuralo», dissi guardandolo dritto negli occhi.

«Te lo giuro».

Feci due respiri profondi e cominciai a parlare sotto il suo sguardo curioso. «Ti ricordi la sera dopo quella in cui sei tornato da me? Ero andata a cena da Steven e David. Ecco, quella sera ho conosciuto il collega di David, ti ricordi?»

«Quello che ti ha accompagnata a casa?»

«Esatto», risposi. «Dopo quella sera non l'ho più visto». Immediatamente il suo sguardo si abbassò sulle mie mani tremanti. Lo sapevo, lo intuivo, lo sentivo. Non mi guardava più perché aveva iniziato a capire.

«Continua», disse con tono distaccato.

«L'ho rivisto la sera del compleanno di Stephanie, abbiamo parlato del più e del meno e poi lui ci ha provato. Ma io gli ho detto che stavo con te, lui si è scusato e tutto è finito lì».

Il respiro di Adam si fece più trattenuto e affaticato. «È successo altro?», chiese sempre senza guardarmi.

Riluttante, mi presi qualche secondo per una risposta.

«Dài cazzo! Smettila con questo preambolo di merda!», sbottò scattando in piedi. «Dimmi cosa altro è successo per essere sull'orlo di un attacco di panico».

«Adam», iniziai a piangere.

Un attimo dopo mi aveva sollevata di peso per un braccio. «Parla, cazzo!», disse a un centimetro dalla mia faccia.

«È Tom», sussurrai con un filo di voce.

Lasciò andare la presa e barcollò indietro di un passo.

«È Tom, Adam», ripetei avvicinandomi, «e mercoledì, quando sono andata al concerto con Sabrina, c'era anche lui e mi dispiace Adam…».

«Cosa?», chiese con un tono stranamente controllato. «Cosa Sophie? Cosa è successo?»

«Ci siamo baciati», risposi.

Lo vidi chiudere gli occhi e serrare i pugni trattenendo l'impeto di spaccarmi la testa.

«Ma non è successo niente, lo ha fatto apposta, mi ha detto che vuole vederti soffrire, vuole vederti morire di dolore per quanto hai fatto a Elizabeth».

Adam, a occhi chiusi, alzò la testa al soffitto lasciandosi andare a un lungo sospiro.

«Vai via», disse.

«Adam, me lo sono trovato addosso».

«Basta Sophie, va' via, ti prego».

«Non permettergli di farti soffrire per niente».

«Sophie, vattene prima che ti faccia del male», disse tenendo i pugni serrati.

Cercai di avvicinarmi, ma Adam raccolse un vaso dalla mensola e lo scagliò contro il muro.

«Va' via, cazzo, sparisci!».

«Dimmi cosa stai pensando. Parliamone». Cercai di avvicinarmi con le mani in avanti. «Non è successo nulla, nulla di irreparabile».

«Vuoi sapere cosa penso?», disse con uno sguardo indemoniato. «Ti accontento! Sophie, sei una puttana come tutte le donne, non hai niente di diverso dalle altre, basta che un uomo vi si avvicini con un fare seducente e subito vi offrite. Mi prendi per un idiota?». «*Ci siamo baciati*», disse imitandomi. «Almeno potevi dire *ha tentato di baciarmi*, ma tu non menti mai Sophie e se lo fai non sei brava».

«Non so cosa mi è preso, me lo sono trovato addosso».

«Basta, Sophie, non me ne frega niente di uno stupido bacio, di sicuro avrai bevuto, la musica ha creato l'atmosfera giusta e tu ti sei fatta prendere. Me ne sono fatte tante di donne e so come è facile manipolarvi», disse fissandomi.

Abbassai lo sguardo colpevole e Adam rise sprezzante.

«Mi dispiace», mormorai. «Io… Io ti amo».

Si infilò le mani in tasca e fece un sorriso amaro. «L'ho già sentito dire», scosse la testa. «Non farlo anche tu». Raccolse la borsa da terra e me la tese.

L'afferrai e a testa bassa me ne andai verso la porta. «Per quanto valga, io aspetto, Adam».

«Vattene», sbraitò.

In ascensore mi aggrappai al poggiamano con un senso di nausea. A piedi camminai fino alla E110th Street e da lì presi la metropolitana per raggiungere casa. Sabrina e Stephanie mi aspettavano. Mi accolsero nel loro letto senza chiedere nulla. Per loro era rincuorante vedermi almeno sana e salva.

Il giorno dopo mi svegliò Steven, rammaricato per tutta la faccenda. Sabrina lo aveva chiamato la sera prima raccontandogli tutto sul collega di David. Anche lui volle parlarmi. Non sapeva nulla di quella storia. Mi sforzai di essere accomodante, anche se avrei voluto strozzare Sabrina per aver parlato.

«Dovevo sfogarmi con qualcuno, far sapere a quel pezzo di merda che è un lurido bastardo», si era giustificata.

Io me ne ero andata in camera e per l'intero giorno ero rimasta a fissare l'albero di fronte a casa e la signora White sistemare il suo roseto.

La sera, Stephanie, mi aveva messo tra le mani un piatto di pollo al curry, che rimase intatto fino alla mattina seguente. Anche il secondo giorno lo passai agonizzante a fissare l'albero.

Ai milioni di messaggi mandati a Adam, lui rispose con uno soltanto. Categorico.

Ho lasciato la sacca da tuo fratello.

E naturalmente la sera venne a trovarmi Fred. Aveva saputo da Adam che ci eravamo lasciati, quando era andato a disdire l'abbonamento al garage.

Non entrai nel merito delle cose e per una volta lui non pronunciò la solita frase. Non il suo *te l'avevo detto*, bensì *passerà*.

"Passerà": la parola che sentii ripetermi in continuazione nei giorni seguenti. "Passerà".

No, non sarebbe passata mai, come la morte di papà per mamma, per me e mio fratello, come un pezzo del tuo corpo mancante, insostituibile. Un vuoto, un senso di perdita, un senso di morte.

Sabrina, al lavoro, cercò il più possibile di coprirmi, ma dopo due settimane decisi di licenziarmi. Poi scrissi una lettera a Adam scusandomi di tutto e augurandogli di credere ancora nell'amore. Sicuramente da qualche parte esisteva una donna che non fosse una miserabile e lui meritava di trovarla. Non so perché la scrissi, forse per sentirmi meno in colpa. In quelle settimane ripensai agli episodi legati a Thomas. Era stato abile, un maledetto manipolatore. Anche se Adam avesse accettato quel momento di debolezza, ero io che ormai non avrei più sopportato di stare con lui. Non ne ero degna. E così, giorno dopo giorno, piano piano, continuai a respirare, poi, un bel mattino, mi alzai con una gran voglia di correre. Proprio come Forrest Gump. Correre senza pensare. Indossai una canottiera, un paio di pantaloncini e uscii di casa in cerca di un'emozione capace di alleviare l'apatia. Faceva caldo, il sole picchiava. Ne rimasi quasi sorpresa, avevo passato venti giorni isolata, senza accorgermi che la stagione estiva era in pieno fermento. Ero fuori allenamento, per cui feci due isolati di corsa e poi camminai per altri due, poi altri due isolati in camminata e altri due correndo. Piano piano acquistai maggiore costanza e gli isolati percorsi di corsa divennero tre. Arrivai fino allo zoo del Bronx, senza quasi rendermene conto. Acquistai un biglietto e andai a trovare l'orso polare nel suo habitat innaturale. Sembrava a suo agio, osservandolo. In fondo si era adattato alla cattività.

"Adattarsi e cercare il meglio", pensai osservandolo mentre giocava con i suoi cuccioli. Fu in quel momento che il telefono squillò. Era mio fratello. Mi comunicò a gran voce che Lenya era nata. La prima notizia bella da giorni. Tornai a casa, mi cambiai e raggiunsi l'ospedale. Appena vidi mio fratello, pieno di orgoglio per essere diventato padre, con quel piccolo fagotto tra le mani, mi dissi che non potevo permettermi di soffrire, avevo così poco tempo per essere felice. La vita andava avanti, sempre e comunque.

Tornata a casa, carica di energie nuove, iniziai a cercare lavoro seriamente. Come avevo ipotizzato a suo tempo con Richardson scelsi il settore dell'arte. Selezionai tutte le gallerie di New York e mandai il curriculum. Dopo un paio di giorni rispose la signora Bradford, di un'anonima galleria nel West Side. Quando andai a farle visita, davanti alla vetrina mi caddero le braccia. Invece di un ambiente sofisticato, asettico, una vera esposizione di arte, mi trovai davanti una specie di ricettacolo di cose vecchie e polverose. Cercava un'assistente, suo marito era morto da qualche mese e lei non ce la faceva da sola. La paga era duemila dollari al mese e accettai, a patto che mi lasciasse del tempo per studiare e concludere l'università.

Per festeggiare il mio nuovo lavoro, Fred mi invitò a cena. Miranda era ancora in ospedale. Naturalmente, per tutta la sera, l'argomento di conversazione fu Lenya. Numero di poppate, numero di rigurgiti, sbavate, sorrisi. Alla fine della cena, mentre mio fratello era al telefono con Miranda, esaurita dal resoconto di Fred mi ero accasciata sul divano lasciando che Briciola mi leccasse la mano. Buttai un occhio al computer di mio fratello sul tavolino e riconobbi le telecamere del Lether Parking attive. Fu strano rivedere le immagini che avevano accompagnato il mio ritorno a New York.

E lì, con mio enorme stupore potei assistere al rientro di Alice Truman con la sua bella Mercedes rossa. E ancora più sorpresa vidi scendere dal lato guidatore Adam. Abbracciati, erano usciti dall'autorimessa. Stava andando avanti con quello che gli riusciva meglio. Fottere. Per un millesimo di secondo mi rammaricai di essere io la causa, poi un campanello nella testa mi svegliò... Illuminata...

A pensarci bene, in fondo, io non avevo fatto proprio nulla. Mi ero trovata coinvolta. E poi si era trattato solo di uno stupido bacio. Ma il punto non era l'episodio in sé. Il punto era che io ero riuscita ad andare oltre, mi ero riconciliata col mio passato. E come io avevo imparato ad avere la consapevolezza dei miei limiti, così poteva farlo benissimo anche lui, e se non ne era capace non era certo colpa mia.

«Vaffanculo», mormorai.

Briciola abbaiò, approvando. E quindi presi il cellulare e decisi di mandargli un messaggio.

Scopa bene Adam, godi tanto, ma cerca anche di vivere.

Lasciai casa di mio fratello alle undici. Mi sentivo stranamente serena, dopo tanto tempo. Era come se mi fossi tolta la carogna dalla spalla. Spazzata via dalla presa di coscienza di non avere alcuna colpa.

Sulla strada del ritorno, Sabrina mi avvertì con un SMS di essere al solito locale lesbo-gay, in compagnia di Steven e David, ma preferii tornarmene a casa. A letto, mentre navigavo su Internet passando da una pagina all'altra, il pop-up mi avvisò di una nuova email.

Da: Adam Scott
A: Sophie Lether
Oggetto: Tuo messaggio

Cara Sophie,
ho provato, ma tutto ritorna a galla ed è anche peggio. Conosco un solo modo per non dover sopportare la pena che mi porto dentro. Ho imparato a conviverci. Invidio la tua capacità di adattamento. Tu Sophie sopravvivi a tutto, sempre. Non è altrettanto facile per me. Non ti accuso di nulla, non c'entri nulla, ti ho trascinata nel mio mondo pensando che potessi aiutarmi. Sono solo io che posso farlo. Per quanto sia dura ti auguro tutto il bene possibile, Sophie, un uomo che ti ami semplicemente, e che ti renda felice. Mi dispiace.
Adam

Rilessi due volte l'email e poi gli risposi a caratteri cubitali su skype.

VAFFANCULO! COGLIONE! Sei sempre bravo a far finta di non capire.

Dieci secondi dopo mi arrivò un nuovo messaggio.

Cosa devo capire?

Che sei un coglione!

Appurato che sono un coglione, ripeto, cosa devo capire?

Che nessuno ti obbliga a soffrire, che sei liberissimo di lasciarti il passato alla spalle.

Lo vorrei.

Fallo. Ti rivelo un segreto. Sai cosa succede se ti lasci il passato alla spalle?... Semplicemente vivi.

Tu non puoi capire.

Eh già! Io non capisco! Io che sono stata violentata, picchiata tanto da non riconoscermi più allo specchio, che ho passato un anno in un centro psichiatrico... Se mi fossi preclusa il futuro non avrei incontrato te e non avrei scoperto che esiste una possibilità.

Possibilità?

Lo fai apposta a non capire? Possibilità di essere felice.

Dopo un quarto d'ora senza risposte, decisi di mandargli un ultimo messaggio.

Adam,
poniti questa domanda: qual è stato il momento più felice che hai vissuto negli ultimi anni? Quando sei stato sereno e "soddisfatto" dopo la morte Elizabeth? Se la risposta sfiora il tuo cervello pigro, allora ricerca quella felicità, scegli quella serenità. Niente potrà cambiare ciò che è stato.
Dopo le mie massime di psicologia spicciola, ma tutto sommato pratiche, che spero portino consiglio, ti auguro buonanotte.
Sophie

P.S. Da che sto al mondo, se penso a un momento in cui il mio cuore mi si è riempito di felicità e speranza, me ne vengono in mente diversi e c'eri sempre tu con me. E se penso a un momento in cui il cuore mi si è spezzato dal dolore e ho visto solo buio, anche in questo caso c'eri tu. Per quanto valga, io aspetto.

Dopodiché spensi tutto... compreso il cervello.

Alle quattro mi svegliò Sabrina, visibilmente ubriaca.

«Sophie, sveglia».

«Che c'è?», chiesi contrariata, infastidita dal suo alito alcolico.

«Credo ci sia Adam qui fuori, o almeno mi pare, è la sua macchina quella?», chiese scostando la tenda.

Scrutai la strada e riconobbi la sua auto e improvvisamente il sorriso si stampò sul mio viso.

«Sì», disse Sabrina, «è la sua», aggiunse urlando.

«Te l'avevo detto», rispose Stephanie dal soggiorno.

Infilai le scarpe e corsi fuori come un fulmine. Ecco, se qualcuno un giorno mi avesse chiesto: «Quale è stato il momento più bello della sua vita, signorina Lether?», be', senz'altro quello. Una felicità come quella provata da bambina davanti ai regali sotto l'albero di Natale. Perché avevo espresso un desiderio e sapevo che in quel pacco c'era la cosa che volevo di più al mondo.

Attraversai la strada piena di gioia, poi frenai il mio entusiasmo a pochi centimetri dalla sua auto e appoggiando le mani al finestrino scrutai l'interno. E lo vidi... Sorrideva.

«Ti sei dato una risposta?», chiesi trattenendomi dal saltargli addosso, quando fu fuori dall'auto.

«Se faccio il coglione?», chiese.

«Anche», dissi ridendo. «Sai, questo è il più bel momento della mia vita».

«Anche per me», sussurrò stringendomi forte.

Il bacio che ne seguì colmò il mese della sua assenza.

«Vuoi entrare?», chiesi scivolando a terra sempre salda nelle sue braccia.

Vidi l'ombra della colpa oscurare il suo viso. «Sophie io ho cercato di cancellarti e devo essere sincero...».

«Lo so, Adam», mormorai sfiorandogli con le dita la guancia. «Con chiunque tu sia stato non mi importa e non voglio sapere nulla».

Adam chiuse gli occhi, forse incredulo di fronte alla mia indulgenza. Ma che altro potevo fare? Se era lì significava che mi voleva ancora e io altrettanto. Poteva bastare.

«Sono un miserabile al tuo confronto», disse, «non so come tu possa perdonarmi ancora».

«Non voglio sapere nulla, non ti chiedo nulla, però non escludermi più».

«Sei stata nei miei pensieri sempre, ci sei sempre e solo tu».

Mi morsi le labbra. «Adam, sei qui e questo basta». Gli

diedi un bacio leggero, che divenne di fuoco in un secondo.

«Posso entrare?», chiese prendendomi in braccio.

«Certo», risposi stretta a lui come una bambina.

Ad attenderci, al tavolo della cucina, Sabrina e Stephanie che come al solito si viziavano di pane e cioccolato.

«E bravo Adam!», disse Sabrina facendo scivolare il barattolo sul piano.

Adam scosse la testa divertito, raccolse la mia mano e la baciò. Spalmai due belle fette, una per me e una per lui.

Nella mia testa un'unica immagine: noi quattro intorno al tavolo e le preoccupazioni, altrove, ovunque, ma non lì.

Party horror

Dopo quella sera, ritornai a casa di Adam e tutto riprese secondo i ritmi di sempre. Il nuovo lavoro nei giorni seguenti mi impegnò non poco. Avevo avuto dalla signora Bradford carta bianca per sistemare il suo magazzino-galleria-di-roba-vecchia. E per farlo pianificai tre giorni di svendita che richiamarono diversi acquirenti. Ci liberammo così di un sacco di cianfrusaglie, per fare spazio a nuove opere. Naturalmente la cospicua somma guadagnata riuscì a saldare in parte i debiti e comunque a darci un po' di respiro per avviare un restyling del negozio.

Adam ufficializzò il nostro ritorno insieme – per modo di dire – presentandomi ai suoi amici. Seth, il padre fedifrago visto al bar Lucas tempo addietro, suo socio in affari, sua moglie Annabelle, poi John, amico del college che lo aveva sempre seguito negli affari, e James, uno chef. Le altre persone che conobbi facevano parte della cerchia di uomini d'affari con cui di tanto in tanto era obbligato a intrattenersi in cocktail o party noiosissimi. E quello a cui mi trovavo non era tanto diverso. Solita musica da vecchi e champagne a fiumi.

Il fatto che fossi riconosciuta come la sua compagna ufficializzava anche la sua condizione di uomo impegnato, e non più single da accalappiare. Ciò nonostante, la mia presenza non impediva alle invitate di circuirlo con i loro begli occhioni e quei corpi scolpiti da intense sedute in palestra o nei centri estetici. Non ero gelosa, perché Adam non le degnava di alcuna attenzione. Al massimo si concedeva a cortesi conversazioni.

In quelle occasioni Adam si annoiava più di me. Quando parlava con qualche magnate, ogni tanto mi lanciava una sguardo di intesa e capivo che in quel momento pensava a tutt'altro…

La serata procedeva come al solito. Io ero appollaiata su uno sgabello con la moglie di Seth a chiacchierare come sempre di niente, quando all'improvviso una mano aveva solcato la mia schiena. Mi ero subito scostata e mi ero trovata di fronte Thomas, alias Tom.

«Ciao Sophie», disse assestandomi un bacio sulla guancia.

Scesi dal trespolo e gli piantai un tacco nel piede. Thomas non si scompose minimamente, sorrise e lanciò un'occhiata alla mia compagna di cocktail.

«Ciao Annabelle», disse Tom.

«Ciao Tom», rispose scortese lei.

Cercai tra la folla Adam.

«Cerchi Adam?», chiese. «È sulla veranda, non può vederti».

Guardai verso il terrazzo e individuai Adam intento a parlare con un mastodontico ciccione. Annabelle si allontanò velocemente, per andare ad avvertirlo. Rimasti soli, Thomas si protese verso di me per parlarmi. Restai impassibile e immobile.

«So che vi siete lasciati dopo il nostro intenso incontro», disse.

Sorrisi sprezzante. «Come vedi siamo tornati insieme, e Tom, per favore, sei patetico».

Mi strinse le guance tra le mani portandosi a un palmo dal mio viso.

«Penso ancora alla tua lingua, ho ancora il tuo sapore in bocca».

«Sei malato», dissi scostandomi.

Feci due passi indietro e la mano di Adam afferrò la mia spostandomi dietro di sé.

«Tom», disse Adam in tono cortese.

«Adam», rispose Tom nello stesso tono.

Essendo due uomini d'affari, erano in grado di mantenere una certa compostezza, mentre occhi indiscreti assistevano a quell'incontro. Nessuno avrebbe potuto immaginare l'odio e la disperazione che in quel momento affliggeva le nostre anime.

«È tanto che non ti vedo», disse Tom. «Ero venuto a salutare Sophie... era qui tutta sola e sconsolata. Hai ancora il brutto vizio di lasciare le donne a se stesse. Devi stare più attento», disse arrogante.

«Mi fa piacere vederti e che ti ricordi di Sophie», rispose Adam.

«Sì, me la ricordo molto bene», poi si piegò verso Adam e gli bisbigliò qualcosa all'orecchio. Anche se non sentivo, sapevo bene cosa gli stava dicendo, qualunque cosa potesse farlo ardere di furore. La mano di Adam si strinse intorno alla mia, quasi a stritolarla.

«Spero di non aver risvegliato lontani rancori», disse Tom tornando composto.

Un attimo dopo Seth era accanto a Adam e solo allora lui lasciò andare la mia mano.

«Mi spiace interrompervi, ma alcuni ospiti cercano Adam».

«Nessun disturbo, stavo per andarmene».

«Arrivederci Sophie», disse Tom ammiccante.

Abbassai lo sguardo. Il mio unico desiderio era scappare. Rimasti soli tra la folla, Adam mi lasciò sui divanetti, sotto la presenza vigile di Annabelle e Seth. Ci restai per l'intera serata, mentre lui proseguiva le sue conversazioni di affari. Per tutto il tempo pregai che in lui fosse più forte la ragione anziché il tormento a cui l'inaspettata comparsa di Thomas lo aveva costretto. Di sicuro a casa mi aspettava una scenata, forse il silenzio, forse mi avrebbe lasciata di nuovo.

In auto, finalmente soli, trovai il coraggio di proferire parola. «Come stai?», gli chiesi prendendogli la mano. Adam si ritrasse in modo deciso. «Ne parliamo a casa».

Guardai fuori dal finestrino sospirando. Cosa gli aveva detto Tom? Cosa diavolo gli aveva sussurrato?

Lasciata la macchina al parcheggio, mi ordinò di salire a casa e di aspettarlo in camera. Mi diressi da sola verso l'ingresso.

Stewart, il custode, aprì il portone sorridendomi come al solito. Adam si trattenne con lui e io senza aspettarlo proseguii verso l'ascensore. Vidi Adam consegnare dei soldi al custode. Guardai il cursore dell'ascensore provando angoscia. Per una strana ragione avevo fretta, fretta che accadesse quello che doveva accadere, per poi ritrovare il mio Adam, dolce e premuroso.

Entrata in casa sistemai il soprabito sull'attaccapanni e mi diressi in camera.

Mi spogliai, liberai i capelli dalle forcine e, dopo essermi rinfrescata, tornai in camera da letto Mi cambiai per la notte, mi sistemai davanti alla finestra ad aspettarlo. Di Adam nessuna traccia. Iniziavo a preoccuparmi. Dopo un'eternità, piena di timori mi spostai in soggiorno e lo trovai seduto sul divano, ancora con il soprabito addosso. Tra le mani un bicchiere di whisky con cui giocava facendo tintinnare il ghiaccio.

«Adam?», dissi con voce paralizzata.

«Vuoi scopare Sophie?», chiese alzando appena gli occhi su di me.

«Se tu lo vuoi, sì», risposi incerta.

Appoggiò il bicchiere sul tavolo, si alzò in piedi e si tolse il soprabito abbandonandolo sul divano. Tese la mano affinché lo raggiungessi e così feci. Appena gli fui davanti cercai di abbracciarlo, ma Adam mi afferrò la testa e baciandomi mi fece sdraiare sul divano. Mi tolse la maglia e i pantaloni alla velocità della luce. E le sue mani erano decise, più veloci del solito. Appena le dita sfiorarono il mio sesso fermò i preliminari e fissandomi deciso disse: «Eri bagnata così anche per lui?»

«Adam», mormorai incredula.

«Ti ha eccitato la sua lingua?», chiese ancora stringendomi la mano intorno al collo.

«No», risposi cercando di scostarlo.

«Lo volevi, sì che lo volevi, volevi farti scopare da lui», disse rabbioso.

Non riuscivo a muovermi, mi tratteneva per le spalle schiacciandomi con il peso del suo corpo.

«Io non ho fatto nulla, ne abbiamo già parlato».

«Come posso crederti, come?», sbraitò.

«Te lo giuro».

A quel punto mi lasciò libera. Poi si alzò dandomi le spalle.

«Ti amo Adam, te lo ricordi? Adam, sono qui, sono con te».

Trascinandomi dolcemente con sé mi portò nella sala degli attrezzi. Sembrava più calmo, o almeno lo era all'apparenza. Dall'armadio prese la catena con il collare e lo lasciai fare. Forse aveva bisogno di sfogarsi, pensai, e non avevo certo voglia di contrariarlo in quel momento delicato.

Adam strinse il collare, mi agganciò alla trave del soffitto e mi imbavagliò con la pallina di gomma rossa. Era la cosa che odiavo di più. La deviazione al setto nasale e quella palla in bocca non mi permetteva di respirare bene, lo sapeva benissimo. Sapeva anche che, per non soffocare, mi concentravo nella respirazione, non riuscendo a godere. Per questo motivo non la usava più.

Strinse le fasce di cuoio alle caviglie e le incatenò ai ganci del pavimento, immobilizzandomi a gambe divaricate.

Se tutto andava bene, un'ora e tutto sarebbe finito. Dopo avere evacuato il suo sperma avrebbe passato la notte a coccolarmi, che era quello che desideravo di più.

Da un piccolo flacone versò due gocce negli occhi, poi fissò la testa tra le catene in modo che non potessi più muoverla.

Non capivo, era la prima volta che faceva una cosa del genere. E il suo sguardo non era affatto rassicurante. Non lo avevo mai visto così indecifrabile.

Sistemò una benda sugli occhi con degli inserti di metallo. Con le dita divaricò la palpebra destra immobilizzandola con il morsetto gelido, poi fece altrettanto con la sinistra.

«Adesso vedrai quello che ho dovuto sopportare», disse a un palmo dal mio naso.

Soffiai dalle narici, spaventata: era l'unico modo per fargli capire che avevo paura.

«Mi hai umiliato, lo hanno visto tutti», e sferrò una frustata al ventre. «Volevi farti scopare da Tom», sbraitò.

A quella frase roteai gli occhi nella speranza che cogliesse il mio disappunto.

«Hai ammiccato come una troietta qualsiasi, te lo volevi fare», disse sferrandomi una seconda frustata.

Volevo muovere la testa per dirgli di no, ma ero completamente immobilizzata.

«Volevi farti sbattere da lui e lui non vedeva l'ora di infilartelo dentro», e la frusta violò ancora la mia pelle.

Iniziavo a essere decisamente preoccupata, la veemenza con cui mi colpiva non era la solita. *Voleva* farmi male. Ancora tre frustate e poi infilò il manico dentro la vagina secca. Mugugnai per il dolore. Con un colpo di reni cercai di muovermi.

Adam indietreggiò di un passo e rapido mi sferrò una nuova frustata, questa volta sulla schiena.

«Ho passato tutta la serata a immaginare lui che ti scopava, mentre tu godevi».

Ma io cosa diavolo c'entravo? Non avevo fatto nulla. Odiavo Tom, lo odiavo con tutto il cuore.

Dopo l'ennesima frustata lasciò cadere a terra il frustino e sparì dalla stanza, lasciandomi al buio.

Nell'attesa il mio respiro tornò normale. Ero fradicia di sudore, e i segni delle frustate sulla mia pelle bruciavano. Dovevo stare calma, prima o poi sarebbe ritornato in sé. Ne ero certa, o almeno lo speravo. Le braccia mi facevano male ed ero stanca di quella posizione. Poi il campanello di casa suonò. Sentii la voce di Adam, ma a chi si rivolgesse non riuscivo a immaginarlo proprio.

Dopo un tempo che mi parve infinito la porta si riaprì e Adam comparve, completamente nudo. Accese la lampada per illuminare un po' la stanza.

Si sistemò comodo sulla poltrona, con le gambe divaricate, proprio di fronte al mio altare sacrificale.

«Adesso vedrai cosa significa essere umiliati, lo vedrai con i tuoi occhi», disse. «Entrate».

Due donne, una bionda, l'altra mora, fecero il loro ingresso completamente nude su dei tacchi vertiginosi.

"Adesso vedrò", pensai basita. Stava accadendo davvero?

La bruna raccolse la frusta a terra e si sistemò accanto a me, mentre la bionda si portò davanti a Adam e inginocchiandosi avvicinò la bocca al suo membro già eretto. Appena la bocca della donna sfiorò il glande, Adam rilassò il capo sullo schienale senza togliere gli occhi dai miei, inermi.

«Brava, così, succhialo bene», disse gemendo.

Roteai le pupille per allontanare lo sguardo e immediatamente una frustata risvegliò il dolore delle prime.

«Guardami», ringhiò Adam.

Preferivo morire colpita dalla frustate piuttosto che vederlo godere con un'altra donna.

Le successive frustate non mi convinsero comunque, continuavo a fissare a terra, disgustata dai gemiti di Adam. Solo quando avvertii Adam ansimare più forte tornai a guardare. Stava per venire. Lo conoscevo bene. Quando ero io a farlo ansimare in quel modo, gioivo per il piacere che di lì a poco si sarebbe manifestato. Ma questa volta era un'altra, una qualunque, a dargli il medesimo piacere e non fu per niente gradevole assistere alla scena.

«Oh sì, succhia tutto», disse prima di sussultare, travolto dalle scosse dell'orgasmo.

La bionda, dopo aver ingoiato il suo sperma, si alzò per piegarsi a novanta gradi e appoggiando le mani sui braccioli si posizionò di fronte a lui, ancora seduto.

La mora depositò il frustino a terra e li raggiunse. Si sedette e con il viso si mise sotto il sesso della bionda e prese a leccarglielo mentre Adam osservava stuzzicandosi per rianimarsi, baciato dalla bionda. Quando il suo pene tornò duro cambiarono posizione. La bionda si sistemò sulla poltrona al posto di Adam con le gambe divaricate, e mentre l'altra continuava a leccargliela, in ginocchio davanti a lei, lui la prese da dietro.

Conoscendolo sarebbe andato avanti tutta la notte, pur di punirmi. Punirmi per cosa, poi? Per una sua maledetta fissazione. Avevo accettato tutto, ma questo oltrepassava ogni limite, mio e suo. Come faceva a non rendersene conto?

I gemiti e l'odore dei corpi accaldati ed eccitati mi stavano infettando, oltre la mente, anche l'unica narice disposta a tenermi in vita. Dopo essere venuto una seconda volta, aveva lasciato le due donne che si baciavano e leccavano ripetutamente, stuzzicandosi con il mio vibratore rosso, poi dopo un'infinità di tempo, era ritornato con una bottiglia di acqua tra le mani. Ne bevve un bel sorso, poi offrì la bottiglia alle due, che se la scambiarono. Diede alla mora la frusta facendole cenno di occuparsi di me.

Adam, in ginocchio dietro alla bionda, prese a farsela deciso. Mentre tutto questo accadeva, l'altra si scagliava sul mio corpo, più delicata rispetto a prima, o forse ero io a non sentire più nulla. I gemiti della bionda erano lame nella mente.

«Brava, fammi sentire che godi», ansimò Adam. «Mi piace sentirti godere».

Per fortuna le lacrime mi annebbiarono la vista. E dopo un'eternità, e un nuovo prodigioso orgasmo, l'amplesso ebbe fine. Adam accompagnò fuori dalla stanza le due donne e io rimasi di nuovo al buio. Adesso toccava a me. Lo sapevo e non potevo fare nulla.

Sentii scorrere l'acqua nella doccia. Molto probabilmente si stava rilassando per il grande finale. Quando tornò, la stanza si riempì del profumo del doccia schiuma, regalandomi un po' di sollievo.

Per prima cosa liberò gli occhi dal divaricatore, poi la

testa dalla catena e le caviglie dalle cinghie. Infine allentò la catena centrale. Stremata, mi adagiai a terra in un concerto di dolori.

«Vieni», e mi indicò la panca al centro della stanza.

Con tutte le forze che avevo mi alzai e mi coricai a pancia in giù sulla panca. La superficie fredda fu un sollievo per la mia pelle infiammata dalle frustate. Mi agganciò le mani alle manette della panca, così da tenere le braccia distese in avanti, poi strinse le cinghie delle caviglie alle gambe della panca, in modo che non potessi più muovermi.

Eccomi, ero pronta per essere dominata.

Non aveva più voluto avere rapporti anali dopo la prima volta. Forse il ricordo non gli procurava piacere. E quello che gli avevo raccontato, di sicuro gli aveva tolto ogni desiderio. Invece questa volta non si fece alcuna remora, mi penetrò l'ano per la seconda volta senza alcuna dolcezza e prese a sbattermi con forza. Ogni volta che si spingeva dentro di me, una sculacciata sul sedere mi faceva inarcare la schiena. E in quel momento desiderai solo che venisse. Perché tutto avesse fine. Poi, d'un tratto mi liberò dal bavaglio e allora potei respirare.

«Se devi dire qualcosa, dillo adesso», mi esortò con voce gutturale.

E cosa dovevo dire? Come potevo convincerlo a smettere?

«Sono l'unico che può scoparti e smetto solo se parlerai», disse.

Annuii con le lacrime agli occhi. Qualsiasi cosa avessi detto non lo avrebbe fermato. Adam era perso, perso nel suo passato, perso nella remota oscurità che abitava dentro di lui.

A quel punto fissai la poltrona vuota su cui solo qualche ora prima se l'era fatto succhiare da un'altra donna. Dove aveva goduto grazie a un'altra, e forse capii quello che aveva provato. Quello che la sua mente malata aveva immaginato. Chiusi gli occhi e attesi sottomessa che il suo sperma sgorgasse, che lo liberasse. E ci mise un'eternità, tanto che a un certo punto non sentii più nulla, nemmeno il suo respiro animale, nemmeno la stretta delle sue mani intorno al collo. Stremata, appoggiai la guancia sulla panca bagnata dalla mia saliva, e chiusi gli occhi. Poi non ricordo altro.

La mattina, al risveglio, ero avvolta nelle lenzuola linde e profumate del nostro letto. Adam era seduto sulla poltrona accanto, pallido e sconvolto. Sul comodino c'erano dei medicinali, un catino e una benda. Appena cercai di muovermi, le articolazioni esplosero per il dolore. Lentamente mi girai su un fianco dandogli le spalle. Osservai sul comodino la fotografia di noi due, scattata un mese prima durante un'escursione in montagna. Chiunque avesse guardato quella foto, non avrebbe potuto mai immaginare cosa si celasse dietro quel suo sorriso sincero. Avevo accettato Adam. Ma ora mi chiedevo che futuro avesse un rapporto del genere. Avevo creduto ingenuamente che potessi essere la cura per il suo malessere. Ma non era così. Ero solo un palliativo. Si teneva tutto dentro e il suo passato continuava ad angosciarlo. Aveva bisogno di aiuto e quell'aiuto non poteva venirgli da me. Adagio scivolai fuori dal letto.

«Ti aiuto». Accorse premuroso, cingendomi la vita.

Lo lasciai fare, perché in fondo, da sola, non sarei mai riuscita ad alzarmi. In piedi, passo dopo passo, arrivai al bagno.

«Vuoi farti la doccia?», chiese aiutandomi a sedere sullo sgabello.

«Faccio da sola», dissi decisa, «vattene».

Non replicò, si limitò a guardarmi pieno di compassione. Di sicuro il senso di colpa lo stava dilaniando. E tutto sommato a me stava bene.

«Esci, per favore», dissi.

Adam se ne andò.

Di nuovo in piedi slacciai la camicia da notte e la feci cadere a terra, evitando accuratamente di guardarmi allo specchio. Non volevo vedermi. Mi bastavano i solchi rossi e infiammati ai polsi e alle caviglie.

Mi feci una doccia calda e lunghissima, nella speranza che smorzasse il fuoco sulla pelle. Asciugai i capelli e restai in bagno almeno un'ora. Non me la sentivo di affrontarlo. Di sicuro avrebbe cercato di farsi perdonare. Con la premura e la dolcezza. Con lui non esistevano vie di mezzo.

«Sophie», disse dietro la porta, «vieni fuori, ti prego».

Mi feci coraggio. Mi tolsi l'accappatoio e mi guardai allo specchio, mettendo a fuoco ogni marchio sul mio corpo. Provavo schifo per me stessa. Di nuovo marchiata da un uomo. Con la rabbia nel cuore e il magone per il tormento aprii la porta, nuda, così che vedesse cosa mi aveva fatto.

Nonostante lo spettacolo del mio corpo martoriato, non abbassò lo sguardo. A un metro l'uno dall'altra, immobili, nessuno dei due disse niente. In silenzio mi infilai nella cabina armadio.

«Esci?», chiese appoggiato allo stipite della porta.

«Pranzo da mia madre, come tutte le domeniche», risposi abbottonandomi la camicia.

«Devi coprire i segni», disse indicando i polsi.

Osservai i lividi viola piena di rabbia. «Sì, sì», risposi senza degnarlo di uno sguardo.

Il peso di quei monosillabi era insopportabile e Adam

preferì tornare in camera da letto lasciandomi sola al supplizio della vestizione. Quando fui pronta, infilai velocemente nella sacca della lavanderia due paia di intimi, un paio di jeans, le prime due magliette a portata di mano, delle calze e una maglia. E lo affrontai di nuovo.

Adam, in piedi davanti alla finestra, mi lanciò un'occhiata veloce e poi tornò con lo sguardo oltre il vetro.

«Mi stai lasciando, Sophie?», chiese.

"Sì", pensai, ma avevo una gran paura nel dirlo. Primo perché ero terrorizzata da una sua reazione e secondo perché ero disperata alla sola idea di non averlo più nella mia vita. Ma non poteva andare avanti in quel modo. Io non andavo. Era tornato tutto a galla. Albert, Paul, lui.

«Parlami, dimmi cosa pensi», chiese avvicinandosi a me.

Io non dovevo dire nulla, semmai era lui a dover parlare, ma non era nel suo stile.

«Non penso nulla e non ho nulla da dire», risposi e cercai i suoi occhi.

Forse il mio sguardo fu talmente eloquente che per la prima volta lo vidi sopraffatto.

«Ho perso la testa», disse con un filo di voce. «Immaginarti con un altro mi ha fatto...».

«Immaginarmi», sottolineai. «Hai solo immaginato qualcosa che non mi è mai passato per la testa. Invece io ho dovuto vedere». E scoppiai a piangere.

«Sophie», disse cercando di abbracciarmi.

«Non mi toccare», sussultai nel corpo dolorante. «Non mi devi toccare più».

Adam serrò gli occhi e digrignò i denti. «Mi stai lasciando, Sophie?», chiese. «Perché se è così, lo devi dire guardandomi negli occhi».

«Cosa volevi ottenere? Volevi farmi vedere cosa è stato per te trovare Elizabeth con Tom? Se è così, non ci sei riuscito, io ho visto solo rabbia, che hai sfogato su di me», dissi tra le lacrime. «Potevi ragionare, fermarti un secondo a respirare. Io non riesco a lasciarti, ma così è tutto difficile».

«Allora Sophie, se non ne sei capace, ti lascio io, non ho bisogno di una come te».

Non me lo aspettavo, anzi, mi aspettavo che mi implorasse di restare, che mi dicesse un ti amo anche solo sussurrato, che la sua voce timbrasse l'universo di quella semplice verità, che mi desse una ragione per il mio ostinato restare con lui. Stordita da quelle parole, fissavo la sua bocca incredula. Possibile che fosse così freddo?

«Quindi vai pure, sei libera, farò recapitare le tue cose da tuo fratello, se me lo permetti».

Frastornata lasciai cadere a terra la sacca della fuga e mi inginocchiai in preda ai singhiozzi.

«Perché ti chiudi così, guardami, sai chi sono, sono Sophie, mi riconosci?», mormorai.

Adam non rispose.

«Non mi respingere, non farlo, sono disposta ad accettare anche ieri sera, ma non aver paura a stare con me», dissi. Mi asciugai le lacrime.

«Ti conosco, ti capisco e so che hai bisogno di aiuto».

Adam scosse la testa frustrato. «Sophie, per favore, vai via, riesco a farti solo male».

«Non mi fai del male», dissi tra i singhiozzi, «non è niente quello che mi hai fatto, non è niente, ma non allontanarmi».

Mi accarezzò i capelli e si piegò sulle ginocchia, mi diede dei baci candidi sulle labbra, sulle guance, poi mi tenne stretta a lui qualche minuto.

«Dài, vai da tua madre, ti aspetto qui».

«Non mi lasci, vero?», sussurrai provando pietà per quello che ero diventata.

«No, io non ti lascio», disse baciandomi appassionato.

Dopodiché lasciai la sacca sul pavimento e uscii sul pianerottolo. Quando scesi nella hall, Stewart mi guardò con aria compassionevole. Era molto probabile che fosse stato lui ad accompagnare le due prostitute la sera prima. E chissà che idee si era fatto.

«Tutto bene Sophie?», chiese.

Alzai gli occhi.

«Sì Stewart, grazie, e tu?»

«Tutto bene, prego», e gentilmente tenne aperta la porta a vetri.

Fred era fuori dal garage ad aspettarmi. Durante il tragitto mi parlò di come andavano i lavori nel secondo garage. Ero davvero poco interessata.

«Come sta Adam?», chiese mio fratello di punto in bianco.

«Bene».

«E come vanno le cose? Ormai quant'è che state insieme?»

«Un po'», risposi.

«Uhm, ci siamo svegliate con la luna storta... avete litigato?»

«No, ho solo dormito male».

«Comunque, mi piace Adam, adesso lo posso dire, sono proprio contento».

«Ah», mormorai.

«Mi sembra più rilassato, si vede che è felice».

Non risposi. Forse perché aveva a casa il giocattolo disponibile ventiquattro ore su ventiquattro.

«Tutto bene?», chiese Fred guardandomi di sottecchi.

«Sì, riflettevo».

«E proposte?»

«Che cosa?», chiesi.

«Non ne avete parlato?»
«Di cosa?», chiesi ancora.
«Matrimonio», disse.
«Ma va'».
Figurarsi se Adam pensava al matrimonio! Non si era ancora liberato del primo.
Intanto eravamo arrivati da mia madre. Già dal pianerottolo, l'odore d'arrosto risvegliava ricordi dei pranzi della domenica. Con una certa sorpresa trovai Mark, amico ed ex dirimpettaio. Da ragazzina avevo sempre avuto una cotta per lui. Era stato il primo ragazzo con cui avevo fatto sesso. Mio fratello naturalmente non lo sapeva. Era successo un pomeriggio, io avevo diciassette anni e lui ventitré. Era passato a salutare Fred prima di partire per il tirocinio a Chicago e nell'attesa era rimasto a guardare un film con me, sul divano. Mi aveva sempre trattata come una sorella minore fino a quel pomeriggio. Aveva preso la mia verginità in meno di un quarto d'ora. Da allora l'avevo sognato ogni notte fino a quando lo avevo dimenticato. Un segreto mantenuto negli anni.
Mi aveva salutata turbato, con una vaga espressione preoccupata che aveva mantenuto per tutto il pranzo.
Più tardi, mentre Fred era sceso al market a comprare qualche birra, io e Mark ci eravamo spostati sul terrazzo a chiacchierare. Era sposato da cinque anni con Brenda, anche lei medico, conosciuta a Chicago. Dopo la specializzazione era tornato a New York e da qualche mese aveva sostituito un medico di cui aveva ereditato tutti i pazienti. Facoltosi e con gatte da pelare. «Storiacce», mi aveva detto.
«Tipo?», avevo chiesto curiosa.
Quasi astioso mi aveva guardato e aveva detto a denti stretti: «Tipo i tuoi polsi».

«Devi usare la sulfadiazina argentica», disse dopo un minuto di silenzio.
«Cosa?», chiesi interdetta.
«È una pomata che allevia il gonfiore», disse indicando i polsi.
Abbassai immediatamente le maniche per coprire i polsi. Mark sorrise, comprensivo, mentre io avrei voluto sotterrarmi.
«È deformazione professionale».
Accennai un sorriso forzato. «Grazie», risposi.
«Stai bene Sophie?»
«Sì, sto bene», risposi incerta.
"Come mai tutta questa attenzione?", mi chiesi.
«Con Adam faccio arrampicata, a lui piace, e l'ultima è stata dura», dissi. «Sono rimasta appesa per un'ora e le corde mi hanno segnato i polsi».
Mark sorrise e trangugiò una bella sorsata di birra. «Sono segni di non più di cinque ore fa», disse guardando davanti a sé.
Avevo il sospetto che sapesse più del dovuto, così mi alzai in piedi indispettita. «Hai qualche problema?», chiesi stizzita.
Mark spalancò gli occhi. «No, non ho problemi, credo sia tu ad averne».
«Scusa?»
«Sophie, se hai bisogno di aiuto puoi chiederlo a me, se non vuoi coinvolgere la tua famiglia, non farti problemi».
«Non so di cosa stai parlando».
«Perfetto, meglio così».
Mio fratello tornò con altre birre e pose fine a quella conversazione. Io me ne andai in bagno. Adesso non sapevo più dove stare. Tornare a casa da Adam non mi

sembrava una soluzione possibile, e non potevo neppure stare a casa di mia madre, con Mark improvvisamente piombato nella mia vita e che per una strana ragione sembrava sapere tutto dei miei divertimenti notturni. "Storiacce", aveva detto. Deformazione professionale.

Dopo averli salutati in fretta, accampando la scusa di un impegno, vagabondai per la città. Per un'ora buona restai su una panchina di un giardino pubblico, fissando il vuoto. Era un punto di non ritorno. Lo sapevo benissimo. Rientrare a casa significava accettare per sempre quel rapporto malsano, ma allo stesso tempo l'unico che mi faceva sentire protetta, più felice che tormentata.

Mentre elaboravo quei pensieri, una bambina cadde a terra e prese a piangere disperata. Il padre, subito accorso, tra soffi e buffetti al naso era riuscito a farla sorridere, tanto che un attimo dopo era tornata sullo scivolo senza memoria dell'incidente. Provai invidia per lei. Nessun soffio sulle ferite poteva farmi dimenticare. Nemmeno il tempo. Dovevo lasciare Adam e lui lo sapeva, era l'unico modo per dargli la spinta a fare qualcosa per se stesso. Con quella consapevolezza tornai a casa. Stewart mi accolse dicendomi che Adam non c'era, quindi, meno angosciata, raggiunsi il suo appartamento. Il silenzio era opprimente. Me ne andai in camera e mi sdraiai sul letto.

Poco dopo lo sentii rientrare. Mentre i passi echeggiavano sul parquet, il cuore prese a palpitarmi come non mai. Non sapevo cosa fare, se alzarmi o restare rannicchiata. Scelsi la seconda.

In silenzio Adam si coricò accanto a me e mi strinse in un abbraccio tenero.

«Non voglio che te ne vada e mi dispiace», sussurrò, «ma se vuoi lasciarmi non farò nulla per impedirtelo».

«Chi erano quelle donne?».

Affondò la testa tra i miei capelli, stringendomi ancora più forte, tanto da risvegliare il dolore alla schiena.

«Lo sai», disse con un filo di voce, «non sono niente».

Cercai di voltarmi, ma Adam mi obbligò a restare ferma.

«Hai tutte le ragioni per odiarmi, non pensavo nemmeno che tornassi a casa. Non ti chiedo di perdonarmi perché il mio comportamento è ingiustificabile».

«Cosa vuoi che faccia?»

«Devi deciderlo tu, lo sai cosa devi fare Sophie, lo sai ed è la cosa giusta». Il respiro era affannato.

«Mi ami?», chiesi.

«Tanto da farti male e questo non va bene».

Ma bastò a me per farmi trasecolare. Non ce la facevo a lasciarlo. Era troppo difficile. Mi voltai per abbracciarlo con tutta la forza che avevo e altrettanto fece lui. Lo baciai forte tanto da volermi perdere. Più cercavo le sue labbra e la sua lingua, più mi assicuravo che lui mi volesse ancora, nonostante tutto.

Segreti

Dopo quella notte orrenda tornammo a fatica a una normale quotidianità. Adam non mi cercava più, si limitava a coccolarmi e a tenermi stretta tra le sue braccia, mi baciava tanto e a lungo, ma tutto lì. All'inizio pensavo mi stesse dando il tempo per recuperare la fiducia in lui, poi capii che in realtà era lui a sentirsi in difficoltà. Soffriva per quello che mi aveva fatto, tanto da non eccitarsi più, tanto da aver paura perfino di toccarmi. Una notte avevo provato a cercarlo con più insistenza, ma dopo qualche bacio era scivolato tra le mie cosce e si era limitato a leccarla. E la paura che cercasse di soddisfare altrove i suoi bisogni iniziava ad angosciarmi.

Fred alla fine aveva deciso di fare il grande passo. Sposarsi per la terza volta con Miranda. Al ricevimento erano stati invitati vecchi amici di mio fratello e tra loro anche Mark Cameron.

Ero al tavolo del buffet quando mi aveva sorpresa con un bacio sulla guancia.

«Allora, piccola Sophie?», disse Mark.

Avevo ancora impresse nella mente le sue parole, quindi lo salutai con freddezza.

«Ti vedo bene», disse, e lanciò un'occhiata quasi impercettibile ai miei polsi coperti dai bracciali.

«Sì», risposi decisa, «sei qui con tua moglie?»

«Sì, è laggiù», disse indicando una donna seduta a un tavolo, presa in una conversazione telefonica.

«Allora, come vanno gli studi?»
«Bene», risposi.
Un secondo dopo Adam era al mio fianco. Mi era bastato sentire la sua presenza per avvertire il disagio cadere su di noi come un meteorite.
«Mark, ti presento Adam».
Si erano stretti la mano, indecifrabili e cortesi.
«Buongiorno».
«Buongiorno signor Scott», aveva risposto Mark.
Avevo immediatamente rassicurato Adam. «Adam, lui è Mark Cameron, il migliore amico di mio fratello. Era il nostro dirimpettaio. In realtà è quasi un secondo fratello, me ne hanno fatte passare di belle...».
«Vecchi tempi», disse Mark.
Adam sorrise appena, ma si stava sforzando e a Mark non dovette sfuggire.
«Allora Sophie, mi ha fatto piacere rivederti, se vuoi passare al nostro tavolo ti presento mia moglie Brenda».
«Certo».
Se ne era andato velocemente, non prima di aver lanciato un'occhiata sprezzante a Adam.
«Va tutto bene Adam?».
Mi cinse la vita. «Tutto bene, ti stai divertendo?»
«Sì e tu?».
Sorrise.
«Ho capito, dài, ancora un'ora e andiamo a casa».
«Meglio».
Tornammo insieme al tavolo di mia madre e per l'intero pranzo Adam fu come assente. Come se la sua anima fosse migrata verso un pianeta ai confini dell'universo.
In auto, sulla strada di casa, provai a chiedergli che cosa lo turbasse, ma la risposta fu che si trattava di pensieri legati al lavoro. Giunti a casa, era sparito nel suo studio,

lo avevo sentito parlare al telefono e poi era calato un silenzio di tomba.

Dopo essermi cambiata, lo avevo aspettato seduta sul letto e quando era entrato per spogliarsi gli avevo fatto capire che avevo voglia di fare l'amore con lui.

«No, guardiamoci un film», aveva risposto.

Guardammo un film di una noia pazzesca, tanto che mi addormentai a metà del primo tempo.

L'indomani andai all'autorimessa. Mio fratello era partito per il viaggio di nozze affidandomi il comando per due settimane. Passavo la mattina per un paio di ore, poi, dopo la giornata in galleria, ritornavo per la chiusura. Non facevo molto, accoglievo i pochi clienti del giorno e ciondolavo davanti al computer. Fino a un venerdì, quando improvvisamente era comparso in ufficio Mark.

«Ciao Sophie», disse sorpreso di trovarmi lì. «Cosa ci fai qui?», mi chiese guardandosi intorno.

«Sostituisco Fred, è in viaggio di nozze».

«Sì, lo sapevo, ma non pensavo di trovare te».

«Invece eccomi qui, posso offrirti un tazza di caffè?»

«No, ho un po' di fretta. In realtà sono passato per portare la macchina, ho un problema con le sospensioni e al matrimonio Fred ha insistito perché gliela lasciassi. Mi ha detto di rivolgermi a Gustav».

«Sì, lo chiamo subito, seguimi».

Ci spostammo in officina e Mark si accordò con Gustav per la riparazione. Poi tornammo in ufficio e con un'espressione preoccupata mi chiese di non dire nulla a Adam del nostro incontro.

«Perché mai non dovrei farlo?»

«Sophie, lo sai meglio di me!», rispose con disappunto.

«Non capisco».

«Sophie, lo sai meglio di me, non voglio che a causa mia tu possa soffrire».

In parte avevo intuito dove voleva andare a parare. Ma preferivo parole chiare. «Lo conosci?», chiesi confusa.

Perché era abbastanza chiaro che ci fosse un nesso tra la pomata a base di sulfadiazina sul comodino e quello che mi aveva detto a casa di mia madre.

Annuì lasciandomi nell'assoluto imbarazzo.

«Ma ti prego, Sophie, non dirgli che sono passato».

«Posso sapere almeno come fai a conoscerlo? E soprattutto perché sembra che tu sappia molte più cose di me?»

«Non posso».

«Non puoi?»

«Segreto professionale», disse accigliato, «ma Sophie, giurami che non dirai nulla».

«Mark, non puoi chiedermi una cosa del genere e omettere il resto».

«Senti, riprendo la macchina, la porto da un'altra parte».

«Mark, cosa dici? Mio fratello lo verrà a sapere da Gustav e ci rimarrà male».

«Allora, per favore, promettimi che questa visita rimarrà fra me e te. Ascoltami, per motivi professionali ho già incontrato Adam, e per questo conosco, diciamo, i suoi gusti». E nel dirmelo fece quasi fatica a guardarmi.

Anche io abbassai immediatamente lo sguardo. «Sei stato a casa sua?», chiesi in un sussurro stentato.

Mark mi fissò senza rispondere.

«Senti Sophie, non ti giudico, non potrei mai farlo, ma per il tuo bene, non dire nulla».

Alla fine lo rincuorai, ma l'incontro con Mark scatenò in me la curiosità di sapere. Per affrontare il discorso, dovevo prenderlo alla larga. Così quella sera a cena decisi di introdurre la questione, partendo da molto lontano.

«Pensavo di andare a fare una visita ginecologica e un pap test», dissi mentre sistemavamo la carne nel piatto.

«Mi sembra un'ottima idea».

«Dove vai tu per le analisi? Ti rivolgi sempre al dottor Murdoch?», chiesi sistemando i piatti sul tavolo.

Lo osservai irrigidirsi.

«È andato in pensione da qualche mese, al momento ne sto cercando un altro», rispose accomodandosi sulla sedia.

«Sai, pensavo di sentire Mark, l'amico di mio fratello, l'hai conosciuto al matrimonio. Magari tramite lui trovo una ginecologa di fiducia». Osservai con attenzione la sua reazione.

Mangiò una forchettata e prese a fissarmi. «Se preferisci posso informarmi in una delle strutture dove vado».

«E quali sono?», chiesi.

«Adesso non mi vengono in mente, forse il Memorial, sì il Memorial è un ottimo ospedale, domani chiamo e ti fisso un appuntamento».

Mangiai due forchettate, poi cercai di nuovo i suoi occhi e gli sorrisi.

«Ma no, dài, sento Mark, al matrimonio gli ho parlato appena, magari è l'occasione per fare due chiacchiere».

Adam adagiò la forchetta sul tavolo, si pulì la bocca con il tovagliolo, bevve un bel sorso di vino e mi fissò, sempre più pungente. Sostenni il suo sguardo.

«Se ti chiedo di non farlo, mi obbedirai?»

«Certo», risposi sorridendo.

«Bene», e riprese la forchetta.

«Sempre che tu mi spieghi il motivo», aggiunsi.

Chiuse gli occhi e inspirò profondamente. Ingoiò il boccone, adagiò di nuovo la forchetta sul tavolo e si pulì le labbra.

«Sophie, hai intenzione di farmi perdere la pazienza?»
«No».
«Bene, allora mi dici perché cerchi di stuzzicarmi, dove vuoi arrivare?»
«Sei geloso?», chiesi.
«Sempre, Sophie, e lo sai».
«È solo questo il motivo?».
Indispettito si alzò dal tavolo rovesciando il bicchiere di vino sulla tovaglia.
Due secondi dopo era dietro la porta del suo studio.
Sparecchiai, sistemai il piatto di Adam ormai freddo nel forno a microonde e poi andai a bussare alla porta.
«Ho da fare».
«Ti ho riscaldato la bistecca», dissi cercando di forzare la maniglia.
«Non ho fame, lascia il piatto sul tavolo, mangio più tardi».
«Vuoi...». Non riuscii a terminare la frase.
«Sophie, non voglio nulla, vai a dormire o guarda la TV, ho da fare».
Per tutta la sera lo aspettai sul divano, davanti alla televisione, e alla fine mi addormentai. Verso l'una Adam venne a svegliarmi.
«Adiamo a letto».
Lo avevo seguito in camera e quando aveva spento la luce mi ero avvicinata per abbracciarlo. Lui, invece, si era voltato dandomi le spalle, per la prima volta da quando stavamo insieme.
«Sono stanco Sophie, dormi».
Passai la notte a scrutare ogni centimetro delle sue spalle, la nuca, il profilo delle sue orecchie, chiedendomi cosa gli passasse per la testa. Che razza di nervo scoperto avevo toccato con la mia richiesta?

Il giorno dopo mi svegliai sola. Adam mi aveva lasciato un biglietto sul tavolo.

Sono uscito prima, ci vediamo stasera.

Di solito, a metà mattina, Adam mi chiamava. Ma ormai erano le due passate e di lui nessuna traccia, così lo chiamai io. Mi liquidò in trenta secondi, con la scusa di una riunione.

Alle quattro lo avevo di nuovo chiamato per chiedergli cosa volesse per cena. Mi aveva nuovamente liquidato dandomi carta bianca.

Quando rientrai a casa, decisi che non avrei cucinato e me ne andai in camera. Mi spogliai e attesi il suo arrivo in vestaglia.

Alle otto Adam rientrò in casa. Mi alzai in piedi e lasciai cadere la vestaglia a terra. Di solito mi chiamava, invece quella volta sentii i suoi passi percorrere il corridoio. Fermo sulla soglia della camera mi aveva osservata due secondi, poi mi aveva coperta.

«Cosa stai facendo?», chiese.

«Non ho preparato la cena», risposi abbracciandolo.

«Poco male», disse accarezzandomi i capelli.

«C'è qualcosa che non va?»

«Ho solo pensieri di lavoro, tutto qui».

«Allora toccami, Adam». Mi tolsi la vestaglia restando nuda di fronte a lui e gli afferrai la mano. «Toccami, ti prego».

Scostandosi, raccolse la vestaglia adagiandomela sulle spalle.

«Sophie, fai la brava», poi mi baciò la fronte, «va tutto bene, sono solo pensieri».

Non mi stava dicendo la verità. E potevo solo costringerlo. Dovevo costringerlo. E conoscevo solo un modo.

«Devi punirmi, perché ti ho mentito», lo guardai sprezzante. «Non ti ho detto di aver visto Mark ieri», e sorrisi. «È passato al garage».

Adam strinse le mani intorno alle mie braccia, serrandole come tenaglie.

«E cosa ti ha detto?», disse strattonandomi.

La reazione non mi sorprese, era proprio come sospettavo.

«Sophie, cosa ti ha detto?», ripeté.

«Mi ha detto che si ricordava ancora di quando mi ha tolto la verginità».

Adam sgranò gli occhi sconcertato. Come se una martellata gli avesse annebbiato la mente.

«Non te l'ho mai detto, io avevo diciassette anni e lui ventitré, mi ha scopata sul divano di mia madre, lo stesso su cui ti siedi ogni domenica».

Adam se ne andò in soggiorno. Lo seguii sempre nuda.

«Sai come ha fatto? Mi ha preso la mano e me l'ha messa sul suo cazzo e poi ha voluto che glielo succhiassi».

«Smettila per favore», disse, chiudendomi la bocca con una mano.

Mi divincolai e corsi dietro al divano, per proteggermi da lui, ma intanto proseguivo con il mio racconto. Volevo farlo crollare.

Non mi importavano le conseguenze che di lì a poco si sarebbero scatenate, volevo solo che uscisse alla scoperto.

«Poi mi ha tolto i pantaloni e sfilato le mutandine e poi mi ha sverginata».

«Cazzo, Sophie!».

Scavalcò il divano, parandomisi davanti, e mi scaraventò a terra.

Divaricai le gambe.

«E poi è entrato nella mia fica stretta e secca, facendomi male, ma poi ho go...».

Adam si tolse la cinta dei pantaloni.

Mi risollevai e corsi dietro al tavolo.

«Sophie, vieni qui», urlò.

«Poi mi è venuto sulla schiena e dopo averlo raccolto con le dita me lo ha fatto leccare».

A quel punto Adam era cieco per la rabbia. Chiusi gli occhi e aspettai l'uragano. Mi prese per i capelli, mi fece piegare sul bancone della cucina e con la cinta mi legò le mani all'asta del porta-utensili da cucina.

Una manata schiaffeggiò la natica destra e poi la sinistra. Soffocai il dolore.

«Scopami Adam», dissi e divaricai le gambe, «scopami come ha fatto lui».

Mi tirò i capelli e mi strinse le guance. «Perché mi fai fare questo? Perché Sophie? Mi rendi pazzo!», urlò. Dopo quelle parole mi liberò le mani e senza dire altro scomparve in bagno.

Esausta mi accovacciai a terra, dove restai finché non lo sentii uscire dal bagno. Mi sollevai e lo raggiunsi in camera. Adam era seduto sul letto e sembrava il fantasma di se stesso. Mi avvicinai a lui, gli passai le dita tra i capelli bagnati e lui mi abbracciò appoggiando la testa sul mio ventre.

«Mi dici cosa succede, Adam? Parlami, ti prego».

«È Elizabeth... Dopo che ci separammo, lei cercò in tutti i modi di tornare con me, ogni giorno si presentava implorandomi. E anche la sera che morì venne a cercarmi in albergo. Continuava a dirmi che la bambina era nostra, che mi amava, ma io non le credevo. Comunque, quella sera, come al solito, le chiesi di andarsene e lei mi supplicò di fare l'amore. E io ero disperato Sophie, e cedetti. Mi sono trovato arrabbiato davanti al suo corpo e all'immagine di lei e Tom, e non mi sono accorto che stava male».

Scivolai in ginocchio per raccogliergli la testa e cercare i suoi occhi.

«Ma cosa le hai fatto?»

«Niente, è stato un ictus, infido e spietato. Quando il medico arrivò insieme ai poliziotti, pensarono subito che l'avessi uccisa io. Aveva segni sul suo corpo che lo lasciavano intuire». Sospirò e chiuse gli occhi un attimo per poi tornare nei miei. «Era un'autolesionista, tendeva a ferirsi da sola e da quando c'eravamo separati aveva ripreso a torturarsi. Davanti alla polizia era innegabile un mio coinvolgimento, e in parte lo pensai anche io... non so. Era accaduto tutto in fretta».

Cercai di dargli un bacio, ma abbassò il viso.

«L'autopsia invece rivelò che si era trattato di un ictus e con gli avvocati trovammo un accordo di riservatezza per chiudere lì la cosa».

«E la bambina era tua?».

Scosse la testa. «No, gli esami del DNA confermarono la paternità di Tom, ma non dissi nulla per non ferire i suoi genitori, era già tutto così deprimente».

«E cosa c'entra Mark?», chiesi.

«Mark Cameron era uno dei medici accorsi quella notte».

«Perché non me lo hai detto?»

«Non lo so, paura, vergogna, senso di colpa, scegli tu, ma è la verità Sophie, puoi chiederlo anche a lui, i fatti sono questi, è stato un incidente», disse.

«Lo so, ti credo, ma Adam, devi essere sincero con me. Non posso ogni volta provocarti per avere delle semplici spiegazioni. E devi davvero trovare un bravo terapeuta. Così non va bene, io non posso esserti di aiuto».

«Semplici spiegazioni?!», sbottò contrariato. «Sophie come potevo raccontarti una cosa del genere, con il tuo passato?»

«Dovevi».

«Comunque il problema non è questo. Quando il mese scorso ti ho... quando...», strinse i pugni, «quando...».

«Ho capito».

«Quando sei svenuta, ho chiamato il mio medico di fiducia, il dottor Murdoch, ma ho scoperto che è andato in pensione, quindi mi ha dirottato sul suo sostituto, garantendo che era al corrente delle pratiche dei suoi clienti».

«Mark?», chiesi esterrefatta.

Annuì.

Oddio. Come immaginavo. «E poi?»

«Quando è arrivato ha iniziato a visitarti. All'inizio non ti aveva riconosciuta, poi quando ha cercato di rianimarti mi ha chiesto il tuo nome e ha reagito...».

«Oh Signore», mormorai portandomi la mano alla bocca.

«Ha reagito in che senso? Siete arrivati alle mani?»

«In un certo senso, poi ho fatto leva sul segreto professionale».

«E lui?»

«E lui cosa? Sophie, è il suo lavoro, ti ha curato con grande scrupolo. È rimasto fino al mattino, se ne è andato poco prima che ti svegliassi».

"Cristo", pensai fra me. Le immagini del pranzo da mia madre, mentre io vaneggiavo sulle cose che andavano bene, quando lui qualche ora prima era stato costretto ad assistermi.

«Non parlerà, Sophie», disse. Annuii senza fiato. «È stato pagato bene e poi me l'ha assicurato».

Lo abbracciai forte, tanto forte da stritolarlo.

«Ti ho fatto male?», chiese guardandomi di sottecchi.

«Che cosa?»

«Ti ho fatto male, prima?», chiese di nuovo.

«No», risposi.

Raccolse la vestaglia abbandonata a terra e mi avvolse stringendomi forte. «Sophie, è meglio che te ne vada, non vado bene per te, ti sto facendo solo del male».

«Basta Adam, adesso devi affrontare questa cosa, devi cominciare a vedere uno psicoterapeuta. E io non vado da nessuna parte», risposi. «Per me non cambia nulla, so chi sei».

«Per favore, voglio che te ne vada via», disse in un repentino mutamento d'umore.

«Perché fai così? Ho scelto di starti accanto».

«Cazzo Sophie! Come fai a non capirlo? Arriverà il giorno in cui perderò il controllo e ti farò del male, tanto male che mi odierai o addirittura ne morirai».

«Perché dici questo? Non mi sembra che stia soffrendo, sono qui perfettamente in salute e, te lo assicuro, non sei peggio di quanto ho già avuto».

I suoi occhi si fecero più sprezzanti.

«Perché mi trattengo», sbraitò, «ecco il motivo. Quando ti scopo trattengo tutto me stesso per non strozzarti, per non soffocarti. A volte, quando ancora ti frustavo, avrei voluto vedere il sangue ricoprire il tuo corpo, o afferrare la tua carne e strapparla, per provocare una tua reazione. Scopo il tuo corpo e non ti sento Sophie, e non ce la faccio più, devi andartene, voglio che te ne vada, per favore».

«Adam!».

«Lasciami in pace. Non contraddirmi. Mi hai chiesto di provarci, ricordi? Ma stare con te è solo snervante, autocontrollo e basta, mi riempi la testa di cose non mie, non voglio legarmi, mai più, non mi interessano i sentimenti, mi distruggono, perdo la ragione».

Di fronte a quella rivelazione non trovai parole per reagire. Sentii solo un magone crescere dentro di me.

«Non ti soddisfo?», chiesi.

«No», disse freddo, «non come voglio».

«Posso fare qualcosa?»

«Andartene. Non ti voglio al mio ritorno, Sophie, non sopporto più la tua presenza, sono disgustato, per favore vai via domani mattina, lascia le chiavi al custode».

Si rivestì e capii che stava uscendo.

«Dove stai andando?», chiesi allarmata.

«Dormo in albergo, per favore fa' come ti ho chiesto».

Lo bloccai appena prima della porta. «È più facile così?», chiesi.

Mi scansò di peso.

«Rispondi!», urlai lanciandogli contro una scarpa.

Adam arrestò il passo. «Sì, è più facile, è l'unico modo che conosco, è l'unico modo per sopravvivere», disse senza girarsi. «Sophie, ogni volta che ti guardo il tormento mi assale, mi sbatti in faccia continuamente i miei problemi e non provo altro che pietà per me stesso».

«Non basta, non mi accontento di queste giustificazioni: dimmi quello che devo sentire per accettare di andarmene, ma dimmelo guardandomi negli occhi».

Adam non se lo fece ripetere due volte. Deciso ritornò sui suoi passi e mi spinse contro la porta a vetri della camera. «Io non ti amo più, non provo più niente se non dolore, non mi ecciti più, perfino il tuo odore è fastidioso». E tutto questo lo disse senza alcuna esitazione nella voce.

«Se è vero quanto dici, è solo colpa tua», risposi spingendolo via.

«Non sei la prima a dirmelo», commentò gelido, con un sorriso di disprezzo.

A quelle parole, non riuscii a trattenere la rabbia. «Io non sono Elizabeth!», urlai, «brutto stronzo!». Afferrai i vestiti dalla poltrona sotto i suoi occhi vitrei. «Non ti scomodare ad andare in albergo, restaci tu nella tua casa di merda, con i tuoi fantasmi di merda, è meglio che me ne vada io prima che mi venga un ictus del cazzo».

A quel punto Adam mi colpì con uno schiaffo sonoro, che mi tramortì per qualche secondo.

«Ecco, bravo, sentiti libero anche di picchiarmi, non sei il primo», afferrai la borsa e mi spinsi verso l'uscita, «non sei il primo, ma una cosa è certa, sarai l'ultimo!». Spalancai la porta e con tutta la forza che avevo la richiusi sperando che uscisse dai cardini e si disintegrasse. Invece di prendere l'ascensore mi lanciai per dodici piani alla velocità della luce. Non credevo a una sola parola. Ma se allontanarmi era quello che voleva, ero pronta ad accettarlo. Io non potevo più fare nulla. Davvero nulla. Mentre camminavo, mi accorsi di avere in tasca il biglietto da visita di Mark e decisi di chiamarlo. Mi disse di essere in ospedale per il turno notturno e di passare.

Quando arrivai, ci mise un secondo a capire come stavo. Mi fece accomodare nel suo studio e mi offrì un tè caldo.

«Mi sembra di capire che hai parlato con Adam».

Annuii. «Mi ha lasciata», dissi.

«Meglio», rispose deciso.

Scoppiai a piangere. «Non capisci niente Mark», dissi singhiozzando.

«No Sophie, sei tu che non capisci: Adam Scott è un assassino, ha ucciso la moglie incinta».

«Ha avuto un ictus!», sbraitai. «Un maledetto incidente».

«Sua moglie è morta tra le sue braccia. Che poi sia stato un ictus, non cambia il fatto che lei non c'è più», sentenziò deciso.

«Sarebbe accaduto lo stesso», mormorai guardando fuori dalla finestra, «magari mentre si chinava a raccogliere un centesimo da terra».

«Senti Sophie», disse con tono compassionevole, «non sei in grado di capire né di vedere la verità, ma credimi, è molto meglio così, è un uomo pericoloso. Forse ne sei innamorata, ma quello è capace di ucciderti solo per placare un suo desiderio».

«Non mi vuole più», bofonchiai con la voce rotta, «dice che...».

«Sophie», sbraitò, «smettila!».

Che ne sapeva lui dell'anima di Adam?

«Dove starai ora?», chiese in tono più condiscendente.

«Non lo so, tornerò nel Bronx, da Sabrina e Stephanie» risposi.

«No, non se ne parla, devi andare in un posto che lui non conosce».

«Non mi verrà a cercare, non ti preoccupare».

«Devi allontanarti».

«Non voglio allontanarmi. Di cosa hai paura? Pensi che se adesso si ripresentasse cadrei tra le sue braccia? Mi reputi tanto stupida? Adam ha dei seri problemi e non posso più aiutarlo, ormai li incarno tutti io».

Mark mi sfiorò le braccia. «Sophie, guardami», disse. «Guardami». Alzai gli occhi, lentamente.

«Se starai da Sabrina, resterai coinvolta, devi allontanarti il tempo necessario per riuscire a vedere le cose in modo chiaro. Lo so che non capisci, ma lo devi fare, almeno una settimana, per riprenderti. Vieni da me e Brenda», disse.

«Non lo so, preferisco tornare da Sabrina, e poi io sono *già* coinvolta».

«Sophie, solo una settimana, fino a che non torna Fred».

«Di cosa hai paura Mark? Che domani mi venga a cercare?». Annuì. «Non lo farà, stai tranquillo, non lo farà finché non risolverà i suoi problemi».

«Ne sei sicura?»

«Più che sicura, lo conosco».

Il cicalino del suo cercapersone trillò. «Come credi, ma stasera ti faccio dormire qui. In ospedale c'è una stanza per gli inservienti. Vieni, ti accompagno».

Presi sonno a fatica, per via dei pensieri e dell'odore che trovavo nauseabondo. Alle sette Mark mi venne a svegliare. Comprammo un paio di caffè, dei muffin e uscimmo per addentrarci dentro Central Park.

«Sei sicura di voler tornare a casa? Ho parlato con Brenda ed è d'accordo che tu stia da noi».

Tirai fuori il cellulare e gli feci vedere che non avevo ricevuto messaggi né telefonate.

«Non mi cercherà più», dissi.

Mark scosse la testa. «Senti, spiegami che tipo di rapporto è quello tra un dominante e una sottomessa».

«È un rapporto come un altro e il nostro ormai è tutt'altro», risposi.

«Sì... come no...», bofonchiò. Poi notò la mia espressione contrariata e si scusò.

«È un rapporto di fiducia reciproca, totale e profonda. E non tutte le volte i rapporti sono di quel tipo. È un gioco di ruoli, lui domina, decide i modi e la donna riceve passivamente».

«Ma non è umiliante?»

«Umiliante è se non stai al gioco, se non credi in chi ti domina».

«Nemmeno le frustate? Sophie, ti ho visto quella notte, e quello è umiliante».

Abbassai gli occhi sul caffè. «Non per me. Quelle frustate, anche se dal tuo punto di vista non erano meritate, sono state tutt'altra cosa, un'espressione del...».

«Espressione di cosa? Di una perversione, Sophie».

«Di Adam», mormorai.

«Sophie, è una cosa assurda, è solo espressione di violenza».

«Non è così», mormorai.

«Cazzate Sophie, ci si appartiene con la mente, con il cuore, tu puoi appartenere a me solo guardandomi negli occhi».

Lo guardai sorpresa per quell'affermazione stranamente romantica.

«Io non capisco, ma lui è stato il primo?», chiese.

Sbuffai. «Mark, perché tutte queste domande?»

«Io sono allibito, qui a New York sembrano tutti vivere in un mondo sotterraneo, ma tu lo sai che ci sono dei club dove la perversione è la regola?»

«Sì, lo so», mormorai in una risata amara, «e comunque è stato il primo, anche se per una qualche ragione tutti gli uomini che ho avuto mi hanno portata a lui», aggiunsi. «Sono una calamita, Mark».

Sorrise scompigliandomi i capelli. «Calamita», sbuffò divertito. «Quante stronzate dici, Sophie».

«Senti Mark, tutti gli uomini sono dominanti, solo per il fatto che voi date e noi riceviamo. È anatomia, voi mettete, noi prendiamo, anche tu Mark, vuoi dirmi che quando vedi la tua donna riceverti non ne godi?».

Mark si guardò attorno sconcertato.

«Legare una donna e farvela non è forse una delle vostre fantasie ricorrenti? Avere il suo corpo nelle vostre mani, senza che possa muoversi e con l'unico compito di godere».

«Sophie, meglio se cambiamo discorso», disse finendo il caffè in un sorso.

«Sì, infatti».

Spizzicai il muffin al cioccolato e gli sorrisi.

«Ma Sophie, le frustate? Va bene il sesso estremo, ma le frustate? Sei troppo bella per lasciare che qualcuno offenda il tuo corpo», e con la mano mi accarezzò i capelli. «E troppo dolce per avvelenarti con l'amarezza di una frusta».

«Non mi consola».

Finita la colazione, ci spostammo sulla panchina del parco giochi a chiacchierare.

«Ma non devi tornare a casa?», chiesi.

«No, io e Brenda ci stiamo separando e meno sto a casa meglio mi sento», disse.

«E tu volevi che io venissi da te, in quella bella atmosfera?».

Sorrise. «È tutto a posto, è consensuale».

«Mi spiace», dissi.

«Non a me».

«Per questo mi hai interrogata sul bondage? Cerchi esperienze estreme?», gli chiesi ironica. Con le dita gli sfiorai il mento. «Vuoi che ti insegni qualcosa?»

«Non stuzzicarmi Sophie, sei la sorella del mio migliore amico», disse abbracciandomi.

«Be', in passato non ti sei fatto troppi scrupoli».

La sua espressione divenne all'improvviso seria e malinconica. «Perdonami Sophie, non so cosa mi sia preso quel giorno, eri così carina, stavi diventando donna e io ero un idiota».

«A me è piaciuto», risposi facendo spallucce.

Tutti e due restammo seduti a guardare la città muoversi davanti a noi. E così un giorno era passato e un altro sarebbe arrivato e così per sempre. La vita andava avanti, comunque.

Agonia

Per fortuna il lavoro da Sally mi teneva occupata quel tanto da permettermi di non pensare a lui. Come avevo immaginato non si era più fatto sentire né vedere. Avevo provato a chiamarlo una sola volta e tra un singhiozzo e l'altro gli avevo chiesto di vederci. La sua risposta era stata un secco no. Mi aveva detto di aver consegnato le mie cose all'autorimessa e mi aveva chiesto di non chiamarlo più. Aveva ribadito di non amarmi più, e nel mio stomaco si era aperta una voragine.

Fred, rientrato dalla luna di miele, era corso da me. Mi disse di aver visto Adam e avergli chiesto spiegazioni, e che lui aveva semplicemente risposto che la storia era finita per incompatibilità. Quelle parole mi spezzarono il cuore. Stava andando avanti senza problemi, come se nulla fosse mai successo.

Sul giornale avevo letto dell'inaugurazione di una nuova mostra al MOMA, finanziata dalla società di Adam. In una foto c'era anche lui, sorridente, accanto al curatore.

E tra pianti sommessi e pensieri tristi, trascorsero quattro settimane. Il senso di vuoto si stava piano piano affievolendo. O meglio, come sempre nuove abitudini colmavano quella mancanza. Forse era quella la mia vera dote: sopravvivere sempre. Tutto nella mia vita volgeva sempre al peggio, ma alla fine riuscivo sempre a rialzarmi.

E quindi, altalenante nell'umore, continuai a respirare

fino al giorno in cui mi svegliai con un senso di nausea opprimente. Ero corsa al negozio di Sally in tempo per l'apertura. Avevo attraversato la città con quella nausea persistente, maledicendo l'intruglio al curry preparato da Sabrina la sera prima. In negozio sistemai un po' di fatture, poi, mentre tessevo le lodi di un vaso cinese a un cliente, la nausea ritornò prepotente. Avevo lasciato il vaso nelle mani di Sally ed ero corsa in bagno a vomitare.

«Sophie, va tutto bene?», chiese Sally fuori dalla porta.

«Sì tutto bene, devo aver mangiato qualcosa che mi ha fatto male, credo sia stato il curry di ieri sera».

E mentre vomitavo, tra un respiro e l'altro feci due rapidi calcoli. Quando avevo fatto l'ultima iniezione? Non ricordavo più. Con tutte le volte che ci eravamo lascati e poi ripresi, avevo perso la cognizione del tempo. Dunque... Quando ero tornata con lui? Ad agosto. Ma prima? Maggio. "Oh cazzo", pensai, "oh cazzo". Non trovavo parola migliore per rendere l'idea del panico che mi stava assalendo. Vomitai di nuovo. Quando riemersi dal bagno trovai Sally con un asciugamano in mano e un sorriso affettuoso sul viso.

«Sophie», mormorò, «dimmi che è quello che penso».

«Non lo so», sprofondai nella sedia sudata e pallida.

«Vado in farmacia tesoro, resta qui».

Mi guardai nello specchio rococò: ero piccola e spaventata, per la prima volta nella vita. No, non potevo. Non ora, non io. Che razza di bambino poteva venire fuori tra me e Adam? Un bambino che al primo vagito avrebbe bestemmiato per essere venuto al mondo pieno di problemi.

Sally tornò con quattro scatole di marche diverse.

«Tieni, non sapevo quale fosse migliore, falli tutti e quattro e vediamo».

Andai in bagno ed eseguii il procedimento con la mente

paralizzata. Poi adagiai tutti e quattro i blister sul piano del bagno e attesi.

Fa' che non sia, fa' che non sia, fa' che non sia... Ti prego, fa' che non sia. Allo scattare del minuto lì guardai tutti e quattro e appurai che ero incinta. Al cento per cento.

«Allora?», mi chiese Sally appena tornai alla sua scrivania.

«Incinta», risposi.

«Oh tesoro, è una bellissima notizia!».

Insomma, avremmo potuto discuterne, ma preferii non farlo con lei.

«Devi dirlo subito a Adam», disse.

Per non infierire sul suo momento di grande fragilità dopo la morte del marito, avevo preferito non dirle nulla della nostra rottura.

«Dài, devi andare a dirglielo». Prese borsa, giacca e mi spinse verso l'uscita. «Mi occupo io del negozio, vai».

Camminai per un po' senza meta. Da quanto tempo? Sollevai la maglietta e osservai la pancia. Piatta, non si vedeva nulla. Presi il primo autobus che passava. Ripensai alle parole di Mark. Scesi al capolinea e ricominciai a camminare. Non sapevo davvero cosa fare. Mi fermai in un bar e per una buona ora restai a fissare la tazza di caffè. Analizzavo ogni possibilità. E tutte mi spingevano verso un'unica scelta: abortire. Non potevo permettermi un figlio in quel momento, per giunta un bambino che mi avrebbe tenuta legata a lui. Anzi, che avrebbe costretto lui a restare legato a me, con tutti gli spettri del suo passato a rendermi la vita un inferno. Però, allo stesso tempo, pensavo che fosse davvero un miracolo. Forse il saperlo lo avrebbe liberato dai suoi demoni. Quindi, dopo un'ora di riflessioni, decisi di andarglielo a dire. Avrei visto la sua reazione e avrei deciso di conseguenza. Arrivata davanti al suo ufficio, un conato di vomito mi fece piegare sul cestino della spazzatura. “Non mi aiuti”, pensai mettendo una mano sulla pancia. Attraversai la hall e alla reception chiesi di poter parlare con Adam Scott. La ragazza riferì il mio nome al telefono e poi riappese. Trenta secondi dopo ricevette una chiamata che mi autorizzava a salire al trentesimo piano.

Munita del mio tesserino visitatore, salii in ascensore. In quella gabbia ermetica, fissai i numeri dei piani accendersi uno dopo l’altro, e a mano a mano che la progressione aumentava, la nausea cresceva di pari passo. Quando la porta si aprì, il conato di vomito mi sconquassò lo stomaco. Chiesi alla ragazza dietro al bancone dell’accettazione se ci fosse un bagno a portata di mano. Mi indicò una porta sulla destra e mi ci fiondai letteralmente.

Non capivo più se era la nausea da gestazione o l’imminente incontro con l’uomo che amavo a farmi vomitare. Mentre cercavo di riprendermi, qualcuno entrò nel bagno e, silenziosa, rimasi al mio posto.

«Allora?», disse una voce di donna. «Com’è andata?»

«Quell’uomo è la macchina del sesso», disse una seconda voce di donna.

«Te l’ho sempre detto», rispose la prima. «Dove ti ha portata?»

«Fuori a cena, in quel locale nell’Upper Side».

«Ah sì, carino, si mangia bene, ci sono stata con mio marito».

«Sì, comunque è stato gentile, è uno che parla poco. All’inizio ero imbarazzata, devo ammettere che ti fa sentire a disagio. Abbiamo parlato di arte e poi alla fine della cena mi ha fatto capire che voleva venire a letto con me, ma ha chiarito subito che lui offre solo una possibilità».

«Sì».

«Una sola volta, poi mai più».
«Comunque ti ha scopata bene?», chiese.
«Oh sì, come non lo facevo da mesi, mi ha veramente ribaltata».
Le sentii ridere sonoramente. Mentre dentro di me avevo già chiaro a chi si riferissero.
«Ma senti, non stava insieme a una che lavorava in un negozio di antiquariato?»
«Sì, ma è finita».
«Come mai?»
«Non lo so, gliel'ho anche chiesto, ma è stato abbastanza vago, credo non ne voglia parlare, comunque chi se ne frega, adesso finalmente si è reso disponibile, non si era mai esposto così tanto, invece da un mese sta scalando il palazzo...».
Ridacchiarono. "Come avevo immaginato", pensai. Conosceva un solo e unico modo per risolvere i suoi problemi. Fottere.
«Comunque quello sa il fatto suo, scopa da dio, sono tornata a casa alle cinque».
«Wow».
«So che quella dell'amministrazione del terzo piano ci esce stasera».
«Beata lei».
Qualcuno entrò nel bagno e le due donne se ne andarono lasciandomi sola. Aspettai qualche minuto e poi uscii dalla toilette. Ero a pezzi. Sudata fradicia, e con una faccia talmente pallida che faticai a riconoscermi nello specchio. Mi sciacquai il viso, cercai di ricompormi, poi mi fissai a lungo.
"Cosa stai facendo Sophie? Cosa vuoi fare? Cosa vuoi dirgli? Ti ha chiaramente spiegato che sei un tormento, che la tua presenza lo angoscia. Se adesso gli dici che

sei incinta di sicuro penserà che l'hai fatto apposta per legarlo, o peggio, che il figlio non è suo... considerato il suo maledetto passato. Vuoi davvero trascinarlo ancora di più nel suo dramma? Forse potrebbe aiutarlo? Forse potrebbe finalmente fermare lo scellerato istinto di cancellare? Forse...". Una donna entrò riportandomi alla realtà.

Uscii e a piccoli passi tornai verso la receptionist. Mi sentivo sospesa. Muovevo le gambe senza avvertire la gravità. Intorno a me sfilavano eleganti impiegate, alla moda, curate in ogni dettaglio e nell'osservarle mi chiesi quante di queste lui si fosse fatto. Era disarmante pensarlo.

A testa bassa oltrepassai la ragazza al banco accettazione e mi portai davanti all'ascensore. Presi la chiamata e attesi.

«Sophie Lether?», chiese la ragazza.

Mi voltai a guardarla.

«È lei Sophie Lether? Adam Scott la sta aspettando», e indicò alla sua destra una grande hall.

Con la coda dell'occhio vidi Adam di spalle con le mani in tasca, immobile a guardare fuori dalla finestra.

«No, non sono io», sorrisi, «ho sbagliato piano, mi scusi se ho usato il vostro bagno».

La ragazza con espressione passiva disse: «Non c'è problema», e tornò alle sue faccende.

Guardai un'ultima volta Adam e pensai... "Se il destino vuole che io e lui stiamo insieme, lui si volterà prima che si aprano le porte, se al contrario non lo farà allora lo *sliding door* deciderà per noi". La porta dell'ascensore di destra si aprì e seguii quello che il destino mi proponeva.

Al pian terreno lasciai il tesserino dei visitatori alla reception e uscii, più serena. Non mi sentivo le spalle pesanti. Non averlo visto era stata la scelta migliore. Alzai gli occhi al cielo azzurro di New York, capace di alleviare qualsiasi dolore. E quindi, ora, dove andare? E mi venne in mente un solo posto.

Qualche tempo dopo

«Ti piace?», chiese mia madre.

«Mamma, è femmina», risposi infilando il cappellino di lana verde fosforescente intorno al pugno chiuso.

«Così la vedi subito», ribatté.

Non potei non ridere. «Certo».

«Anche con la nebbia», osservò Sabrina.

Mi spalmai sul divano con le gambe sul tavolino, mia madre si sistemò accanto a me e cominciò un nuovo lavoro ai ferri.

Rilassata, guardavo Sabrina e Stephanie giocare sul tappeto con Lenya, la quale carponi le seguiva sorridente, instancabile. A destra, a sinistra, poi di nuovo indietro e di nuovo avanti. Ogni volta che si trovava a un palmo da una delle due, allungava il braccino e poi planava a terra. Imperterrita si rimetteva carponi e ricominciava.

Di sicuro aveva ereditato il gene della sopravvivenza dai Lether. Non piangeva mai, al massimo si imbronciava e poi sorrideva, sempre. Chissà se lo stesso gene stava plasmando la creatura che di lì a qualche mese avrebbe fatto la comparsa in questo mondo. Lo speravo davvero, per lei.

Ester e il marito intanto stavano preparando la tavola per il pranzo di Natale mentre Fred e Miranda insieme alla mamma italiana spadellavano in cucina. Nell'aria c'era profumo di Natale, e una piccola emergenza di nome Lenya.

«La cambio io», dissi alzandomi, «così faccio pratica, voi continuate».

Raccolsi la mia nipotina *torella* e mi spostai in camera di mamma. Dalla borsa di Miranda recuperai il pannolino e le salviette. Mi sarei mai abituata a quella roba verdastra?

Le baciai le mani, la pancia, i piedini e poi la rivestii per bene. Era graziosa e, sarò sincera, non vedevo l'ora di averne una mia. Una parte di lui, in qualche modo.

Mentre uscivo dalla stanza l'occhio cadde sul giornale appoggiato alla cassettiera. Lessi veloce il titolo e mi fermai incuriosita. Era un articolo della cronaca di New York e la foto di Adam, mentre tagliava il nastro di una mostra, era fin troppo grande per quel trafiletto. Accanto a lui una donna teneva la mano sulla sua spalla. Era una bella donna e quel gesto dimostrava una grande dolcezza e una certa intimità. Forse aveva finalmente trovato quella giusta, che lo aveva aiutato a superare i suoi fantasmi.

«È pronto», urlò Miranda dal soggiorno.

Richiusi il giornale e trasportai la mia nipotina nel seggiolone e con i miei cinque chili in più occupai la sedia di papà.

«Auguri», disse Fred alzando il calice, «e giorni felici».

«Giorni felici», rispondemmo in coro.

Pranzammo perdendoci in chiacchiere allegre e dopo pranzo scartammo i regali. Ovviamente la maggior parte andarono alla mia nipotina. Aggeggi sonori fastidiosi che per l'intero pomeriggio provò a suonare come un'indemoniata.

Invece io ricevetti l'immancabile sciarpa di mia madre, un kit per le pappe da parte di Fred e Miranda, due vestiti premaman, un libro dei nomi e uno di puericultura da parte di Sabrina e Stephanie, da Ester un gruppetto variopinto di *Muñeca Quitapenas*, bamboline portafortuna a cui confidare i segreti più oscuri e un vaso di cristallo da Sally Bradford.

«Porta fortuna», mi disse, «ma non devi metterci dentro niente».

«Grazie Sally».

Da quando ero incinta era diventata la mia seconda mamma. Anche lei mi faceva regali inutili, ma sempre meglio dei corredi di mia madre.

«Allora, lista dei nomi?», chiese Fred.

«Non lo so, lo decido quando nasce».

«Il nome di tua nonna?», chiese Sabrina.

«Ti prego no! Gertrud!».

«A me piace Kristen», disse Stephanie.

«Non è male, metto nella lista».

«Ma non hai qualche nome in mente?», chiese Fred.

«Non so, da qualche giorno ce n'è uno».

«Quale?», chiese Miranda.

Mi morsi le labbra imbarazzata, era ridicolo, ma a me piaceva. Da ragazzina ero cresciuta seguendo la saga di *Guerre stellari* e Leila mi sembrava un bel nome, la principessa dei mondi.

«Dài, dillo», mi incitò Fred. «Se fai quella faccia vuol dire che hai scelto».

«Pensavo a Leila», mormorai.

Vidi le espressioni di tutti i presenti. Erano compiaciute.

«È bello», disse mia madre.

«Sì, comunque deciderò il giorno che la vedrò», e addentai la torta.

«E se per caso fosse un maschio?» chiese Stephanie.

«Ma non hai visto l'ecografia?», domandò stizzita Sabrina. «È femmina al cento per cento!».

«L'ho vista, l'ho vista, ma sai quante volte sbagliano», precisò irritata. «No?», chiese guardando il gruppo.

«Be', se è maschio ho un solo nome, non esiterei un istante». Tutti mi guardarono in panico.

«Robert», gracchiai divertita. «State tranquilli... Di certo non lo chiamerei con quel nome».

«Oh Sophie», borbottò mia madre scoppiando a piangere.

«Come mai tutta questa certezza, eterna *mumble*?», chiese Sabrina.

«Era il nome di mio padre».

Mamma scappò in camera seguita dalla madre di Miranda. "Meglio così", pensai.

«Comunque sarà femmina e il problema non si porrà».

«Leila Scott», disse Sally, «suona bene».

Osservai le espressioni dei presenti fulminarla all'istante. «Leila Lether», precisò.

«Suona meglio», dissi ridendo per alleggerire la tensione. L'argomento Adam era diventato tabù tre giorni dopo la scoperta della mia gravidanza. Annabelle mi aveva chiamato avvertendomi che Adam aveva lasciato l'azienda e messo in vendita la casa per trasferirsi. Non era riuscita a carpire altra informazione dal marito, il quale era sconvolto per la decisione dell'amico. L'avevo ringraziata e le avevo detto che preferivo non sentirla più. Non volevo avere contatti con chiunque fosse vicino a lui. C'era rimasta male, ma aveva compreso.

Anche se la notizia mi aveva travolta, tutto sommato poteva rivelarsi favorevole per me. E infatti quello stesso giorno avevo comunicato la mia gravidanza alla mia famiglia. Gli avevo detto che lui non ne voleva sapere e si era offerto di darmi una cospicua somma di denaro in cambio del mio silenzio. Dissi loro che se ne era andato via proprio per la mia gravidanza. A quella notizia mio fratello era andato su tutte le furie. Per calmarlo gli avevo detto che non se ne poteva fare parola con nessuno e se mai fosse trapelato qualcosa sarei stata costretta a pagare una salatissima multa a sei zeri. Solo Sabrina e Stephanie erano al corrente della verità e di certo non era loro intenzione divulgare la notizia.

«Sì, Lether suona meglio», intervenne in mio aiuto Stephanie che ringraziai facendole l'occhiolino. E questo placò gli animi di tutti.

«Sophie ti accompagno a casa», disse mio fratello quando fui pronta per andare.

L'offerta mi parve piuttosto curiosa, tanto che lo guardai sorpresa. «Se mi porti a casa poi ci metti un secolo a tornare».

Non vivevo più nel Bronx, da tre mesi avevo preso una casetta a Long Island, proprio di fronte al mare. E per lui accompagnarmi significava almeno un viaggio di due ore tra andare e tornare.

«Non mi va che ti sposti in metropolitana».

«Mi muovo tutti i giorni in metropolitana e poi per metà del tragitto sono con loro», dissi guardando Sabrina e Stephanie.

«Nelle tue condizioni, preferisco accompagnarti», continuò Fred.

Intervenne anche Miranda. «Dài Sophie, ti diamo un passaggio noi, così fai prima».

Non so perché, ma avevo la strana sensazione che quel disinteressato gesto celasse qualche altra ragione. Forse volevano tornare sulla questione del perché non fossi andata a vivere vicino a loro, cosa per la quale mi davano il tormento tutte le volte che li vedevo.

Alla fine mi arresi. «Come volete».

Lasciata casa di mia madre mi sistemai nel sedile posteriore insieme a Lenya, legata al seggiolino. Come lei, mi addormentai alla seconda curva. Quando mi risvegliai mio fratello stava parcheggiando davanti a casa.

Scesa dall'auto mi accorsi che Fred era piuttosto nervoso. «Allora buon Natale, Sophie», disse con gli occhi lucidi.

«Che ti prende?», gli chiesi abbracciandolo.

«Niente, lo sai, mi preoccupo sempre per te e vorrei vederti felice».

«Lo sono, moderatamente, ma lo sono. Dài Fred, sono grande, non ti devi preoccupare».

«Non mi preoccupo, lo so meglio di tutti che sei una che va avanti sempre, è che mi spiace che tu debba affrontare tutto questo da sola».

«Meglio sola che male accompagnata».

Fred annuii. «Ci sentiamo presto».

Una volta a casa mollai il sacchetto dei regali sul tavolo della cucina e decisi di andare al ristorante da Mildred e Arthur. Il giorno in cui avevo deciso di lasciarmi alla spalle Adam, avevo preso la metropolitana e avevo raggiunto il mare. Sulla spiaggia avevo incontrato Mildred. Erano bastate due parole ed ero praticamente crollata tra le sue braccia in lacrime. Le avevo raccontato tutto di quell'assurdo rapporto e della mente malata di Adam. Era stata gentile e comprensiva, tanto che si era offerta addirittura di ospitarmi. E così avevo deciso di restare lì. Grazie a loro ero riuscita ad affittare una piccola casa affacciata sulla spiaggia, a un prezzo consono allo stipendio che mi dava Sally.

«Cosa ci fai qui?», mi chiese Mildred appena mi vide entrare.

«Sono passata a farvi gli auguri», dissi sgomenta davanti alla sua espressione agitata.

«Devi andare a casa», disse Arthur dietro di lei.

«Scusa?», risi incerta.
«Sì, abbiamo tanto da fare».
«Ah ok, cosa fate, passate dopo, così vi do i regali?». Diedi un'occhiata alla sala. Era praticamente vuota, c'erano solo una coppia e un terzetto che vedevo appena.
«Vai a casa», Mildred mi trascinò quasi verso l'uscita.
«Ok», mormorai davvero incredula. «Allora ci vediamo dopo. Ma passate vero?»
«Certo, quando chiudiamo veniamo a salutarti».
Rinfilai la giacca e mi trovai fuori dal locale con la strana sensazione di essere stata appena sbattuta fuori.
Da due auto scese un gruppo di ragazzi visibilmente in festa. Stavano andando alla spiaggia. E mi venne voglia di piangere. Odiavo gli ormoni impazziti. Da quando ero incinta non riuscivo nemmeno a guardare la televisione senza piangere, ogni jingle pubblicitario scatenava un fiume di lacrime. Invece di tornare subito a casa, decisi di farmi una passeggiata sul lungomare a curiosare tra i vari falò. Tra i vari rimpianti che avevo nella vita, c'era quello di non aver mai passato una serata in spiaggia a cantare intorno a un fuoco. A una ventina di metri da un falò mi fermai ad ascoltare un gruppo di ragazzi cantare *Home* di Edward Sharpe & The Magnetic Zeros. Quella canzone mi faceva impazzire, per non parlare del ritornello.

Ah home, let me go home
Home is wherever I'm with you.
Ah home, let me go home
Home is where I'm alone with you.
Home. Let me come home
Home is wherever I'm with you.
Ah home. Yes I am home.
Home is when I'm alone with you.

Dopo l'ennesima dose di lacrime, mi spinsi verso casa e quando fui abbastanza vicina, notai tre persone sotto al portico. Mi avvicinai incerta, cercando di capire chi fossero.

«Ehilà», dissi.

Tutti e tre si voltarono contemporaneamente, lasciandomi di stucco. Era Adam in compagnia di un uomo e una donna. La riconobbi subito, era la stessa fotografata con lui nel giornale che avevo visto solo qualche ora prima.

«Sophie?», disse sbalordito Adam.

«Adam...», sussurrai impietrita sotto le scale. Mi sistemai in fretta la borsa a tracolla davanti alla piccola passeggera fluttuante. I tre scesero i gradini avvicinandosi.

«Lei è mia sorella Susan e lui suo marito Donald», disse Adam.

Mi presentai in un imbarazzo sconcertante. «Piacere», dissi osservando gli occhi della sorella, così simili a quelli di Adam, e vidi le sue labbra curvarsi in un sorriso amabile. Di persona, la sua dolcezza traspariva ancora di più.

«Che ci fai qui?», mi chiese in tono severo Adam.

«Che cosa ci fai tu?»

«Mildred e Arthur mi hanno detto che dovevo assolutamente venire a questo indirizzo, perché volevano farmi vedere una cosa».

«Ah, ah», risposi trattenendo la rabbia. «Be', questa è casa loro, ma credo siano ancora al ristorante».

«Sì, abbiamo cenato lì», rispose.

«Abiti qui?», chiese Susan mettendo una mano sulla spalla del marito.

«No», risposi veloce. «Sto in un appartamento a qualche isolato da qui, ero andata a fare una passeggiata e vi ho visti qui davanti. Ho pensato di venire a vedere se aveste bisogno di qualcosa».

Susan corrugò la fronte, perplessa.
«Ti sei trasferita?», chiese Adam.
«Già». Ero completamente sudata e la lana grezza del cappello di mia madre prudeva da morire. «Comunque io devo andare». Feci un passo indietro. «Mi aspettano. È stato un piacere conoscervi», dissi stringendo la mano di Mark e Susan.
Lanciai un'occhiata veloce a lui e mi allontanai decisa, trattenendo la voglia di correre. Avevo solo un pensiero. Andare al ristorante e bruciarlo. Infilare una pentola sulla testa di Mildred e Arthur e con un mestolo implacabile martellarli. Destabilizzata dall'incontro, ma soprattutto arrabbiata, chiamai Mildred per avvertirla che stavo arrivando e che ero furiosa.
«Cosa diavolo ti è venuto in mente? Come hai potuto spedirlo a casa mia, Mildred?»
«Ha il diritto di sapere che aspetti una bambina, non fare la testarda, deve saperlo».
«Mildred, adesso lo raggiungi e fingi di vivere lì. Gli offri una bottiglia di vino e lo spedisci a casa, io non ce la faccio e poi devo andare in bagno».
«Sophie, abbi il coraggio».
«Mildred te l'ho già detto, non si tratta di avere coraggio, è meglio così, non è in grado di accettare niente».
Arthur prese la cornetta. «Sophie, *devi* dirgli la verità».
«Oh, insomma Arthur! Che cosa vi prende? Sono in grado di decidere da sola!».
Mildred riprese il telefono. «Sophie io non ne posso più, se non glielo dici tu vengo lì e glielo dico io».
«Oddio smettila, sto arrivando al...».
«Sei incinta?». La voce di Adam mi paralizzò all'istante. Mi voltai a guardarlo disorientata. Da quanto tempo mi stava seguendo?

«Sei incinta?», chiese ancora, livido in volto. «Lo ha notato mia sorella». Fece un passo verso di me.

Mi spostai di due.

«Oh Arthur, l'ha capito...», sentii Mildred al telefono. Chiusi la comunicazione scombussolata e nervosa.

«Di quanti mesi?», chiese decisamente turbato.

«Pochi Adam». Era difficile anche solo guardarlo. Chissà cosa stava pensando nella sua mente contorta.

«Quanti Sophie?», chiese in tono inasprito.

«Pochi», risposi nervosa poi abbassai lo sguardo a terra.

«Di chi è?», chiese.

Che razza di domanda. Non gli era passato neppure per l'anticamera del cervello la lontana ipotesi che fosse il suo. Avrebbe potuto chiedere, invece... Dava per scontato che fosse di qualcun altro.

«Dello spirito santo», risposi sarcastica, «e scusa, devo andare a casa, ho bisogno di andare in bagno. Ci abito io in quella casa, ho mentito, mi avete preso alla sprovvista». Lo lasciai immobile, come una statua di ghiaccio, e tornai indietro. All'ingresso di casa ritrovai la sorella di Adam e suo marito, infreddoliti. Non volevo farli entrare e quindi cercai di non rivolgere loro lo sguardo. Ma quando infilai la chiave nella toppa, Susan si avvicinò.

«Possiamo entrare?», chiese.

«Preferirei di no, vi prego, non vi offendete, ma sono stanca».

Susan mi sfiorò la schiena. «Facci entrare Sophie, solo qualche minuto, mio fratello ci metterà un po' prima di riprendersi».

Sorrisi e acconsentii. Li feci accomodare e corsi in camera a indossare il maglione più largo che avessi, poi finalmente andai in bagno a liberare la vescica che da quando era incinta non mi dava tregua. Quando tornai nel tinello,

Susan e Donald erano seduti al tavolo a sfogliare il libro dei nomi scivolato fuori dal sacchetto dei regali. Agguantai il sacchetto che nascosi dietro la porta e mi trincerai vicino al frigorifero, sentendomi indifesa.

«Di quanti mesi sei?», chiese Susan. «Quattro, vero?»

«Più o meno», risposi.

«Sono chirurgo neonatale, ho l'occhio», disse. «Sai già il sesso?»

«Femmina», risposi laconica.

Donald sorrise. «Sempre femmine nella famiglia Scott», commentò.

«Noi abbiamo due bambine, di tre e cinque anni, Meredith e Ambra», disse Susan.

Fissai le ecografie attaccate al frigorifero. Volevo che se ne andassero, volevo solo che andassero via tutti.

«Sono dei bellissimi nomi».

«E tu ne hai in mente qualcuno?», chiese Donald.

«Per il momento penso a Leila».

«Ah bello, la principessa dei mondi», disse Susan, «ma siediti Sophie, nello stato in cui sei queste emozioni ti sfiniscono».

«Non sono moribonda», ribattei scontrosa, «e preferisco stare in piedi, mi sento meglio qui».

«Capisco».

Dopo qualche minuto la porta si aprì e il fantasma di Adam ci raggiunse. Silenzioso e guardandomi appena, si sedette al tavolo accanto alla sorella.

«È femmina», sussurrò compiaciuta.

Adam alzò gli occhi su di me, facendomi precipitare nell'oceano dei sensi di colpa.

«È mia?», chiese leggermente concitato. La sorella gli strinse la mano per sedarlo. «È mia Sophie?», chiese in un tono più calmo.

Non riuscivo a spiccicare parola.

«Sophie, ti sto chiedendo se è mia». Il suo tono di voce si alzò.

Sussultai spaventata e gli risposi nello stesso tono. «Sì, è tua, ma non ti chiedo niente».

Adam mi guardò incredulo. «Cosa significa? Cosa volevi fare? Metterla al mondo senza dirmelo? Crescerla tenendomi all'oscuro? Cosa cazzo ti è passato per la testa?». Si alzò di scatto dalla sedia.

«Adam», lo redarguì la sorella, «stai calmo».

Spossato, ritornò a sedere, mise i gomiti sul tavolo e si coprì la faccia con le mani. E io mi sentii morire di vergogna, di colpa, di paura, di tutto. Avrei voluto piangere, ma la collera per la sua reazione mi trattenne. Di sicuro, se quattro mesi prima mi fossi spinta nel suo ufficio, quel giorno non sarei stata lì con Leila che cresceva dentro di me.

«Sophie», disse Susan rivolgendosi a me come fossi una bambina, «perché non l'hai detto a Adam?».

Adam continuava a massaggiarsi il viso, cercando di controllarsi.

«Perché...», mormorai titubante, «perché non avrebbe creduto che fosse suo...», sussurrai.

Adam abbassò le mani portandosele sulle ginocchia e rise amaramente.

«Ti avrei creduto», mormorò, «con chi altro sei stata Sophie? Nessuno, e... ti avrei creduto».

Susan e Donald si alzarono in piedi. «Noi ci facciamo una passeggiata sul lungomare».

«Fa freddo», dissi per non dover restare sola con lui. Adam mi incenerì con lo sguardo. Scombussolata li accompagnai alla porta, con lui alle spalle.

«Ci vediamo dopo», disse Donald facendo scivolare una mano sul mio braccio.

Susan stampò un bacio sulla guancia di Adam e lo accarezzò. «Buon Natale fratellone».

Una volta richiusa la porta restai a fissare la maniglia cercando la forza di voltarmi e sostenere una discussione con lui. Mi sentivo fragile come il giorno in cui avevo scoperto di essere incinta. La mano di Adam scivolò sulla mia schiena risvegliando in me sensazioni che pensavo sopite.

«Eri venuta a dirmelo in ufficio, a settembre?», chiese con un tono di voce gentile. Annuii e appoggiai la fronte allo stipite della porta, con il fiato corto.

«Non ti chiedo nulla, nulla, non ti chiedo di stare con me, hai bisogno di tutte tranne di me».

«Ma tu hai bisogno di me, adesso».

«Posso farlo da sola».

«Lo so, ma è meglio con me. Girati Sophie». Cercò di prendere la mia mano, ma la scostai.

«Se non posso averti… Se non posso darti felicità non ce la faccio a starti vicina, nemmeno nel raggio di un metro».

Con una leggera pressione sulle spalle mi convinse a voltarmi.

«Quel giorno», disse, «quando sei venuta in ufficio, ti ho vista andar via e ti ho seguita. Ho camminato dietro di te per due isolati interi e poi ti ho lasciata andare. Ho capito che se non sistemavo le cose avrei solo ripetuto i miei sbagli e tu li avresti subiti». Mi sistemò una ciocca di capelli dietro l'orecchio e io naufragai nei ricordi delle sue mani su di me.

«Ho lasciato New York e sono tornato a Philadelphia. Ho parlato con la mia famiglia, ho raccontato tutto, e lo stesso ho fatto con quella di Elizabeth. Ho trascorso questi ultimi mesi in un centro di recupero. Sono tornato qualche giorno fa… E vado avanti…».

«Bravo», mormorai.

«Sophie, ti avrei cercata, aspettavo solo di sentirmi pronto per te, capace di amarti, e di essere sincero».

Appoggiai la fronte al suo petto e Adam mi strinse in un abbraccio.

«E quanto pensavi di metterci?».

Lo sentii ridere. Mi diede un bacio sui capelli e mi strinse a lui con più forza. «Non molto, proprio stasera Mildred mi ha chiesto notizie di te e io le ho risposto che presto ti avrei riportato a mangiare le ostriche».

«Non posso mangiare le ostriche, adesso», mormorai.

Mi sollevò il mento perché lo guardassi in faccia.

«E se non fossi stata più disponibile?».

Adam mi prese il viso tra le mani e mi fissò tenero. «Impossibile, tu aspetti sempre, facevo affidamento su questo».

Affondai la faccia nell'incavo del suo collo, inebriandomi del suo odore. «Con quante donne sei stato nell'attesa di redimerti?»

«Solo con una, c'eri solo tu nei miei pensieri, sempre e solo tu».

Gli buttai le braccia al collo e inondai il suo maglione di lacrime.

«Sono gli ormoni», mormorai tirando su con il naso, «piango per nulla».

Adam scese con le mani e sfiorò la pancia nascosta sotto il maglione.

«Quindi è femmina?»

«Sì».

«Dimmi altro».

«Sta bene, dimensioni giuste e un cuore pazzo, si vedono le mani, i piedi e gli occhi».

«Hai un'ecografia?», chiese.

«Sono sul frigorifero».

Tornammo in cucina e Adam le osservò tutte con attenzione. Sul viso un'espressione serena, mai vista. Lo trovai ancora più bello di quanto lo era, per me, un tempo.

«Sono in ordine, c'è anche la data, questa l'ho fatta due giorni fa», e indicai l'ultima.

«È bellissima», mormorò. «Posso vedere?», chiese poi sollevando appena una piega del mio maglione.

Imbarazzata me lo tolsi, mostrandogli la pancia nascosta sotto la maglietta aderente.

Adam si sedette sulla sedia e prendendomi le mani mi avvicinò a sé. Rimase a lungo a guardare il mio ventre poi, delicatamente, alzò i bordi della maglietta, scoprendolo. Appoggiò la fronte e le due mani sulla pelle e sentii il suo respiro caldo farsi affaticato e contratto. Gli accarezzai la testa e restammo a lungo così.

«Mi piacerebbe il nome Leila», dissi dopo un po'.

Avvertii lo sbuffo della sua risata sulla pelle. «Mi piace», disse alzando lo sguardo su di me. «Leila Scott è un bellissimo nome», aggiunse con occhi languidi da sciogliere un iceberg.

Tirai giù la maglietta, mi sistemai sulle sue gambe e lo abbracciai, quasi a volerlo stritolare e di nuovo, dopo un'eternità, le sue labbra tornarono sulle mie cancellando ogni tormento passato.

Sopravvivere per davvero
Parte prima

Aspetto, aspetto, aspetto, aspetto. Lo sai che aspetto. Mi senti? Aspetto, Adam.

«Respira, Sophie, ti prego, respira».

Ti sento così lontano. Vedo il tuo volto livido per la paura. Mi manca il respiro.

«Chiamate un'ambulanza, vi prego!».

Aspetto, aspetto, lo sai vero? Ti aspetto sempre.

«Sophie, Sophie, resta con me, guardami».

Oh sì ti guardo Adam, non smetterei mai di farlo. Ricordi la prima volta che ti ho detto che eri bello? Sei scappato a gambe levate. Ti ho spaventato. Mai quanto hai spaventato me.

«Sta arrivando l'ambulanza, ci aiuteranno».

Mi dispiace, non sai quanto mi dispiace vederti così, vorrei poterti sorridere, alleviare la paura, ma riesco solo a respirare.

«Per favore, per favore mi dia quell'asciugamano».

Oh amore mio, guardami, concentrati sui miei occhi, fa' che quest'ultimo momento sia perfetto. Questa volta non credo di riuscire a sopravvivere. Sento che sto per andarmene e questa volta sono io a lasciarti. È andata così. Guardami ti prego, avvicinati, devo dirti tante cose, ma una in particolare. Guardami.

«Sophie, è arrivata l'ambulanza, resisti».

Hai le mani fredde, amore mio, è la prima volta che le avverto così gelide.

«Ti prego, ti prego, ti prego, ti prego, non mi lasciare, non adesso, resta con me».

Sopravvivi Adam. Mi hai sentito? Sopravvivi Adam.

«Io non voglio sopravvivere, io voglio vivere con te, respira, fa' solo questo, tu respira, continua a farlo, amore mio, non smettere mai, per favore aiutatela è incinta…».

«Otto mesi…».

«Le hanno sparato»

«Non lo so, credo quattro colpi di pistola, non mi ricordo è stato tutto veloce, per favore aiutatela, per favore, è incinta, oh mio Dio… Sophie…».

Non ti vedo più, non ti sento più, fa stranamente caldo, sembra di essere al mare in agosto, ma è più silenzioso, non ci sono onde a infrangere il suono della natura.

*****

«Perché piangi Sophie? Ti sei fatta male?»

«Fred mi ha dato un pizzicotto»

«Dove? Fammi vedere, qui?»

«Sì»

«Non è niente tesoro, adesso con la magia del soffio passa tutto. Sophie chiudi gli occhi e conta fino a tre».

«Uno... due... tre...».

«Ti fa ancora male?»

«No».

«Hai visto Sophie? Con la magia del soffio passa sempre tutto».

«Sei un papà mago?»

«Certo, sono il tuo papà mago».

La tua risata, papà...

«Mi manchi».

«Anche tu piccola. Adesso contiamo fino a tre, insieme».

«Uno... due... tre...».

Sopravvivere per davvero
Parte seconda

«Papà?»
«Sophie, amore». È la voce di Adam.
«Papà?»
«Sta chiamando papà, Fred».
«Mamma, stai calma, si sta svegliando, fai silenzio».
«Amore, siamo tutti qui, apri gli occhi, non ci vuoi vedere?»
«Sì».
«Un piccolo sforzo, conta con me fino a tre».
«Uno... due... tre...».

La prima persona che vedo è mio fratello, in fondo al letto, mia madre è accanto a lui, in lacrime. Lui sorride.
«Ho visto papà... ho visto papà, Fred», biascico.
«Hai visto papà?», chiede annuendo con le lacrime agli occhi.
«Il papà mago», biascico ancora.
Fred inizia a ridere tra lacrime di gioia, abbracciando mia madre stravolta.
«Il mago del soffio?»
«Sì, il mago del soffio».

La mano di Adam è ancorata alla mia, mi accarezza i capelli.
Raggiungo i suoi occhi.
«Sei sopravvissuta?»

«Come sempre».
«Brava, bravissima».

Faccio fatica a tenere aperti gli occhi. Sento le labbra di Adam sulle mie.

«Sophie dobbiamo uscire, entrano i dottori, torno presto, tu aspetti vero?»
«Sempre».
«Brava».

Diagnosi:
Polmone perforato, stomaco perforato, trauma cranico, cesareo
Esito:
Positivo, sopravvissute entrambe.

Il 23 aprile di quel tragico giorno, alle dieci del mattino, nacque Leila Scott, due chili e duecentocinquanta grammi. Bella come il padre a parer mio, bella come la madre a parer suo. Mia madre mi regalò il corredo multicolore fosforescente e Fred uno sguardo sereno dopo anni. Sabrina e Stephanie si autoproclamarono zie. La signora Bradford seconda nonna. Vennero a trovarci in ospedale anche i genitori di Elizabeth, per congratularsi. Per Adam fu un gesto importante per scacciare anche gli ultimi demoni del passato.

Tom venne arrestato e processato per direttissima. Accusato di tentato omicidio, non oppose resistenza quando lo prelevarono, seduto su una panchina non molto lontano dalla nostra casa di Long Island. Preferii costituirmi parte civile, chiesi per lui cure psichiatriche, le uniche in grado di aiutarlo.

E inevitabilmente la nascita di Leila portò con sé un nuovo stile di vita che sostituì tutto quello che era stato fino ad allora. E il punto sei della mia lista "obiettivi della vita" venne depennato definitivamente, un sabato mattina di giugno.

Restava il punto sette. Ma per quello c'era ancora tanto, tanto tempo...

Ringraziamenti

Eccomi qui a ringraziare e non so da dove iniziare…

Se questo libro è giunto in libreria, e in qualche modo ha scatenato un uragano, lo devo principalmente a tutte le appassionate lettrici che in quest'anno si sono fatte portatrici del Sacro Graal del passaparola. Questo è il *loro* libro. Non ho fatto davvero nulla, a parte scriverlo, e la loro catena di entusiasmo è stata davvero travolgente. Inspiegabile, ma questo è il bello del web 2.0. Detto questo, io posso solo ringraziarle, citandole una per una, sperando di non omettere nessuna.

Krizia Greggio, Silvia Perrotta, Stellina (Deborah), Monica, Ireale "niki", Bambola, Valexy, Mirella popa "kendra", Désirée, Elena, Alessia, Barbara xompero, Pepe65, Valentina, Girasolina18, Giorgia, Claudia, Eli, Alyssaa, Sox, Stellina 81, ele_g, Peppola, Ale, Morgana, Donald, M.C.C. "M.Cristina", Heidi "Squirrel", Stefania Turchi, Viola, Moky61, Elena Serboli "Elena Strega Serboli", Catuni76, Mielelucegrace, Ireb, Kiarand, Green_72, Katia, nooscin, Alessandra Faggion, Afrodite, Sabrina (Como), Morena, Pel, vale, Donatella, Chiara, Tataiana Gasparella, S., giulia, Samanta Bertolotti, Silvia, Vali, Plstkmeout, eleonora, Sabina, Ale, Mariano, francesca, Marina, Anna Daloiso, Olivia Marel, Dertima, Ily, CriCra, Paola (Tirano (SO)), Luana, Caterina, Michi, Elisa, CRIS, Katiuscia d'amico; Arianna lizbennet, Fede, jo, Annamaria, Doralena-Fly, monalisa di pietro, Anto "Leone", Milù, morena, Veronica, pamela, Dondaine, Laila_72, Adrianna Munno, Giota Papadimakopoulou, True90, Kristina Georgieva Vasileva, Maharet, Carmela, Tittimilano, Liveathousandlives, Karen zi, Angie, Ermione Pickwick, Lunaj, Luz Nolazco, Roxanne Harmony, Daniela Bonci, Melanie, Barbara Pitanti, Deealyn C., Elisabeth, Contessa, Sara, Martina, Samy, Miki58, Mara Tognon, Francesca Piredda, Elena Savona, Manola Simoni, Maria De Rosa, Alessandra Silveri, Silvia Zuliani, Clizia Anna Dell'Aquila, Roberta Riga, Silvia Tita Altomiri, Mariarosaria Esposito, Margherita Cicciulla, Irene Pastorelli, Sally Ferrari, Emma Mondani, Alix Cool, Martina Minetti, Federica Da Campo, Leti Zia, Nadia Laura Z., Benedetta G. Vito S., Veronica Salvioni, Sara Ottaviano, Monica Balsamo, Simona Carena, Cecilia Rossi, Nelsy Dalledonne, Luana Meini, Ilenia Vampy, Alda Gasparini, Bellina Rossi, Pippi Pu', Mariana Grimani, Veronica Patella, Alessia Vallorani, Fulvia Bicocchi, Valentina Di Martino, Rosaria Lazzaro, Grazia Manciavillano, Cristina Solla, Daniela Gherardi, Missing Monica Altobelli Sun, Anna Maria Cigolani, Simonetta Saba, Sara Piersanti, Tessile Tarfer, Rebecca Verona, Gabry Donno, Lidia Catanzaro, Mariateresa Carone, Annalisa Cima, Alessa La Mattina, Rossella Nicolini, Nicoletta Perego, Elisa Gentile, Annalisa Stirati, Sherazade Angels Efp, Giovanni Alongi, Federica Smimmo, Ilaria Gabrielli, Linda D'Amico, Eleonora Cavallo, Reny Minati, Valeria Lopez, Francesca Schintu, Rosanna E Ambrogio, Cettina Ciancio, Paola Quarato, Tania Gatto, Annarita Lovaglio, Anna Gessi, Eleonora Colli, Marzia Pasqualetto, Nico Nico, Carla Buscema, Cristina Peretti, Flavia Zannotti, Silvia Luisa Tasca, Lidia Scavo, Erica Bartoccetti, Anna Strano, Roberta De Stefani, Fabyana Faby, Francesca Salvestrini, Laura Ellen Ferrara, Greta BookLovers, Carrie Autieri, Morgana Coniman, Tatiana Barbieri, Ales Sandra, Maria Grazia, Lorenza Amaranta Rosini, Giuly Ungaro, Paola Santini, Rita Gargaglione, Emilia Ippolito, Simona Natale, Caterina Sordini, Maria Bianchi, Patrizia Patty Esposito, Silvia Michelangeli, Flavia Clari, Mikela Miky Saitti, Francesca Pirotto, Laila Secci, Claudia Serpi, Sara Costantino, Laura Praturlon, Emanuela Manu, Keihra Palevi,

Annamaria Piscitelli, Mara Tognon, Rosita Cantone, Jessica Latorre, Marzia Castorina, Antonella Bagnato, Tonia Agozzino, Lavinia Appollonio, Ilaria, Maria Costabile, Serena Versari, Jenny Eve Bagatin, Bruny Doci Rizzo, Giulia Abbate, Ella Gai, Anna Loveangel, Nella Marinelli, Valentina Abbr, Glinda Izabel, Karin Locci, Claudia Baldini Nicoletta Martin, Ale Romànce, Giunia Parrish Fagiolini, Iris Stella, Katy Policante, Sutus Settantanove, Buffy Victoria Selly, Stella Shine, Francesca Franca Baldacci, Damiana Melani, Francesca Cani, L'angelo Vendicatore, Lorenza Stroppa, Michela Muzzi, Désirée Pedrinelli, Valentina Goletto, Lucia Costantini, Malia Romance, Laurie Michelle Joyce, Brianna Teller, Alessandra Pucciarini, Rossella Nicolini, Federica Trevisan, Emily Hunter, Bonny Moody, Cristina Peretti, Ketty Deagostini, Carmeluccia Cordovana, Anita Blake Mercatino Libriusati, Anita Sessa, Paola Rosati Biancomare, Federica Lardera, Silvia Bonizzi, Stefania Auci, Marika Lopa, Stefania Brivido, Caterina Sordini, Francine Senna, Livia Giordani, Gabika Novels, Federica Pinna, Sonia Ena, Hilary Spisso, Eva Mangas, Giorgia Russo, Ramona Bottoli, Mon Ella, Anita Blake MercatinodeilibriFantasy, Milly del Blog Romancebook.it, fra px, Sabina Ferrari, Guido Poerio, Franz Pali, Dora Vanelli, Antonietta Sisto, Michela, Angelo Rito, Buriana Donner, Letizia Strocchia, Tanara zm, Flavia Clari, Idee D'Argento, Susanna Barillà, Roberto Pergameno, Michela, Barbara Dal Bo', Maria Gentile, Annalisa A. Cima, Tiziana Crisafulli, Barbara Papa. Chi ha stellato su Anobi e Goodreads e tutte le ragazze che curano e seguono con passione il blog CrazyForRomance (*crazyforromance.blogspot.com*), Il profumo delle pergamene (*ilprofumodellepergamene.blogspot.com),* Greta Book Lovers (*gretabooklovers.blogspot.com)*, La Biblioteca Romantica (*bibliotecaromantica.blogspot.com*), Isn't it Romantic? (*http://www.romancebooks.it/*), Insaziabili Letture (*http://insaziabililetture.blogspot.it*) e poi ce sarebbero altri, e sicuramente tante altre lettrici che mi sono sfuggite, ma non ce la faccio più... Se ho dimenticato qualcuna di voi, vi chiedo scusa, siete state tantissime. Per quello che ho potuto, in questi mesi, ho sempre cercato di rispondere a ognuna di voi. Se mi sono perduta per la strada, vi chiedo ancora scusa. E lo ripeto, tutto questo è merito vostro! Solo vostro!

Infine, ringrazio tutti gli amici, amiche, familiari e animali. Vi chiedo scusa se avete scoperto tutto ciò solo alla fine. Ho preferito avervi spettatori ignari in questa epopea editoriale, anche se ognuno di voi è parte anche di questo libro. Ma sapete come sono, quindi potete immaginare cosa penso e cosa vi dedico. Vi voglio bene.

Naturalmente un ringraziamento sentito va anche ad Amazon e al servizio di Self-Publishing che ha permesso a questo libro di espandersi nella rete. Grande Jeffrey Bezos, da un'idea semplice stai cambiando tutte le regole.

E come è giusto che sia, ringrazio infinitamente la Newton Compton Editori, nella persona di Martina Donati che in una notte si è letta l'*Uragano* e ci ha creduto da subito. Alessandra Penna, sapiente editor che ho molestato con i miei perenni dubbi, spesso fin troppo schietti. Gabriele Anniballi, che ho tormentato con le mie insicurezze contrattuali. Raffaello Avanzini per aver creduto e investito in un progetto audace e tutti coloro che, dietro le quinte della casa editrice, si adoperano ogni giorno per creare libri per farci sognare.

Quindi, in sintesi, per l'ennesima volta, dico... grazie, grazie e rigrazie all'infinito.

Ad maiora!
Sara Tessa

Indice

Anagramma

Ultimi volumi pubblicati

Federica Bosco, *S.O.S. amore*
Federica Bosco, *Innamorata di un angelo*
Sara Shepard, *Giovani, carine e bugiarde*
Fiona Neill, *Il profumo del tè e dell'amore*
Sara Shepard, *Giovani, carine e bugiarde. Divine*
Federica Bosco, *Il mio angelo segreto*
Melissa Hill, *Un regalo da Tiffany*
Jane Corry, *Il segreto della collana di perle*
Laila al-Uthman, *Il messaggio segreto delle farfalle*
Leah Fleming, *La strada in fondo al mare*
Amy Bratley, *Amore zucchero e cannella*
Najat El Hachmi, *La città degli amori infedeli*
Niamh Greene, *Ti amo ti odio mi manchi*
Karen Swan, *Un diamante da Tiffany*
Allegra Goodman, *La collezionista di ricette segrete*
Melissa Hill, *Innamorarsi a New York*
Ali McNamara, *Colazione da Darcy*
Rebecca Chance, *Donne con il tacco 12*
Helen Warner, *Quattro donne e un matrimonio*
Ersi Sotiropoulos, *Il sentiero nascosto delle arance*
Kaui Hart Hemmings, *Paradiso amaro*
Marjorie Hart, *I love Tiffany*
Fiona Neill, *Le cattive ragazze scelgono l'uomo giusto*
Roisin Meaney, *Cupcake Club*

Emma Pearse, *La seconda vita di un cane speciale*
Amanda Addison, *Taglia, cuci, ama*
Elizabeth Loupas, *La lettrice di fiori*
Federica Bosco, *Un amore di angelo*
Jane Corry, *La donna con l'anello di rubini*
Ami Sakurai, *Un mondo innocente*
Karen Swan, *Un regalo perfetto*
Cynthia Ellingsen, *Amori impossibili e fragole con panna*
Eleanor Prescott, *Seduzione, attrazione e tradimenti*
Marisel Vera, *Io credo nell'amore*
Sara Shepard, *Giovani carine e bugiarde. Perfette*
Daniela Farnese, *Via Chanel N°5*
Milly Johnson, *Un indimenticabile autunno d'amore*
Lucinda Carrington, *90 giorni di tentazione*
Allison Sherlock, *Domani mi sposo*
Dana Bate, *A cena dai suoi*
Trisha Ashley, *Cosa indossare al primo appuntamento*
Raj Kumar, *Il peccato*
Miranda Dickinson, *Iniziò tutto con un bacio*
Niamh Greene, *Sarà perché ti amo*
Jenny Nelson, *Love Kitchen*
Charlotte Betts, *Il giardino delle spezie segrete*
Dan Rhodes, *Il bello della vita*
Anna Premoli, *Ti prego, lasciati odiare*
Anna-Lou Weatherley, *La rivincita delle mogli*
Indigo Bloome, *Incontri proibiti. La Seduzione*
Indigo Bloome, *Incontri proibiti. La Tentazione*
Indigo Bloome, *Incontri proibiti. La Passione*
Evie Hunter, *L'iniziazione*
Lindsey Kelk, *I Love New York*
Jessica Sorensen, *Non lasciarmi andare*
C.L. Parker, *La proposta*
Vanessa Greene, *Biscotti, dolcetti e una tazza di tè*

Roisin Meaney, *Cose incredibili che facciamo per amore*
Jessica Sorensen, *Tienimi con te*
Rebecca Chance, *Amori, bugie e tacchi alti*
Leah Fleming, *La mappa segreta dell'amore*
Rebecca Chance, *Amori bugie e tacchi alti*
AliMcNamara, *Innamorarsi a Notting Hill*
Sara Shepard, *Giovani, carine e bugiarde. Incredibili*
Helen Warner, *È tutto nei tuoi sogni*
Elisa Amoruso, *Buongiorno amore*
Karen Swan, *Shopping da Prada e appuntamento da Tiffany*
Barbara Delinsky, *Mai più noi due*
Clare Dowling, *Amore a tempo perso*
Amy Bratley, *L'amore della mia vita*
Daniela Farnese, *I love Chanel*
Kathleen Tessaro, *La collezionista di profumi segreti*
Carolina Garcia-Aguilera, *Magnolia*
Nick Spalding, *Le due facce dell'amore*
Carmen Reid, *Shopping con le amiche*
Dina Silver, *Linea rosa*
Juliette Sobanet, *Una notte a Parigi per innamorarsi*
Sue Watson, *Coincidenze che fanno innamorare*
Portia Da Costa, *La promessa. L'incontro*
Portia Da Costa, *La promessa. L'insegnamento*
Anna Premoli, *Come inciampare nel principe azzurro*
Anna-Lou Weatherley, *Mogli infedeli*
Nicola Doherty, *Innamorarsi a Central Park*
Milly Johnson, *Un indimenticabile Natale d'amore*
Lauren Myracle, *Il nostro infinito momento*
Emma Chase, *Non cercarmi mai più*
Veronica Q, *Confessioni di una baby prostituta*

Veronica Q

Confessioni di una baby prostituta

Veronica Q è nata a Roma, appartiene a una famiglia dell'alta borghesia e frequenta il liceo classico. Con la Newton Compton ha già pubblicato *Vietato ai minori*, dove si racconta la prima parte della sua vita scandalosa.

Volume di 192 pagine. Euro 9,90

Veronica ha un passato immorale. A soli quattordici anni, sconvolgendo all'improvviso la sua vita, entra a far parte di un mondo estremo, fatto di sesso sfrenato, fiumi di alcol, montagne di cocaina e di soldi.
In brevissimo tempo, ribalta completamente tutte le regole che aveva seguito fino a quel momento.
Quelle che dovrebbe rispettare ogni brava bambina cresciuta in una famiglia dell'alta borghesia romana. Ma Veronica è stanca di essere una brava bambina, e la sua famiglia, forse, non è poi così perfetta.
Superati tutti i limiti, soddisfatta ogni curiosità, anche la più perversa, Veronica si concede a decine di uomini, inizia ad accettare regali e, infine, comincia a prostituirsi. Quando tutto sembra perduto, scopre come l'illusione di sentirsi grande abbia lasciato presto spazio a un senso di vuoto, incolmabile, e al desiderio di ritrovare il valore di una vita normale.

NEWTON COMPTON EDITORI

V4 0003217378
L'URAGANO IN
UN BATTER D'A
LI
TESSA SARA
NARRATIVA
NEWTON COMPT